九三文学创作文库

螃 蟹 脚

马 青

学苑出版社

图书在版编目（CIP）数据

螃蟹脚 / 马青著 . —北京：学苑出版社，2017.4
（九三文学创作文库）
ISBN 978-7-5077-5186-4

Ⅰ.①螃… Ⅱ.①马… Ⅲ.①中篇小说—小说集—中国—当代 Ⅳ.① I247.5

中国版本图书馆CIP数据核字（2017）第 043361 号

出 版 人：	孟　白
责任编辑：	徐志琴
出版发行：	学苑出版社
社　　址：	北京市丰台区南方庄2号院1号楼
邮政编码：	100079
网　　址：	www.book001.com
电子信箱：	xueyuanpress@163.com
联系电话：	010-67601101（营销部）、010-67603091（总编室）
经　　销：	全国新华书店
印 刷 厂：	北京信彩瑞禾印刷厂
开本尺寸：	880×1230　1/32
印　　张：	10.875
字　　数：	240千字
版　　次：	2017年5月第1版
印　　次：	2017年5月第1次印刷
定　　价：	35.00元

总 序

"九三文学创作文库"第一辑图书即将由学苑出版社出版，这个最初由社中央文化工作委员会提出的构想，在大家努力下，终于有了成果，可喜可贺。

黑龙江省有一位九三学社基层组织的负责同志，是文学爱好者，多次把他的作品通过电子邮件传给我，有散文，有诗歌，描述他在林场当知青的生活，对当今社会巨大进步的感受，还有他特殊的家世，深深打动了我。至今还记得其中的一篇散文，是写囿于深山老林的孤寂的生活，他收养了一条狗，终日为伴，后来他回城了，那条狗天天到路口等他，日夜守护着他留下的物品，终于抑郁而死。生命之间的情感流淌笔端，让我感动不已。当时我想，我们九三学社成员中应该还有不少像他那样的业余文学爱好者，如果能组织起来，相互交流，岂不乐乎？也能以此增强九三学社组织的凝聚力。在我的建议下，2013年9月一批社内作家和业余文学爱好者聚集江西南昌，举办了"家园记忆"主题文学笔会，共商如何活跃与繁荣九三学社文学创作，笔会还邀请了著名作家王安忆和梁晓声做了有关文学创作的讲座。2015年10月社中央文化工作委员会又与九三学社云南省委和四川省委共同举办了"一带一路南方丝绸之路云南行文学笔会"，邀请了著名作家方方到会，除座谈交流外，还一起赴南方丝绸之路的"五尺道"采风。这样的活动,增强了全社范围内的文学氛围,活跃了社员的文学创作,最后促成了"九三文学创作文库"的出版。文库第一辑首先选择9位九三学社作家的作品,体裁多样,包括小说、散文、诗歌、随笔等。这9位作家,或为中国作协成员,或为全国性文学大奖的获得者,有长期从事文学创作的经历,具有较为丰富的写作经验和较强的创作实力,旨在为文库开一个好头,今后还将出版更多九三学社文学爱好者的优秀作品。

文学是人类文明殿堂里的瑰宝。好的文学作品能反映社会现实,映照人的灵魂,揭示真善美。经常阅读好的文学作品,能够丰富精神生活,滋润心田,陶冶情操,深化对人生、对生命、对社会的理解,所以我一直倡导我们九三学社的同志多读优秀文学作品。我曾经在社中央全会上以及多个场合,建议大家阅读陈忠实写的《白鹿原》。记得毛主席曾经说过,要了解中国封建社会,就去读《红楼梦》,我演绎了一下:要了解中国晚清到民国的社会,要了解中国近代农村,就去读《白鹿原》。近年来我读莫言的《蛙》、王蒙的《活动变人形》、王安忆的《长恨歌》与《启蒙时代》、贾平凹的《古炉》等,读每一期《新华文摘》转载的小说,都让我对人性与对中国社会有更深入的理解。我读刘慈欣的科幻小说《三体》,对天体物理有了从来没有过的了解和兴趣。总之,我体会到经常阅读好的文学作品,能开阔自己的视野,提升自己的境界,使自己深刻、高贵和优雅,面对纷乱浮躁的社会不至于迷失方向或放弃操守。

九三学社是以科技界为主体的参政党,但历史上也不乏在人文领域卓有建树的大家，比如红学家俞平伯，语言学家黎锦熙，国学大师刘文典、程千帆、游国恩，还有杨振声、李长之、魏建功、肖涤非、冯沅君、启功等，包括我们九三学社的创始人许德珩先生。此外，像梁希、潘菽、涂长望、茅以升、周培源、吴阶平、王选等许许多多出色的科学家，都具有深厚的文学功底和艺术修养，人文精神的滋养与他们的成才以及在科学技术方面取得重大成就有着密不可分的联系。

记得在"家园记忆"文学笔会上有一位同志提出"九三人要有一颗文学的心"，我深以为然。希望全社更加关注文学，大家读更多的优秀文学著作，也特别希望我们九三学社的文学爱好者能写出更多有思想、有筋骨、有温度、有想象力和创造力的优秀作品。祝愿"九三文学创作文库"办得越来越好，成长为九三学社家园里枝叶茂盛的美丽奇葩。

韩启德

2016年11月19日

序

作家马青，成长、生活和工作在云南边地，一个叫普洱的地方。

普洱是一个多民族聚居的地方，有14个世居民族在这里生活，他们之间的和谐共融是普洱的一个亮点，也是马青中篇小说中着力表现之处。在《北回归线之城》和《穆斯林的歌》两篇作品中尤其明显。前者写出了两代汉族与哈尼族男女之间感人的爱情故事，后者采用了粗线条的叙述，通过两个家庭的历史，讲述了入滇回族融入云南社会的漫长历史。两篇小说虽然文字不多，但都有起伏跌宕的情节和感人的精彩场景，读后令人感慨良多。

普洱市的森林覆盖面占全市土地面积的68.6%，因此，山林与生存、人与动物是此地原住民的生活课题，也是马青中篇小说的主题。本集中收录的《吸子》《大林莽、穿山风与象耳朵的记忆》两篇，把读者带入了深邃的原始森林，跟着作者的视觉，读者领略了热带雨林风光和其间特有的野生动物的神奇。据作者自己说，他自小就对普洱的山林情有独钟，成年后多次深入人迹罕至的原始森林，所以对森林的描述才会那么生动。但马青不仅仅描述景色，他还站在一个更高的角度，写出了人类与生态环境的关系和面临的各种危机。这种危机感，在他的其他作品中也有体现。还值得一提的是，在这两篇作品中，都带有一种对未知事物的神秘感，但这种神秘感并非刻意做作，而是很自然地展示在作家笔下，增加了读者对作品描述内容的向往和想象空间。其手法有独到之处。

小说《中发白》中，作者放弃了他熟悉的边地少数民族的生活环境，而将笔锋转到了市井生活，并选择了读者都不陌生的麻将为载体，成功地反映了我们现代生活中的另一面。而《车马炮》虽然写的是煤矿题材，却同样巧妙地用象棋的故事来展开作者的主题，这是两篇小说的一个共同点，作品中一个连一个的棋牌故事、相关知识和趣闻，为小说带来了很好的可读性。但作者没有局限于去讲好一个故事，在故事末了之后，仍然会给人带来深深的思考。

说到普洱，自然会联想到普洱茶。作为作家的马青自然不会放过这个题材，也曾经创作过以普洱茶为题材的长篇小说《灵芽》，本集中选入的中篇《螃蟹脚》则是马青早期写普洱茶的作品，也是第一个把螃蟹脚这种古茶树上特有的寄生植物写进文学作品的作家。在《螃蟹脚》中，马青用茶树与螃蟹脚共生的现象比喻普洱人与茶的不离不弃，也别有一番天地。另一篇《古部落传奇》虽然是文学作品，确是一段边地历史的真实记录、一篇历史小说。在普洱这块边疆热土上，发生的故事太多了，马青一直注意搜集这些方面的素材，不过这一篇则是直接用真实历史故事写作，也表达了作者对家乡普洱的多方位关注。

马青是一个严肃的作家，也是一个成熟的作家。因此，他对即将写进自己作品的事物，不管是自然的还是人文的，都会认真地考察了解，然后再认真挖掘更深层次的内容，从不做猎奇或者漂浮的写作，或者去迎合某个时期的热点，他的作品因此得到了云南文学界的肯定，本集作品中就有《北回归线之城》《中发白》两篇获得过《边疆文学》杂志的优秀作品奖。长期以来他默默无闻地在边疆普洱耕耘着自己的文学天地，并带动了一批热爱文学的年轻朋友一起共同前行，普洱多彩多姿的边地生活丰富了他的精神世界。本集展示的就是作家马青心中的普洱，一个五彩的、有各种文化在这里交融和碰撞的地方，彩云之南更南端的普洱。

范　稳

中国著名作家，云南作家协会常务副主席

2015 年 12 月

目 录
Contents

北回归线之城 …………………………… 1

吸子 ……………………………………… 51

中发白 …………………………………… 99

大林莽、穿山风与象耳朵的记忆 ………… 142

螃蟹脚 …………………………………… 186

车马炮 …………………………………… 227

古部落传奇 ……………………………… 276

穆斯林的歌 ……………………………… 313

北回归线之城

第一次尝试在地图上寻找我生活过多年的这座小县城的位置时，我大约是八岁的样子。记得当我终于在云南省地图上找到了那个代表这座小县城的双圈的同时，意外地发现还有一条长长的虚线也正好从县城当中穿过，地图上标示说那条虚线叫北回归线。

这发现对我来说实在是太意外和太令人兴奋了，我马上奔到院子里，询问那些聚在院中的大人：这条线画在县城的什么地方，怎么我就没看见过？我的问题和激动的样子引来了众人的一阵好笑，正在磨砍柴刀的八老倌边笑边说："憨娃娃家，画在纸上的东西咋个会真正地画在地上，这块土地上我外八县内七县都走遍了，咋个就见不着地上有这条比阿墨江还长的线？"

当时在院中的大人除了八老倌之外，还有我的父母、安娥的父母和阿凤婶。他们当中八老倌年轻时是以赶马为生的，经常下坝子走夷方（今西双版纳一带边地），到过法国地（越南）英国地（缅甸）做生意，对这一片边地的认识了解，恐怕难有人超得过他,所以他说的话显然是最权威和最不容置疑的。别的大人因而也没有提出什么反对意见。——不过八老倌这一回却说错了,后来这一条纸上的线却终于真真实实地画在了县城的地面上。但那已经是几十年以后的事了,当时八老倌、阿凤婶都已经辞世。只有人到中年的我站在县城边那座叫登高架的山梁上新修的北回归线标志塔下面,眼光顺着很鲜明地镶嵌在地上的北回归线向县城看去。那是一个雨过天晴的下午,县城所在的坝子正好是一片碧绿,县城四周的山也同样是一片青绿,那条想象中的北回归线延伸而去,恰好把那座高楼中夹杂着平房的县城一分为二,也把我生活过很多年的那个老式四合院一劈两半。

直到这个时候,我才为自己曾经在头脑中想过很多遍的一个问题找到了也许不是答案的答案。——为什么八老倌、阿凤婶,还有安娥等人总是那么热情如火、勇于行动又爱憎分明;相比较起来我,还有同院的伙伴荣荣就显得不够爽快,说话有时言不由衷,做事也总是前怕狼后怕虎的。说到头,原来他们生活的那半边院子是在热带,而我和荣荣则一直生活在温带的气候屏蔽中,所以便"江南秀丽,雌了男儿"。

哦,回归之城,温柔与火热交织之城。

这座骑踞于北回归线上的小城最早并没有城墙,或者说并没有完整的城墙。后来据说是清代的时候,城外乡下有一个叫田四乱的哈尼人领着他的同胞拉起了杀富济贫的队伍,很快就要打到县城来了,于是县城周围的城墙在短时间内补的补增的增一下子就修了起来，和内地汉族的古城一样方方正正还有东南西北四个城门，并分别起了些文雅或威武的名字。

可惜那个哈尼人称为田四郎、汉人则叫田四乱的人最终未能成大气候前来攻打县城，所以这牢固的城墙就形同虚设，也没派上作用，这样经过了百多年的风雨侵蚀后，才在一个叫"大跃进"的年代里，被人们拆毁后挑进田里做了肥料。

但是，当我用历史的目光试着审视这座历尽沧桑的县城时，却发现这座回归之城实际上一直以来还另有一道无形的城墙：在很长的时间里，这个县境内虽然有百分之七八十的人民是哈尼族、彝族，但县城内却始终是汉人在一统天下。过年时，城里的汉人舞龙耍狮唱大戏，乡下的哈尼人则喜欢荡秋千、玩"白辅厄勒"（一种旋转的秋千）。娶媳妇时，城里人依例要坐轿拜天地请客挂礼，乡下的哈尼人则兴哭婚、与迎送亲的队伍打橄榄果架、跳龙纵舞……

平心而论，两种喜庆形式的比较中我更倾向于哈尼族的喜庆方式，觉得那更具有一种贴近自然和放纵天性的浪漫，不像汉族人家那样有着浓重的礼教气息。当然，喜欢归喜欢，到头来我自己的婚礼却依然办得非常俗气，就连当事人的我也很快就忘掉了当日的情形，不能不说是一件憾事。

在回顾这座小城历史的同时，我还发现这小县城城墙内的汉人在很长的时间里对城墙之外的哈尼人明显地有一种蔑视心态。我曾经得到过一本手抄的《论语》，大约是某位前清秀才的手笔，那蝇头小楷的圣人言论抄得极为清秀工整，但在最后一页的空白处，却有人用毛笔歪歪斜斜地在那绵纸上写下这样一行文字：马店街下二巷张阿五家婆娘是碧约么（嬷）。碧约是本地哈尼族的主要支系。张阿五不知是何许人也不知是在何年月娶了个哈尼族老婆，有人就不知出于何种目的信笔把这件事记了下来，以致很多年后我还能从歪斜的笔迹中读出其中的轻蔑讥刺之意。在这里，甚至连有些植物的名称也带有种族歧视的味道。有一种清火的草药，是哈尼族民间单方，捣碎之后外用对医治痔疮、脱肛很有特效。城里的汉人也学会了用并且经常用，但却给这草起了个"倮倮夹股"的名字，——倮倮，是对哈尼族、彝族等少数民族的蔑称，所以，当我不经意地把这名称告诉安娥时，她立时愤怒地指了指我，并把那株植物用力地抛到了我的脸上。

我忘记了安娥是"一样一半"，即父亲是汉族而母亲是哈尼族，而且因为父亲是外来人，本地的亲戚便全部是哈尼族，安娥每年都要回乡下山寨中去住一段日子，所以她血统中似乎是哈尼族的成分更多，容不得任何有损哈尼族感情的言论。

但特别具有讽刺味道的事实是：由于同在一方水土之上生活，为了生存发展，汉人也好哈尼人也好，都不得不联起手经商种田，互通有无。开店的汉家为了做生意几乎都能讲点哈尼话；而哈尼人中也有不少人在攻读汉家书，县志上记载过靠考《四书》《五经》求功名的秀才、举人什么的人物中就有好几个是哈尼人。那年日本人打进中国，当地也有汉族、哈尼族的热血青年一同从军，从边地开赴台儿庄等著名战场血洒中原。而且哈尼族特有的文化、习俗等也同样深深地影响了县城中的汉家。今日该县普益公园门口有一副让外地人百思不解的楹联，其上联是：金乌西坠矣打合依么；下联为：玉兔东升兮夺科腊司。但本地人却一看就懂，其上联中的"打合依么"是哈尼语"走回去了"之意，而下联的"夺科腊司"则是"再等一下"的意思。这一半汉语一半哈尼语的对联足可以看出汉文化和哈尼文化在当地的紧密交融之状。

这样就得谈到本县历史上起过显赫作用的那条马店街了，那是三四十年代随着商旅的发达兴起的一条新街，路面虽不太平坦，却比原先县城的那些古老石板街要宽要长得多，鼎盛时整条街有大小马店和客栈三十多家，并且常常住满了客，每到夜晚家家门口都会点亮本地称为"马灯"的风雨灯或者是那种嘶嘶作响的电石灯，照得整条街一片通明。前面说过县城中汉人有一种看不起哈尼人但又不得不与之合作的矛盾心态，在马店街表现得更为突出。由于过往马帮中哈尼族马锅头小伙计很多，这些人平时风餐露宿奔波不止很是辛苦，到了这歌舞升平的县城自然少不了放松一下，出手也就大方得多。唯利是图的商家虽然背后也嘲笑这些人那种带哈尼味的汉话发音，但当了面仍然"来的都是客""和气生财"。有的店老板还有意操着不熟练的哈尼话同他们交易，以便增加好感。细细想起来，当日马店街的状况大约和今日搞的"开发区"之类的事物相似，只不过那是顺应经济规律自然形成的东西，用不着政府专门去发文拨款加以号召。

马店街既以马店为名，那就不得不谈一下这条街上马店的格局。一般来说，马店实际上是一个很大的院子，院子中间一般也有一个水面上常浮着干草茎甚至干马粪的水井，小伙计们便是从这个井中提了水出来喂牲口。同样的，院子两边的厢房或者正房楼下一般也是空荡荡的不分格，还安着长长的马槽，好方便马锅头（马帮的首领）们拴马卸驮子。楼上倒是有客房，但也只有马帮老板或者是与马帮随行的商人才住得起，那些小伙计们则都在楼下的大通铺上打开毡子和衣而卧，一边哼唱着有些放荡的山歌小调。和马店正好相反的，是我和安娥等居住的也是一个建筑在北回归线上的小四合院，但这是一个很精致典雅的院子，据说过去是一个很有钱的旧官僚的私宅，院子中也同样有一口围有石栏的水井，当然这水很干净。不过按照回归之城的惯例，这井水只能用来洗衣洗菜，叫作"使水"；而煮饭烧菜的水则要出城到叫蚂蟥塘等处的哈尼人的寨脚去挑来，这种带甜味的泉水称之为"茶水"。这样这城中便有了一种挑水卖的职业，荣荣家就是由一个唤作"金甲"的人按时挑水上门来的，每次五分钱。安娥和我家则由我们俩承担了汲水的任务。因为人小，只好两人合抬一桶，碰到同龄的小孩便追着讥笑我们是"两口子"。我羞得只管低着头走路，安娥则高声反击："两口子就两口子，你们看着眼黑？"她说这话时小辫子在我前面一甩一甩的模样，久久难忘。

　　严格地说我们院中的那口水井并不在院子的正当中，实际上一眼就看得出它偏离了本院的中轴线。但若干年后却有人考证，说当年风水先生测定的这个偏离中轴线的井位，恰巧就在北回归线上！而且还有人更进一步考证出，说是喝过这口北回归线井水的人，有很多人生了双胞胎，并且全部都是"龙凤胎"。可惜当这些传闻到处流散并且上了小报时，那口水井早已被填没，上面也已经建成一座六层高瓷砖贴面的大楼。

不过,"龙凤胎"的传说我并不相信,因为实际上当初家中没有"茶水"的时候,我和安娥就没少喝这井的井水,但我和她却都没生过什么"龙凤胎"。但是,假如要以这口北回归线井为界的话,我们这个院子倒真的还有另外一个特点,即"一院两制"。八老倌和阿凤婶家那边是私房,我家和荣荣家这边是公房。这种不同的体制直到我稍懂人事后才从大人的交谈中了解到,阿凤婶家过去是开马店的,修通了公路后马店便冷落了,被政府征作他用,同时便把这小院的一半划给了她家作补偿。她家住不完这么多的房子,便又把一部分出租给了安娥家。但大人们谈到八老倌时,却说他是阿凤婶"后来的"丈夫,同时八老倌还有另外一个妻子在哈尼山寨。这种复杂的关系在当时是大大超出了我的理解,所以过了很多年后我才真正搞清了他们之间的故事,而且还有相当一部分只能是凭借我的推测和想象了。

据我了解八老倌当年也是赶马人,但身份既不是老板也不是小伙计,因为他自己拥有一头骡子三匹马,这样同几个也有马匹的哈尼弟兄合伙组成了马帮。而且据说他当年也是一个又标致又勇武的哈尼小伙子,他身上那支从不离身的德国造滑板十响枪,便是与抢劫马帮的土匪血战之后的战利品。照我的想象,他足穿草鞋,身穿家织土布对襟衣,背一顶哈尼山乡特产的细花桐油篾帽健步走在马帮旁的形象想必是很潇洒的,而那天他也正是这样潇潇洒洒地跟着马帮走进了这温、热两带交汇的小县城。

螃蟹脚

　　八老倌的那头骡子是这个小马帮的带头骡子，俗称"头骡"。头骡的脑袋上往往扎着红彩作标志，有的还戴着一面据说可以避邪的小圆镜。头骡大都是匹很通人性又识途的牲口，知道哪儿该走哪儿该停，甚至会本能地感觉到临近的危险。本来八老倌他们的马帮经常住的是一家姓白的人家开的马店，熟人熟路，根本用不着事先打什么招呼，头骡就会像回家一样自动把马帮带往店里，然后店里的小伙计也会主动前来帮着卸驮子安顿牲口。可是，那天也真奇怪，马帮刚走上马店街，那头颇通人性的头骡突然在一家新开张不久的马店门口站住了脚。他们这个马帮并不大，所以彼此间用不着击锣联系，八老倌只要走在大约第四匹马的位置上就可以照顾到半个马帮。他发现头骡站住不走，感到很奇怪，就急忙小跑上前看看是怎么回事，当他顺着头骡的目光看去时，却看见了马店门口站着的一个俏丽女子！

　　这个女子就是阿凤婶。

　　那时的阿凤婶只是个二十出头的小媳妇，那天她身穿一套侧开襟镶边浅色姊妹装，头发挽成一个很得体的发髻。由于操劳多所以脸色有些苍白，但素淡的穿着却依然挡不住那外露的青春气息。平心而论，当日阿凤婶站在店门口并不是为了拉客，那时候的小城民风淳朴，还没有沾上强行拉客的诸多恶习。她只不过碰巧听见马铃声便习惯地走到门口看看，是不是有熟识的马帮前来投宿，不想那匹头骡一见她就突然站住定定地看着不走了，阿凤婶自己也感到好生奇怪，低头看看自己身上是不是沾有什么，然后一抬头，正好遇上了八老倌亮闪闪的目光。

这一瞬间的对视却如同北回归线那般延伸了出去，直到环抱了整个地球。

住在院子这一边的是我家和荣荣家。

我的父亲和荣荣的父亲都是领国家工资的干部，当时大约都是单位上股长一类的小官。那时的小县各机关单位中只有单身宿舍和公共食堂，还没有今日那种几室几厅的成套住房。这样拖家带口的干部便只好到外面租公房。这些公房大多是前政权旧官僚的，或者是从被新政权镇压的地主恶霸手中没收来的房产，并不是什么人都可以租到的。当然那租金即使用当时的工资比例来看也实在很低，差不多是象征性的。

这个院子中我家、八老倌和安娥我们三家是互不设防的，我们几个孩子更是可以随意从这家厨房蹦跳到那家卧室。但进出荣荣家就没有这么随便，一则他家总做出一种似乎怕别人去偷东西的样子，另外又很讲究卫生，他的擦脚帕都比我家的洗脸毛巾干净。在他家如果我们弄乱了什么或者弄脏了什么，荣荣母亲便会皱起眉头满脸不高兴。母亲说荣荣家是大城市来的知识分子，和我们不一样。不一样就不一样，但作为一个男孩来说，荣荣也实在笨得可以。那时在这个县城中，男孩玩打仗游戏是以街道为单位的，如果街道长就分段，例如上街打下街。当然所用的武器是事先商定的，如"炮弹"是撕成块的向日葵花盘，"子弹"是一种叫"万年青"的榕树果实。"战斗"中我们失利，便各自向家中撤退，荣荣跑不快被"敌人"追上用"炮弹"一阵狠揍，没想到他突然就放声号啕大哭，一直哭到他父母出来怒骂那些乘胜追击的胜利者，次日他父母还亲自到学校告状，以致很长一段时间内我们都一致对荣荣采取隔离政策不和他玩。相比之下，是女孩的安娥就远比荣荣能干多了。

那时的小城，电炉、液化灶之类的事物还远未出现，烧的都是柴灶，所以城中的小孩到了一定年纪便都得像走人生必由之路一般承担上山砍柴的任务。这里乡下的哈尼人上山砍柴，妇女是用一种叫"背甲"的工具将柴背回来，男人更绝，上山除了柴刀外什么都不带，砍下柴后就用一种细长的嫩树条扭上几扭，就能把柴扭得牢牢的，然后再砍一根不很粗的小树干削扁两头插进两捆柴之间挑起就走，整挑柴都取自山林，造型宛若一件艺术品。这样的方式城里汉人是学不来的，所以城里人上山砍柴便用一种竹编的叫"谷篮"的东西挑柴。当然，这城里汉人用的挑柴谷篮又大多是乡下哈尼人编的。安娥的外公就擅长这门技艺，我和安娥孩童时挑的谷篮就是他的作品，很结实，也很精巧。

带我们去砍柴的是八老倌。当然，八老倌砍的是要用斧头才能劈开的大柴块，得去很远的大山，他把我们带到半路上让我们在那儿砍小细毛柴，他则一个人叼着草烟锅向远处大山走去。不过，由于我们贪玩，花了很多时间去掘"地公鸡"，找小白芨，所以直到八老倌挑着那山一样的柴担转折回来时，我们的谷篮还没有装满，这样八老倌就放下柴担帮我们找柴或者坐在一边抽草烟等我们，然后又带着我们上路，只不过他是挑重担的，走路又快，很快又把我们远远地留在了后面。

后来荣荣的妈妈见我们砍回来的柴在楼梯脚越堆越高，也就买了一对谷篮说让荣荣跟我们去锻炼锻炼。不过荣荣也实在太笨，每边谷篮中只放着几根根小细干的松枝，可就偏偏连山坡都下不来了，看见我们走远了，他急得用带哭腔的声音叫我们等他一下。我说不等，这么笨，让山毛驴（狼）把他抬去算了。安娥则瞪了我一眼，甩辫子又走向山坡，帮着荣荣把柴担挑到平路上来。

那对小谷篮我挑了好多年，到妹妹也能挑柴时，我换了一对更大的谷篮，便把那对小谷篮留给了妹妹，而且她也用了很多年才用坏。

八老倌没有职业，他们家的收入主要靠阿凤婶在手工业社加工米粉的工资和安娥家交来的房租，不过他们没有儿女，这点收入也能够过日子了，另外还有一项收入，就是八老倌从山上挑回来的那些柴，当然，八老倌卖柴不是一挑一挑地卖，这个小城中有一种量柴的单位叫"掰"。这是高和宽各约五市尺（即一个中等身材的人把两手分开的那种长度）的柴垛，要把柴堆成这种形状得在柴垛中横放一些柴，叫作"横担"，一般每掰柴放三层，但八老倌卖出的柴就比别人的足实，而且他砍的多半是栗柴，也比那些松柴杂木柴经烧，所以八老倌的柴没有卖不掉的，附近粮食局、供销社食堂中烧的柴都是买八老倌挑来的。

阿凤婶加工米粉只是早晚上班，白天没有什么事，八老倌挑柴回来时她肯定在家，这样她就会给八老倌打来一盆热水，八老倌把水放在台阶上，自己则站在阶下擦洗他那健壮的身躯，天热时就直接从井中提了水往身上浇。然后换一身干净的衣裳坐在台阶上喝着阿凤婶为他泡好的大缸子普洱茶，阿凤婶则安静地坐在他对面纳着鞋底，两人就这么静静地坐着，时不时对视一眼，眼光都同样很安详、宁静……

很多年以后，我才从别人的讲述中知道，八老倌和阿凤婶为了争得这样宁静的相守，彼此都为对方做出了牺牲、付出了极大的代价，以致人到中年时，我回忆起八老倌与阿凤婶之间的那种宁静的对视时，心中仍然会激动不止，我知道那叫幸福，一种历经风雨之后赢得的幸福。就这样，在这交融着汉文化和哈尼文化，吹拂着温带热带气息的回归之城中，我和安娥、荣荣都一天天长大了，最后又都一同考上了本县唯一的一所中学。

那时因为录取名额有限，能考上中学是件很不错的事，也意味着今后的前途更为可期。当时的我对人生艰辛的一面理解甚少，但也本能地知道若考不上中学的话以后我的生活就会是另外一个样子，所以放榜那天我忐忑不安地去到中学门口，一眼就在靠近末尾的那串名字中发现了自己的姓名和学号时，其欣喜之情难以言表。安娥的名字紧倚着我，令人不服气的是笨蛋荣荣则高居榜首，不过我为自己和安娥没有名落孙山也感到很满足了，于是兴奋地回身往家走，刚走到马店街街口，就看见一个迎面而来的哈尼族姑娘站住了脚并叫着我的名字。

那是布都（哈尼支系）姑娘的装束，青布连衣短裙，腰系一条绣花的绿色腰带，头上是粉红色、蓝色和黄色三色交错的包头，最显眼的是那代表少女身份的粉红色围腰。在这座小城长大的人，一般都分得清楚几种主要的哈尼族、彝族支系，也知道姑娘和少妇服饰的区别，可是这姑娘怎么看着很眼熟？

老天，这是安娥！

实际上，这也是安娥第一次穿她们本民族的盛装。这服装是她外公外婆为她制作的，这样一套服装在当时也值两百来元，相当于我父亲半年的工资，所以安娥的父母没有能力为她做和买，但安娥的外公外婆总觉得外孙女不穿一回哈尼服装就不像哈尼人，所以用攒了好几年卖野生药材卖野味的钱，置办下了这套衣服，并要她在考上中学时穿上，很有点举行成人典礼的味道。

身穿布都服装的安娥好像一下子长大了，也一下子变漂亮了。当她发现了我欣喜又惊奇的眼光时，安娥脸红了，一种从未有过的羞涩浮现在她的脸上。同样的，我的心中，也第一次涌上了一种对异性的欣赏和爱慕，既朦朦胧胧，又清晰异常！

哦，回归之城，饱含着我童年欢乐和青春梦想的浪漫之城。

导致阿凤婶和八老倌的最终结合，应该说那头骡子是始作俑者。本来这头骡子就是八老倌的好伙伴，从到了他手中后就没有抽打过，呵斥几句也是骂声中藏着宠爱。有一回马帮中有匹马伤了脚，不能驮东西了，它原来驮着的货物只好分开每匹马加一点，八老倌不愿意加重头骡的负担，便自己把头骡的那一份背在身上走了差不多十天。当然他这么爱头骡也是有原因的，因为这头牲口实在是太通人性，而且不止救过八老倌一次。

那回是八老倌驮茶叶上内地，这回驮的全是上等的普洱茶，因为怕牲口出汗污了茶味，所以马帮便改成早晚走，中午歇息。这样路就变远了。有一天黄昏走到一个山谷口，头骡走到那儿就喷着鼻子不肯前行,八老倌心知有异忙拔了枪观察周围,发现山头有土匪埋伏,于是他反而率先开枪示威,对方见他们有准备,又看清了驮的是茶叶,便不动声色地撤走了。

事后八老倌他们得知,那几日流窜过来的是出名的大土匪黄脚五,此人伏击马帮的惯用手法是不管好歹先把人放倒几个再说,如果那日他们大摇大摆地走进山谷的话,情况可就危险了。

不过这牲口灵到能为主人选择爱人的地步,也实在是令人难以想象。后来那个年轻的马店老板娘阿凤婶一直对头骡格外关照,并总觉得头骡眼睛看着自己就像是有话要说,而且她还吃惊地发现实际上她知道头骡想说的是什么。

阿凤婶是续弦,她丈夫的前妻死于摆子病(疟疾),没有留下子女。她原来也是小康人家的女儿,还读过几天私学,因为遭贼抢和父亲重病,家道中落,经人说合嫁给了现在的丈夫,一个有房产地产并在外地有商号的商人,这人品行不佳却很能理财。他娶了阿凤婶后,便盘下了这家马店让她经营,自己常年在外地。阿凤婶名为老板娘,实际钱财的开支全都掌握在他手中,娶阿凤婶等于找一个不用支付工钱的管家。

我搞不清阿凤婶和八老倌最后是在什么时候和什么情况下结合的。因为据我所知,阿凤婶马店中有小伙计和婆婆盯着,她本人又是连大门都很少迈出。而八老倌住店时还有他的几个弟兄,有时店里同时还住着其他的赶马人,而这些赶马人的眼睛一个比一个尖,耳朵一个比一个灵。当然也可能他们之间根本就没有什么我们所想象的那种事情发生,很长时间里只是彼此在心中默默地存着那一份说不清楚的感情,很可能。

总之八老倌的马帮后来就固定在阿凤婶家住宿。从外地归来的八老倌常常会带来件把诸如小圆镜、香粉之类的东西给阿凤婶，阿凤婶会在头骡的注视下悄悄收下这些小礼物。然后当八老倌他们聚在一起吃饭时——一般的马帮即使住在马店中也还是自己烧火煮饭吃，当然柴火得由店家备好。阿凤婶就会炒一两个好吃的菜给他们端去，有的菜还是她算着日子早就提前备下的。

阿凤婶的做菜手艺很高，这是我亲自领教过的，一样的炒白菜炒萝卜片，她炒的就是比我们家的好吃得多。

他们之间的感情或许就是在相互之间的这种点点滴滴的关怀中发展起来的。据说他们彼此间甚至连交谈都很少，因为阿凤婶话不多，不是那种会和马哥头们打情骂俏的老板娘，——这也是她的马店生意不甚兴隆的原因之一吧。这样到了夜晚，两人虽同住在一个马店中，阿凤婶在寂寞冷清的后院楼上听着夜间的各种微小音响整夜不合眼；八老倌则在前院楼下充满马粪味、青草味和烟火味的大通铺上辗转难眠。

"月亮出来亮汪汪，

想起我呢阿哥在深山……"

偏偏有一个同样睡不着觉的马锅头五音不正地哼起山歌，一直唱进了他们心中。

事情突然有了变化是一年以后的三月。

那是日本人投降后的第一个春天，虽没有经历战火的洗礼但依然因之吃够苦头的小城人民也好好地热闹了一阵，节日也就过得很长。"大年过到二月八，小年过到青草发。"但节日刚过，就有人火速来到方家（阿凤婶夫家）报信，说阿凤婶丈夫被贼杀死在勐叭山，财物马匹全数被劫，死里逃生的小伙计草草将他埋在一个山谷中做了记号，在一些马帮同行的救助下逃回了小城。

勐叭山是与缅甸国接壤的一片大山，居住着性格强悍的佤族、景颇族等山地民族，在那个时候，这些少数民族被传闻形容成是野蛮而又凶残的人，除非是与他们有交情的，否则很难从那儿通过。阿凤婶的丈夫是个花天酒地同时又胆大妄为的走私者，他时常在那一带走私鸦片或者贩运洋货，如在棉花包中夹带进口手表之类。或许是"经常上山遇着虎"，莫名其妙就被一支来历不明的土匪一锅端得干干净净，而祸不单行的是，阿凤婶的婆婆方家老母得知消息后，一惊一气，跟着就过去了。

方家一片乱麻麻，不知是巧合还是命运的安排，那几天八老倌等正好歇在阿凤婶家，而且是刚刚从边地贩了一趟象腿盐（一种形如象腿的块状岩盐，很方便马驮，正好每匹牲口驮两块）回来，赚了几个钱，想在这小城中休整几天，等等货。等到方家理出了头绪，决定先为老太太治丧时，重孝在身的阿凤婶回到方家叔伯居住的老屋守灵去了，这边马店的事只好含泪请八老倌照管一下。这个小城中汉族人家治丧，尤其是为老人治丧，程序是非常烦琐的。方家老屋旁首先高悬起了叫吊钱的彩幡，从彩幡的层数中外人可以得悉过世老人的寿数。然后门上贴出白对联，方家的亲友也就远远近近地向这儿靠拢，再然后看风水的地理先生，挖"圹"的土工，吹鼓匠，做法事的"仙奶"都请来或不请自来。到出殡时，一大堆孝男孝女戴着白色包头伏在地上，让死者的棺木从他们头上缓缓抬过，称之为"过棺"。办丧饭也是要吃好几天的，来吊唁的宾客也同样掏钱挂礼。

对老方家没有多少感情的阿凤婶，在这一连串的打击下也懵了，不知所措。仿佛像个木偶人一般听从摆布，叫磕头就磕头，叫端水盆就端水盆，但她不知道的是，在她还没清醒过来时，方家的叔伯们已经在开始算计她了。

除了这个马店之外，阿凤婶丈夫在城中还开着一家生意很好的杂货铺，并在乡下一个汉族哈尼族杂居的小镇上设有一个分号，在城郊观音阁还有一点田产，同时，方家老屋的房产也还有他一份。因为阿凤婶还年轻，方家叔伯便不等丧事办完也不告诉阿凤婶就先把杂货铺收归己有，田契也藏起来，阿凤婶记起丈夫的现洋是放在他的老母亲处的，一问下落，大伯伯说是办丧事都拿出来用了，而且还不够若干若干。方家的人是贪得无厌的，接下来就又开始打这个马店的主意了。这个马店不大，但房产总是值钱的，何况马店还可以不停地生出钱来，这样有一天，方家的叔伯，还有族中长辈就一起来到了马店，按现在的说法是想做一次正式谈话和下最后通牒。其内容是阿凤婶可以继续经营马店，但不得改嫁；若今后她嫁人，这个马店就得收归方家所有，并要口说无凭写下字据让当事人和中人一一签字画押。

这时那个柔弱的阿凤婶开始为自己的命运做斗争了。

阿凤婶没把众人往她住的后院让，而是让他们坐在那充满青草味马粪味的前院，其时那儿火塘正烧着旺火，三脚架上有

螃蟹脚

一把铜壶的水也正沸腾着。而八老倌也正好在帮她打扫着院心，清除马粪。

那个阿凤婶要叫作"六叔"的方家长辈，见有外人在，就说他们要和侄媳妇说几句话，是不是到里边（后院）去说。

阿凤婶冷冷地说，有话还是这儿说好，后边寡妇住处老人家还是少去，并说这位赶马大哥是她这几天请来帮看马店的，我听得的话他也听得。及等到六叔等人说清来由后，阿凤婶却意外地说出了一番话。她说马店的事过两天再说，现在是你们方家还有一个人尸骨丢在荒郊野坝，难道你们心里好过？要说大事这才是大事。现在铺子你们拿去了，田你们也拿去了，这个去收尸骨的钱，是不是也该你们方家出？阿凤婶的大伯伯和小叔子就像哑巴了一样一句话也不说。因为这段时间他们忙于算计阿凤婶丈夫的财产，根本没有想过还有个同胞兄弟抛尸异乡的事。连那个六叔也一时想不起要怎样去答复阿凤婶。

这样，阿凤婶最后发话了，说既然你们不想出钱，又没有本事去勐叭山，那么我说出的话你们不要挡，谁要有本事把我家里人的尸骨拿回，我就嫁给谁，做大做小随意。我们也算夫妻一场，不望着他埋进祖坟，我一辈子都心不安。

凭着我对阿凤婶的了解，我知道她最后这句话既是针对方家的策略，但也的确是她自己真实感情的流露。

马槽边"刷"地站起来了正在修理马鞍的八老倌："你们汉家说话算不算话？"

阿凤婶说："我单个说的话单个算话，我是我单个的，方家人不认账我认账！"在回归之城的方言中，"单个"就是"自己"

的意思。阿凤婶说完还一把拉住了长着白胡子的六叔，说这件事六叔你老人家得给我作证做主，弄得六叔推也不是甩也不是。而方家大伯伯则一跺脚就扭头甩袖而去，小叔子也忙颠颠地跟着溜了。

八老倌当即找来了逃回来的小伙计，问清方位、记号，当天下午就带着头骡和那三匹马，驮着些吃用的东西，在阿凤婶和他的哈尼族弟兄关注的目光中，向着茫茫的南疆毅然而又决然地走去了。

这是一条何等艰难的路啊，他要跨过泗南江、把边江、澜沧江，穿过人烟稀少的亚热带丛林，越过"瘴气"弥漫的大坝子，走过当时国人了解甚少的傣族、拉祜族、佤族村寨。而且那时正好是漫长的南疆雨季即将来临之时，走长途的马帮越来越少，八老倌的前路将是寂寞的、凶险的，甚至一去不回也有可能。所以，几乎很少走出家门的阿凤婶也破例地来到城外，吃力地登上几十年以后修建起的北回归线标志塔的那座叫登高架的山梁，为的是看看那渐渐融入南方山野的八老倌一行人马。

那一刻，阿凤婶有些后悔自己为了抗争命运想出来的那么一招。

普益公园是这个小县城中唯一一个小公园，格局有模仿省城昆明翠湖公园的倾向，也是在水面上筑堤造桥，堤上种有左右合围的紫薇、杨柳。不过我们小时候，这公园不叫普益公园而另有一个很有那个时代特色的名字，叫"人民公园"。由于我和安娥常跑到那儿游荡，便认识了一个也常在那儿静坐的老人，

螃蟹脚

或许是没有说话的伴儿吧，老人便也和我们说几句话，问我们家在哪儿，读过什么书之类的问题；而且有时候还会帮着我们找知了，抓小鱼。

正是这个老人，教会了我吹口哨"恋大头"，大头的"头"字要读成"拖"，是一种个头挺大的巨无霸蜻蜓。如果抓到一只母大头，我们就用线拴住它，然后吹着口哨站在水边田边挥舞着母大头绕圈子飞，这样远处的公大头就会飞来交配，趁它交配时一下子就被我们抓住。老人玩起"恋大头"挺熟练，看样子他小时候也没少玩过这游戏。

我一直不知道这老人叫什么名字，现在回想来，他大约是一个从出生到老都生活在这座建筑在北回归线上的小城中的人。他一生时间都在注视着这座小城的每一点细微变化，也最终在某一个我们不曾留意的日子中与这小城长辞。也许我和安娥、荣荣放学回家遇到那些送葬、过棺的仪式中，有一起就是为他举行的，只是我们不知道罢了。

老人告诉我们，公园过去是一个有钱人修的私家花园，那些纵横交错的堤实际是一个汉字，谁要猜到这个字就会得到很多好处。这个传说立时引起了我们的兴趣，马上穷尽我们的文字知识去猜测，最后又追着老人问是什么字。

老人说是他这辈子猜不出来了，很多人也猜不到。当时我很不服气，总想搞懂那是个什么鬼字，为此我不止一次在那些堤岸上来回走。直到人到中年时，我才悟出实际上那个堤岸并不是一个字，因而也永远没有答案。你心里想它应该是什么它就是什么。——造物主也和这修筑花园的那人一样，放一些没有答案的问题在你前路上,却逼得你去思索、寻找,找到什么答案则靠个人的悟性和机遇了。

我这里用了不少的笔墨写这老人是有缘由的,因为后来有些关于八老倌和阿凤婶的故事就是这老人提供的线索,尽管这老人可能也从来没有和阿凤婶和八老倌打过交道,但他却清楚地知道这些当时曾传遍小城的故事。那是当老人得知我们几个小孩和八老倌阿凤婶同住一个院子时,他的眼睛亮了,连着问了不少他们的近况,当我说八老倌现在靠砍柴卖度日时,老人沉默了,许久才说:"可惜了。"

据说,八老倌那回一去,两个多月后才在一个阴雨天里走回到小城的。在他回来前的头几天里,阿凤婶老是做噩梦,梦见八老倌和她丈夫打架,又梦见有蛇进家,所以弄得她成天心惊肉跳。那日她若有所感地向门口看去,一下子就看见八老倌的头骡回家般欢快地踏进店来,后面跟着又瘦又疲倦不堪的八老倌时,阿凤婶还以为是在做梦呢。

这一路实在是太难了。

八老倌先是淋了头拨雨水(雨季最初的雨水,据说受淋后容易发病)得了病,幸好身子硬朗,没几天就好了。本来空马帮走得快,但偏遇上有两个土司打冤家,差点当冤死鬼。到了勐叭山还是找了熟人向民族头人通融,才几经周折找到了阿凤婶丈夫的尸骨。回程时盘缠用完,只好卖掉一匹马和那支德国造的滑板十响枪。又因为驮着死人尸骨,只能露宿为主,所以他一回到小城中阿凤婶的马店时,也差不多就倒下了。

阿凤婶是坚决相信八老倌会回来的,所以八老倌前脚才走,后脚她就为丈夫备下了棺木,及见到尸骨送回,她马上请来了方家叔伯、长辈、保甲长等地方乡绅,设置了灵堂,为亡夫隆重入殓。她这一举动既符合当时道德规范又很富有人情味,被请到的人包括方家叔伯都不能不来。

尸体是早变成白骨了,但当日死者所穿的衣物还有不少附在其上。没有人怀疑这不是阿凤婶丈夫。这些同哈尼人打过不少交道的乡绅心里都明白,像八老倌这样的哈尼汉子,说定了的事绝不会作假。

由于当时是雨季,不宜埋葬死者,所以那棺木就暂时寄放在方家祠堂中。直到雨季过后,阿凤婶才尽其所能地为丈夫安排了葬礼,看着他平安地埋进了方家坟山。

至于八老倌,他回来后并没有一句话或者一个字要求阿凤婶兑现她"单个"的承诺,而且仅在马店休息了一日,就在阿凤婶忙着张罗为丈夫入殓的时候,独自带着头骡悄悄回哈尼山寨他老家那儿休养,在阿凤婶丈夫下葬之前他也善解人意地一直没有露面。那时的小城还没有收音机,省城印的报纸也要十天半月才会送到这儿,所以像方家与阿凤婶、八老倌这样的传奇故事,便成了本城的特大新闻,传得差不多家喻户晓。而不知怎么,在这礼教气氛很浓的小城,这回公众的社会舆论却倾向于同情阿凤婶和八老倌了。

最有权威的说法出自于那几个参加入殓仪式(多少有点公证人的味道)的乡绅,他们评价说阿凤婶是有恩有义,而八老倌则是有勇有信。乡绅一说,别人也都这样认为,倒搞得方家人有些狼狈。最后也只好让了步,放话说看在阿凤婶将丈夫的尸骨归葬祖坟的分上,她可以改嫁,马店也可以留给她淘生活。但其他财产要放弃,死后也不准埋在方家坟地……

实际上这也是既成事实了。因为所谓其他财产早已被方家尽收,阿凤婶也从未想过去要。而她与方家的这一场斗争,如果是她一手策划的话,我只能说这是很漂亮的一次策划,勇和谋在这里成功地结合起来,击败了对手后又不失时机地给对手留下了面子。当然,也可能阿凤婶事先根本没有策划,她只是走到哪一步说哪一步的话,而事情的发展却在她两人的共同配合下得到了令人满意的结果。

这样,就到了八老倌再次回马店的日子。

那天他赶着头骡和两匹马不期然而至,骡马驮的是雨水过后马店中正好短缺的烧柴。而阿凤婶也似乎估计到他的到来,事先就买了点肉,并叫小伙计打了点酒。见了面除了头骡对阿凤婶表示亲热外,两人间似乎连一句问候的话都没有。八老倌同小伙计卸驮子、堆柴,阿凤婶倒茶,然后做饭、烧菜。

这一天饭菜似乎上得很慢,八老倌也第一次同阿凤婶、小伙计一同在桌面上吃饭。那日店里没有其他投宿的马帮,这小伙计是阿凤婶新换的,也是她家的远亲,年纪很小却懂事,他照料过那三匹牲口后,就知趣地到他的那间小偏房中睡下了。

八老倌也打开了他的毡子等行头,熟练地向空荡荡的大通铺走去。

这时候阿凤婶出现了,她换上第一次见到八老倌时穿的那身浅色镶边的姊妹装,并扑上了一点八老倌以前送她的香粉,这香粉味在这充满马粪味、草味的马店中很容易被嗅出。她打开通向后院的那扇小门,淡淡地说:"进来。"

后院很小,却是八老倌以前从未进入过的禁地,面对这突然的邀请,八老倌一下子踌躇了,站在那儿一动不动。他下意识地向马槽方向看去,只见头骡也正看着他又喷鼻子又刨蹄子,似乎是在焦急地鼓励他大胆上前。

"不消铺床了。"阿凤婶亮晶晶的眼睛定定地看着他。

八老倌手中的行李落地,他看着阿凤婶的眼睛一步步往前,最后终于走进了那扇小门。那小门随即也在阿凤婶身后关上了。

马店中静悄悄的,只有头骡在不停地东张西望,嗅着这些久违了的熟悉气味和谛听着静夜中发出的某些响动……

同一院的三个孩子一齐考上初中,这在当时是很难得的,所以连毫不相干的八老倌也满脸喜气,话不多的阿凤婶也讲了一件有关本院的传说,说是当初打这眼院中水井时,井位本来是定在正中的,后来请了一个很出名的风水先生来,他放下罗盘一测,就直言说主人家富贵到顶了,若这个院子要发后人,井位得往南稍偏。

这大概就是后来传说的北回归线井的来历了。当日那个旧官僚想想自己一把年纪,如此地位钱财也确实到顶了,还是发子孙吧,这样就同意移井位。果然第二年他就在一支本地人组织的"自卫军"打击下仓惶出逃了,所以,阿凤婶说这个院子要发后人,怕就应验在你们几个小跳跳身上了。众人听后都笑了,连一向不甚合群的荣荣母亲也跟着喜笑颜开。

哦,中学时代,生命中最美好的一页。

那时的中学,并不分什么尖子班、普通班之类。相反还有意识地将成绩不同的学生加以搭配,让他们互相帮助,共同提高。这样我就和那高分低能的荣荣搭配在了一块,安娥则在另一个班。

我实在搞不懂的,是那个笨极的荣荣,读起书来那么厉害,什么课程都难不倒他。每到考试,我们都感到紧张头疼,他则兴奋得两眼发亮。但除此之外,别的凡属于这个小城中男孩都应该会的事他偏偏又是一概不会。"恋大头"他吹不响口哨;拣菌子他分不出有毒无毒,也眼睁睁地看不见地上的菌子;玩水林果枪,他就从来没有做成过像样的水林果枪。

水林果枪,这又是这座小城的特色了。水林果是一种野果,藤本,形如豌豆但更小,过去漫山遍野都是。我们用细竹管做枪筒,削一根小竹棍,然后以水林果为子弹,利用压缩空气的原理,"啪"的一声将水林果射出去。当然射得不是很远,打在身上也不特别疼,最适合于孩童的战斗游戏。后来经过一批又一批的孩童们开动脑筋,发明了以小铁盒为弹仓的连发机关枪,一打数十百响,战斗起来既激烈又热闹。

荣荣也想加入战斗行列,但他做的水林果枪要么是卡壳要么是枪棍折断或者干脆就打不响。这样他只好央求我为他做。当然,我为他做也是有条件的,就是必须拿出他珍藏的那些《三国演义》《西游记》等成套连环画让我看个够。几十年后,荣荣告诉我,说他有一次想为儿子做一支水林果枪,但怎么做仍然不行,他当时真想给我打个电话,让我从远方回来再为他做一支……

螃蟹脚

  但在学习成绩上，我永远只是荣荣的配角。为了一种莫名其妙的自尊，我从不去求教荣荣或者抄他作业，就这么以中下的位置硬撑过了整个初中，又侥幸没有名落孙山地考进了高中。（实际上真再差一两分就落榜了。）

  这个小城的中学里，当时最大的特色是民族学生众多，我们班里一半以上是来自乡下的哈尼族、彝族同学，不像在县小时那样几乎都是汉族孩子。由于都是同样考进来的，这些乡下同学除了电影看得比我们少之外，读书一点不比我们差，我的很多有关碧约、布都、布孔、卡多、阿木（均为哈尼支系）的知识就直接来自这些同学。但奇怪的是中学的众多老师中，却没有哈尼族。

  我的班主任老师告诉我，现在国家人才很缺，教中学至少得有大专以上学历，要培养出这样的民族知识分子需要一定的时间，说不定，哈尼族未来的大学教授、专家学者现在就在你们当中呢。

  这个后来在"文化大革命"中自杀身亡的教师预言是很准确的，后来哈尼族副教授、编审什么的一堆"高知"，以及本县"县太爷"、省民委领导等官员就正好出在我们班。

  进了中学以后，安娥反而显得同我们疏远了，那种不管不顾地冲进我的房间，揪着我耳朵大喊"懒猪起床"的举动是没有了，而且当我去她房间时，她会赶紧把一些东西藏起来，也不再同我挨擦着坐。星期天有时我们还是去砍柴，因为那是减轻家庭负担的方式，安娥家只有她爸爸有工资，这就更少不了。但去也就是静静地去，挑着谷篮我走在前她走在后，到了柴山我说就在这儿吧,她也就点点头,然后各自砍柴。那时我的身体开始粗壮,自然砍柴比她快,这样砍好后我又帮她砍柴装柴,她也就静静地坐在草地上看着我为她效力。

那时我们早已不需要八老倌当向导了,去砍柴的地方也比以前远得多。当我们挑着柴往回走,碰上比我们更小的孩子们在半道上砍小细柴,这些孩子惧怕我的强壮,不敢对我和安娥喊出什么"两口子"之类的话,但我依然从他们眼神中读出了这个意思,这时候昂然前行的是我,脸红的却是安娥了。

我同时还发现,笨蛋荣荣也很喜欢安娥,并且每当他父母或者他从大城市探亲回来,他总会送一点城里边的什么新奇小玩意儿给她。而安娥对他也很客气,不让他丢面子,这样经常弄得我心里很烦恼和不是滋味。

或许那就是"青春的烦恼"。

不过,命运的发展实在令人难以意料,正所谓"人算不如天算",而且就像普益公园那个谁也猜不出来的字一样,当初谁又会想到那最适合做学问的荣荣最后连大学都没上过,成了这座小城中的一个个体老板,而读书时成绩不理想的安娥却成了真正的学者,而我则在上高三的时候意想不到地参军入伍,到了部队。

我想,那时大约是这支南昌起义起家而最终以武力夺取了政权的部队的高层中,已经意识到军队文化素质的不足,所以决定在应届的高中生里直接征一部分学生入伍。因此我有理由认为,军队现代化的意识在这支部队的高级将领中实际一直是很清楚的,只不过后来搞"文化大革命"一拖就是好几代人。

那时的高中青年大都盼望考上大学，即使考不上，高中毕业的文凭也容易找到工作找到出路，所以班上报名应征的反而不多。当时我总觉得如果要考大学的话，我永远不及荣荣，安娥文科好，也有希望，所以我恐怕还是去参军合适，这样在脑子都还没来得及适应的情况下，就收到了入伍通知书，想都来不及多想就成了共和国军人。

走前一天，我家请了一次客。

所谓请客，也无非杀了一只鸡，炒了点肉片、牛肉干，外加几样素菜。按当时的生活水平，这也很不错了。因为我家也是外地人，在本地没有真正的亲戚，所以请的就是八老倌、安娥及荣荣他们三家。这实际上是这个跨越北回归线小院的住户们的一次聚会，也是最后一次聚会。阿凤婶为此请了假亲自下厨，炒了好几个让大家赞不绝口的菜。

记得那天八老倌、我父母和安娥父母、荣荣父母他们坐一桌，摆在八老倌家。我和安娥、荣荣等小字辈在我家另摆一桌。但说也奇怪，摆在他们热带的那一桌话题很多，热闹得不行，而我们温带的这一拨却似乎找不到什么共同的话题，连过来替我们上菜的母亲也感到奇怪："哟，怎么一块闹大的人，今天却一个个这么客气，吃菜吃菜。"

粗心的父母一点也没有留心到我对安娥的感情，所以也没有留什么时间让我和安娥单独谈谈。吃过饭后很晚了，又忙着为我整装，然后是没完没了的千叮万嘱，一直到夜深人静。

夜深人静，我轻轻走进院子里。天气正冷，我跺着脚哈着气，看着院子对面安娥的房间，考虑着是不是壮着胆去敲一敲，理由是告别一声。正在想着，安娥却开门出来了，原来她虽然熄了灯，（那时小城里一过十二点就停电）但一直没睡，看样子也是在等一个和我单独告别的机会。我心里一热，也静静地向她走过去。

"送给你。"安娥递过来一件东西，夜色中我感觉出那是一个笔记本，我接过本子，无意中碰到了安娥的手，我感觉到她的手在抖，说话声音也在颤抖。

我说："安娥，我、我……"我不知道怎样在短时间内向安娥说出我此刻想说的话，一下子变得结巴起来。安娥似乎也跟着结巴了："你别说，等你下次……从部队回来……再说……"这时候对面楼上荣荣的房间里似乎有响动，安娥就一下子溜回她的房间去了。

我心里很热，因为我明显地从刚才的慌乱中听到了安娥的承诺，少女的承诺。

笔记本上什么也没有写，只画着一个用虚线组成的圆圈和一个小圆点，我知道虚线代表北回归线，圆点代表我们共同生活过的这座小城，北回归线上的小城。

我的生活就这样开始了新的一页，新兵集训，然后开赴边疆，下边防连队。连部营房在一个半坡上，面对着一派茫茫大山，班长走来向我们介绍地形，说那片大山叫勐叭山……

我一下子呆住了，脑海中突然浮现了八老倌带着头骡行走在山间的情形，以致班长接下来还说了些什么都没有听清。

八老倌住进了原来叫方家马店的这家马店，阿凤婶也成了他的第二房妻子。

　　本来，这虽是顺理成章的事，但实际上还应该举行一些和正式拜天地稍有不同的我说不清的仪式，他们才能成为正式夫妻。但那个时候据说在遥远的北边，国共两党又互相开战了，这世道会怎么变，小城的居民没有几个能说得清，只是感觉到物价上涨、生意难做，各自操心生计，对于某对男女礼数上的欠缺似乎也就不那么在意。况且在那个时代，一个男人娶几房老婆似乎也是天经地义的。即使那几个游手好闲的小"街壁虱"对阿凤婶嫁给哈尼人虽然一直很抱不平，却也不敢去马店丢石头捣乱，怕的是八老倌那种敢见刀见枪的性格。

　　小时候我曾经听大人无意中谈起，说像八老倌这样城里一个乡下一个娶妻的，叫作"两头大"，各人在各人的，没有长房二房的区别，互相间也不来往。

　　虽说是"两头大"，八老倌却大部分时间都留在城里。一个是生意越来越萧条的情况下，阿凤婶的马店离了他就无法经营，八老倌也暂时就不再走远方下坝子，只在县境内通过替人驮柴驮米、替下乡赶街的商人驮货来维持生计。另外是在阿凤婶爱干净清洁的习性影响下，八老倌也开始变得勤洗脸脚冲澡换衣，享受到了清洁环境给人带来的舒畅，这样对山寨中火塘边那种人狗共居的生活已经渐渐不习惯了，偶然送些钱和用的东西回去，也不久留。

　　我从县志上得知，这个地处北回归线上的小城，实际上是滇南交通咽喉，南通西双版纳那一大片边地和通往外国，北边则通往省会通往内地，是商家必经之地，这也就是马店街曾经兴盛一时的原因。但这些年战事不断，商旅绝迹，那一家接一家的马店都很难维持下去了。而八老倌现在又得承担"两头"的生活重担，这就逼着他又再次同老伙伴们合作，组成了马帮下边地做买卖。

八老倌首先是从国外贩洋油（煤油），这是目前小城中不得不用但又奇缺的物资。凭着他的胆大和人熟，一切还算顺利，但就是沿途税卡太多，所以赚头很少。不过在内地物资下不来的情况下，到国外倒运一些日用品回来，还是有利可图，但这个时候这块土地上武装力量很复杂，有共产党领导的"边纵"游击队，有国民党保安团，也有多如牛毛的大小地霸武装以及土匪，这种时候做生意等于用生命做赌注，后来八老倌给我讲过的好几个惊险故事就发生在这一段历史时期。

这样就到了他赶马人生涯的最后一趟出行了。

那时已经是1950年了，在北边中华人民共和国已宣告成立，在这小城，共产党领导的游击队也同样推翻了旧政权，成立了临时人民政府，但是省城依然还在国民党控制下。在这种情况下，阿凤婶劝丈夫别远行了，八老倌则说最后再做一趟。因为同缅甸那边的老板也说好了，不能失信。

临行那天，阿凤婶照例要给头骡上点好料，但那天头骡却不吃，而是用头直蹭阿凤婶，一副依依不舍的样子。阿凤婶觉得有些不祥，但想到该来的事是挡不住的，只好再次叮嘱了八老倌一番之后，看着他们远去了。

从小城到缅甸打其力、八莫等处转回来，一般要两个月时间。而这时候的两个月恰好是在世事大变革的时代。这样当八老倌他们即将踏入县境的时候，却遇上了如水泄一般的国民党残军。

这是一些依然成建制、有长官、装备齐全，却看不见前途的正规部队。他们只想尽快躲开身后解放军的追击，寻得一个喘息的机会。因为看不见前程，所以也就具有前所未有的破坏性。遇上了八老倌他们的马帮后，马上就强行征用，并逼着他们为其赶马和带路，以便加快南逃的速度。

八老倌知道反抗无用，只好忍痛抛弃了他们千辛万苦驮回来的物资，驮上溃兵们的物品又转向南行。夜晚宿营时，八老倌等人趁又累又乏的溃兵们不注意翻墙出逃了。不过，由于八老倌记挂着头骡，想把头骡也偷偷带走，结果被哨兵发现开了枪，幸好只擦伤了手臂，并总算拼着命跑出了子弹射程，头骡没带出来不说，与伙伴们也失散了。

黑夜中，凭着对地形和方位的熟悉，八老倌踏着草丛荆棘往小城方向摸索着走去，到天亮时找到了大路，也找见了跟在溃兵后面追击的解放军。解放军弄清楚他是从国民党军中逃出的赶马人之后，便细细向他了解对方人数和宿营地，又给八老倌包了伤口，也给了他一些吃的。由于八老倌在临时人民政府领导下生活过，明白解放军和共产党是想让大家都过好日子这样一些浅显的道理，所以他主动提出为部队带路。当然，内心中也希望追上那伙溃军后能夺回他心爱的头骡。

同解放军一起的还有当地的"边纵"干部，他们认为八老倌可靠，就让他带着抄近路向溃兵追去。这样天还没擦黑战斗就在一片河滩上打响了。八老倌先是空着手的，枪响后部队也给了他一支枪,他也就跟着往前冲锋,还打翻了几个拼死还击的溃兵。正当他也跟着高喊"缴枪不杀"的时候,对面敌阵中头骡突然飞跃而出向着八老倌跑来,但一串子弹也随即跟在它身后射出。头骡长嘶一声直立起身子,做出了一个仿佛要跃入云空的姿势后重重倒下了。

战斗结束后,八老倌憨了一般抱头蹲在头骡面前,欲诉还噎,欲哭无泪。解放军的首长过来问清了情况,很是同情,就指示战士把头骡好好埋下。头骡下葬前,八老倌默默地解下了骡子头上那因日晒雨淋变得发白的红彩,藏进穿对襟衣的怀中。

那次还有一部分溃兵跑在先,所以其余的马匹也就下落不明了。八老倌随后也就跟着"边纵"的干部押着俘虏回到了小城。进到马店后八老倌含着泪将红彩放在空空的马槽边。自此,他再没有赶过马,作为赶马人,他的赶马生涯就这样随着头骡的死去永远地结束了。

那天夜里,阿凤婶依偎在八老倌身边,抚摸他手臂上的伤口,悄悄谈了大半夜的话,及听到头骡惨死的状况时,阿凤婶也悄悄落泪了。

第二天,阿凤婶在空马槽边烧了香烧了纸,心中却总抹不掉头骡最后一次和她分手时在她身上蹭来蹭去的那种依恋情形。这个生长在小城中的妇女,头脑中是有不少前生来世、因果报应的思想,所以她觉得头骡与她和八老倌大概前生有缘,否则何以一见她就认定不走呢?因此她默默地对着那条红彩祈祷,祈望头骡早日超生,无论它变什么,来世又再相聚……

当一伙人到中年的老同学终于又在这北回归线之城相聚时,有同学用一种回顾历史的口吻说我当年高中参军入伍,实在是有先见之明,至少"文化大革命"那场浩劫对我冲击不大。

我嘴上连连点头称是,心中却在想:莫非这种冲击还不够么。

我的回归之城是"文化大革命"的重灾区,这场所谓"革命"给这个小城带来许多的悲剧、惨剧、闹剧,唯独没有喜剧。

安娥的父亲是个耿直军人出身的干部,因耿直,所以过去就犯过错误,这样首先被揪出来,定性是历史反革命。安娥的母亲被遣送回乡,说是不准在城里"吃闲饭"。安娥因为是在校高中生幸免被遣送回乡,却断了生活来源。然后荣荣父母也双双被批斗,隔离审查,性质未定。

安娥默默地忍受了这一切,她虽然没有了参加"红卫兵"组织的资格,但仍然每天到校,看着别的同学搞"革命"。她家原来租的房子退掉了,但好心的阿凤婶给她留下了一个小房间,不收她房租,又让她去手工业社打小工,挣一点生活费。

荣荣对这突如其来的打击却毫无承受能力,他的父母被隔离后,他自己一个人在家中烧掉了那些数理化等教科书,然后昏昏沉沉地在床上一睡几天,还是安娥来叫醒他,并为他煮药煮稀饭,鼓励他出门、上街。

"如果没有安娥,'文化大革命'我是过不来的,不自杀也要精神失常。"商人荣荣在很多年后这样对我说。

尽管难以忍受,荣荣还是回到同学中。后来他也参加了"上山下乡"到了哈尼山寨。荣荣在那里把中学里学到的数、理、化忘记得一干二净,却学会了做饭、洗衣、种菜,也见识了哈尼山乡的落后、贫困,所以后来他在县里的农业系统工作,想为本县的农民们做些事,改革开放后他干脆办了一个以本地农村为市场的公司,从供应果苗到农机以及与农民联营种植魔芋什么都搞。

我说:"荣兄,这些农民不容易,以后还是讲点奉献少赚几个。"

荣荣说:"私人公司嘛,当然要考虑'查别列壳',但我绝不会做坑哈尼老乡的事。好了,先不说这些,难得见面,就让我们学学哈尼同胞——'支八度'!"

"查别列壳"是哈尼语"钱";"支八度"是"喝酒"。此刻的荣荣已经没有了当年的笨气和书呆子气,全身都透着商人的精明。由于常年和哈尼人打交道,他也学会了一口哈尼话,连人也似乎带上了哈尼人的豪爽。当我问起当初恢复高考时,他这个高分生为什么不去应试时,荣荣说是那时他已经讨了老婆而且一次就生了两个。

——龙凤胎?

荣荣颇自豪地点头。

那传说原来是有道理的,不过荣荣过去是不敢喝生水的,只有一次不知赌什么输了,是我和安娥硬逼着他喝的,好像就那么一次,偏偏就我和安娥例外。这又和普益公园的怪字一样,全是些不解之谜。

其实当时发生在安娥及荣荣身上的事我一点也不知道。我只是奇怪怎么安娥突然就断了消息不和我通信,谨慎的父母怕信

螃蟹脚

落在别人手中落下什么把柄，所以信中对这些事只字不提，直到有一次司务长到营部领给养，碰上一个一起入伍的同学，他才悄悄告诉了这些消息，同时让我以后写信给安娥或者家里，不要提及这些事，否则会被人认为是同情反革命呢。

半年的部队生活和有关小城中"文化革命"的消息，使我感到自己一下子成熟了不少，至少我已经学会了在表面上不露声色。当然，到了夜晚我辗转难眠。生平第一次认真地开始去思索着许多当时我想不出答案的问题，我最后的决定是不管安娥回不回信，仍然还是定期写和寄出，信中只谈我的生活，这样落到别人手中也无所谓。而安娥肯定会明白我的用意。

这样的思念于我是一种很沉重的包袱，它使我本来就艰苦的军旅生活变得更加艰难，所以我只有用多做事来克制内心的失落。除正常的出操、站岗及内务和越来越多的政治学习外，我主动承担了黑板报的工作，每期的板报除了抄军报的消息外，还利用我在小城中学里学到的知识，在墙报一角搞一点"火柴拼图""鸡兔同笼"之类的智力测验游戏。没想到这前后没有村寨，生活单调枯燥的边防连队，这一招让战友们大感兴趣，每期一出，总有人聚在那儿又猜又算，气氛很是活跃。

还有一次是附近一个佤族寨子失了火，我们连长带着一个排的战士火速赶往现场扑火，为乡亲们挽回了不少损失，我回忆着学校里"怎样写通讯报道"的课程，写了一则消息给军报，没想到军报编辑加了些"一不怕苦二不怕死"之类的豪言壮语后，文章还真的登出来了。这件事无意中改变了我的命运，注定了我后半生将同各种各样的文章长久地打交道。

在军队这个特殊的群体中，有才干的个人要比在别的环境中倍受重视，这样不到两年的时间，我就被抽调到了分区机关的宣传科。这个时候，已经到了大批知识青年上山下乡的时候了，我刚到宣传科报到，正好碰到一个北京女知青迷失在丛林中，后经部队及民兵多方寻找获救的事件，我奉命采访，写了一篇很长的通讯，因为这是当时的热点，结果发表后好几家大报都做了转载，这篇通讯也同样奠定了我在分区宣传科的位置。

这样，到我提了干并首次得到了探家机会时，安娥、荣荣他们已经在乡下第二个年头了。也许因为知道了安娥不在城里，所以我回到小城时虽然也有重返故乡的欣喜，但没有什么特别的激动，何况这三年多来，小城几乎没有什么太大的变化，我们那个小院里，当年安娥我们小时候歪歪斜斜写在柱子和板壁上的粉笔字也还依稀可辨。父母看见我军容整齐又强又壮地回到家中，自然是无比的高兴。谈起熟人，我才知道荣荣的父母被批斗了一通又依然上班工作，什么问题也没有，但已经搬到他们单位去住了。安娥的父亲最后是自杀的，她母亲则带着她的弟弟回到乡下，听说又嫁了人。安娥户口一直是城镇人口，就下乡当了知青，但从不回城，因为这城里已经没有了她落脚的地方。

这个时候的父母已经觉察到了我对安娥的感情，所以谈话时绕着弯说我现在这个情况，同安娥相处会有"影响"。我不置可否，打听清楚了她所在的地点后，决定按原计划去看她，和她谈一谈。

我们这个以哈尼族为主的县是一个缺水的山区县，每年县里

螃蟹脚

领导都差不多要号召抗旱但不用防洪。也许因为是缺水的缘故,这儿的地名大多与水有关,如龙坝、龙潭、碧溪、涟漪等。安娥所在的那个乡也同样带着龙字却很少有河流。去她那儿必须先乘"支农班车"(实际是大卡车)到乡上住一晚上,第二天早上再步行到她们知青点,然后当天就又得步行返回乡政府(那时叫公社),否则就赶不上那隔几天一班的班车。主意拿定后我就买了些据说那儿很缺的蔬菜,加上我从部队带回来的几个罐头和一些糕点,挤在一卡车的哈尼族、彝族、汉族山民中间出发了。是夜投宿在当地供销社的一个招待所。第二天早上打听了道路后就背着我的礼品上路了。

在部队几年的锻炼,空手走山路对我来说已经不是什么问题。但因路不熟,当我赶到她们知青户时,已经快到吃早饭的时候了。那是一个以当地叫"土掌房"的平顶房为主的哈尼寨子,用不着问人,我一眼就判断出寨子最外面的那间显得很新的瓦顶房就是知青户。在离知青户还有百把米的时候,我看见一个汉族穿扮的姑娘背对着我在田埂上采野菜,我的心突然一下子不由自主地狂跳起来,我认出,那正是分别三年多的安娥!

听到脚步,安娥抬起头来,看到一身军装的我,先愣了愣,待认出我之后,她手中采满的那种叫"壁虱菜"又叫"哲耳根"的野菜也随之掉了一地。这样的情形我后来多次在影视作品中看见,我有理由相信那种动作是真实感情的流露,绝非是导演的凭空想象。

知青都是来自北回归线上的那个小城,当中有我高中时的校友,也有我在校时刚上初中的小弟弟小妹妹,他们都知道或者听说过我这个直接从高中就穿上军装,又在报纸上发表过文章的校友,所以一见我就欢呼了起来。那一顿中饭于是就变得很丰盛,知青们分享了我带来的糕点,并把我带来的红烧肉罐头全数打开混合着白菜煮了一大锅,同时还割了一大块看来是平时舍不得吃的腊肉。大家又闹又吵又唱地过了一个愉快的中午。

这个知青点的头儿是我一个高中同学,家也在马店街,小时候没少和我们打过"水林果"枪仗,"文革"闹派性听说还当过头儿,人显得比较成熟。知道我下午得走后,感到很惋惜,于是善解人意地叫安娥下午别去出工,留在家煮饭,顺便陪我说说话。——谁想当大家拿起工具往外走时,安娥也急忙抓了把锄头要跟着走,还是她的女伴一起嘻嘻哈哈地硬把她推回房内这才作罢。

但是,当安娥独自和我待在一起时,她突然变得忙碌了,一会儿喂猪一会儿整理水笕槽,一会儿又拿起扫把清扫屋内外,似乎怕和我说话一般尽量找事情做,偶尔和我说几句话也是前言不搭后语的。我看看时间不早,只好无奈地说要上路了,叫安娥陪我到外面走一走算送送我吧。

时隔多年后,我还十分清楚地记得我和她一同走过的那几条田埂和那一截山路,田埂和路边长着很多米汤果、马蹄根、哲耳根之类的野菜。我知道安娥小时候没少在山寨里生活过,所以她的野菜知识很丰富,这样我们才开始有了共同话题,安娥在田野的怀抱中也显得自然活泼多了,也直到这时候,我看清楚分手后的几年里,备受命运打击的安娥依然出落得那样成熟、美丽。不过那个时候我们已经走到离知青户很远的地方,该分手告别了。在一座独木桥旁，我和安娥默默相望，想说什么又说不出来。

　　财大气粗的个体户老板荣荣在喝得微醉之后，曾直言不讳地告诉我，说如果当初没有我的话，安娥肯定会同意和他结合的。因为后来从知青到分工那一段经历中，他和安娥可以说是同病相怜又互相支持着走过来的，有共同的感情基础，而我在那时却青云直上根本和他们是"两股道上跑的车"，不能同呼吸共命运，安娥最后拒绝他，完全是怕这样做会伤了我的心。

　　"因此我恨透了你。"荣荣又喝了一大杯"麻栗果"之后瞪着眼这样对我说。我表面哈哈大笑，心中却忍不住又是一阵颤抖，因此也跟着喝下了一大杯回归之城的名酿"天溪"紫谷酒。

　　实际上我只是在最后分手的一刹那握住了安娥的手，冲动地说我回去要把我们的关系公开。但安娥却苍白着脸坚定地告诉我别那样做千万别那样做，那样做不行。我则不容否定地说就这样定了，你等着消息吧。后来我放开了她的手就大步往远处去了。当我走出很远回头看时，看见安娥还站在那独木桥的另一头看着我，虽然那时已经看不清她的五官，但从整个人的姿势我看出她是哭了。

　　"再见——"我远远地冲着她高喊，声音撞到四周的大山中又反弹回来，又渐渐地消失……

　　八老倌在回到回归之城的第七八天头上，开始从失掉头骡和另外两匹马的悲痛中回过神来，同时也想起了这次买卖全部丢失之后今后的生计问题，这个时候，一个穿灰布军装的本地干部和一个穿黄色军装的解放军干部问着找着来到了方家马店。他们来的目的一是感谢他上次为部队带路追击敌人，并送来了一些战利品表示慰问；二是看中了他作战勇敢，枪法也不错，而且又是哈尼族人，因此动员他参加县里的地方武装基干队，配合解放军开展剿匪工作。

我说过这个哈尼族、彝族聚居的县份是一个大山连大山的山区县，在八老倌那个时代各地有不少相当于民族头人的山大王和汉族恶霸，他们当中有的对新政权不理解，有的本身就是旧政权的顽固支持者，一些逃脱的反动官僚武装人员纷纷向这些地方汇集，形成了多股大大小小的武装土匪，其中最大的一股甚至打出了"反共救国军"的旗号，一度攻占了新政权的一个区公所，杀害了十多名干部、战士，劫走了关押在当地的数十名恶霸地主。所以县里专门成立剿匪委员会，从正规部队中调来了一个连加上民兵基干队，准备稍作整训即出发剿匪。由于这是少数民族地区，骨干中少不了要有哈尼族人，否则难以开展工作，这样县里的干部就都不约而同地想到了这个胆大的赶马人。

那时的八老倌对新中国、新政权的认识还停留在一种很肤浅的初级阶段，但他对危害乡里的土匪是非常痛恨的，知道这些人不做田不赶马，除了吃老百姓的什么好事也不干，另外是人家干部带着礼物上门来动员，这是人家看得起他这个乡下哈尼人，不去好意思吗？这样八老倌就毫不犹豫地参加了剿匪队伍，由于他在民兵中有威信，又有和土匪打交道的经验，所以后来还担任了大约是小队长一类的职务。

螃蟹脚

  这次剿匪是一次艰辛而又漫长的军事行动，从开始到最后的祝捷大会，前后历时两年，有五十多名解放军战士、地方干部、民兵和参战群众壮烈牺牲，其时正值壮年的八老倌也经历了一次血与火的洗礼，负过伤，还几次走到死亡的边缘。若干年后他曾经边磨砍柴刀边给我讲其中最危险的两次：一次是打匪首曾德兴，冲锋时一颗子弹从他的耳朵旁飞过，打死了紧跟在他身后的一个哈尼族民兵；另一次是开会走夜路，寨头树丛中跳出两个手持长刀的匪徒，八老倌几乎是下意识地一偏头，那刀滑开砍伤他的肩膀，他忍痛还击，打死了其中一个匪徒，而同行的一个地方干部却被劈中脑部重伤牺牲。

  应该指出的是，当时部队和地方均是供给制，所以八老倌这近两年的征战实际上是没有报酬的，这样留在小城中及哈尼山寨的两个妻子生活便艰难了。据说留在山寨的那个哈尼族妻子倒还得过次把乡政府的救助，而城里的阿凤婶却几乎无人问津，在马店几乎没有生意的情况下她靠精打细算勤俭节约度过了这两年，并且还尽力为八老倌腌制下了一些他爱吃的腊肉和牛肉干巴。

  剿匪队伍回到回归之城时已经是初冬的季节，这支立了功的队伍受到了城里各界群众的夹道欢迎，阿凤婶自然也是急不可待地站在人群中翘首以望，当她一眼看见完好无损身背钢枪胸带红花的八老倌时，眼泪一下子就掉了下来，差一点就想冲出人群去拉住他的手接他回家，当然这只是她心中的冲动想象，而实际中的阿凤婶也就只是那么站在人群中静静地等队伍通过，然后就悄悄地回到了马店灶前灶后地忙着准备几样拿手好菜，等八老倌回家。但据我所知那天傍晚城里是为这些剿匪归来的战士和民兵举行了会餐——每八人一圈蹲在小学校的操场上围着一些盛在大盆子的萝卜炖排骨和白菜氽肉庆祝着他们的胜利,这在当时已是很高的规格了。所以当被人敬酒敬得满脸红光的八老倌终于回到马店时,已经是很晚了。不过马店里那盏许久没有点亮的马灯此时依然还明晃晃地放着光芒,而且几乎亮了一个整夜。剿匪工作结束后,县基干队也就解散了,民兵们有的回家,有的继续留下准备参加下一步的土地改革运动。按后来的说法,留下的那部分人便成了国家正式干部。

八老倌是在剿匪战斗中立过功的,又是基干队里的骨干,怎么说也属于应该留下来的人,但在他的去留问题上,县里的干部们意见产生了分歧,原因就是八老倌眼下有两个老婆,这和新政权一夫一妻的主张明显冲突,如把他留在干部队伍中,势必会在群众中造成不良影响,也容易产生误解。但像他这样经过战斗考验的哈尼族民兵骨干,又是现实中亟需和难得的人才,怎么办才好呢?

最后县里的"赵县委"(那时人们是这样称呼县委书记的)和管组织的一个干部亲自找来了八老倌,不绕山卖路地就和他说了此事,指示八老倌只能留一个老婆,同时也指出他留在山寨的原配妻子是贫苦农民出身,又是按哈尼族风俗举行过婚礼的,对他更合适;而阿凤婵这边一来没有正式结过婚,二来她前夫方家属于剥削阶级,方氏家族中还有人参加过反动武装,是新政权的镇压对象……

八老倌回到马店后,整整三天没有出门。

螃蟹脚

阿凤婶是聪明的，觉察出了八老倌的心事，虽然没有追问详细，却从八老倌的片语只言中明白了一切，她于是细心地把八老倌的一切衣物洗净缝补好，连他当马锅头时用的那些毡子毯子也都翻洗打整了一番后，苍白着脸告诉八老倌，说她一个人也活得下去，让八老倌搬去基干队那边住，以后别再来了……

八老倌没有说话，只是叭叭地咂他的老草烟锅，尔后便找出了多时不用的柴刀和斧头，换掉了松脱的斧柄，又把刀和斧都磨得铮亮。第四天头上他走进基干队部，交出了自参加剿匪斗争以来几乎没有离过身的那支"七九"步枪和十多发子弹就回了马店，然后扛着斧头就上了山，从此这座回归之城中便多了一个以砍柴为生的人，一直到老了走不动山路时为止。

阿凤婶从八老倌的举动中，已经明白了他做出的抉择，所以她看着八老倌扛着斧头走出马店向柴山走去的背影，几乎哭成了一个泪人。

若干年后，那位饱经政治沉浮的"赵县委"已经成了行署专员，八老倌的这一段故事就是他告诉我的，他说当时他们也觉得惋惜，想请示一下上级特殊对待，但还没来得及着手，他们几个知情人便被调去搞别的什么工作，又后来连他们自己也是麻烦缠身，八老倌的事便无人问津，到前几年有文件要为这类老骨干老土改落实政策时，八老倌又不在了。

"赵县委"长时间地沉默了，沉默使我听出了他心中的很多遗憾。最后他告诉我，说你们那个小城真的是有很多故事可以写的，你应该好好地去写一写……

回归之城，也是传奇之城、故事之城。

我是在参加八老倌的葬礼时，才看到安娥留给我的那封信的。

还在八老倌辞世之前，我们那个小院就已经被拆去了一半，即我家这边属于公房的那一半。八老倌那一半则另修了一个围墙，形成了一个单家独户的小院子。遗憾的是因为扩路之类的原因，那口北回归线井终于未能保住。据说在动手填井那天，阿凤婶是最后一个从那眼井汲水的人，她打了一桶水后，还在井边点了三炷香才静静地离去，奇怪的是那几个动手填井的人后来都不同程度地遭到了一些如车祸、工伤之类的意外事故，使得有关这口井的传说更加迷离扑朔，倍增色彩。

那时我家已搬进两室一厅外带厨房卫生间的砖混套房，是小城当时一流的住宅。我是在带着小女儿回家探亲的时候知道了八老倌的消息，于是二话不说就赶往小院，正赶上葬礼。这个葬礼是我见过的最有特色的葬礼，葬礼的前半部分是汉族式的，依例是彩幡吊钱高悬，灵堂内用条凳支起柏木棺材，供人吊唁；不同的是不再有念经的"仙奶"了，改用盒式录音机在播放大约是超度亡灵的经文。

是这两位老人的传奇性身世及他们清清白白的人生赢得了人们的敬重，所以前来吊唁挂礼的人很多，"过棺"的时候马店街上伏倒下了一长串的人。方家叔伯的那些后人也在其中，实际上他们远不像父辈那样势利，很多年前一直就认八老倌和阿凤婶为叔、婶、大妈、大爹，以及后来又让他们的孩子叫阿爷、阿奶……

人心的向往，那是挡不住的。

棺材出了小城后，却没有依例上坟山，而是装上了一张农用小货车送回了八老倌另一个妻子所在的哈尼山寨,因为八老倌留在山寨的儿孙们认为八老倌活着时一直住在城里,死了应该回寨子和祖宗们住在一起。据说八老倌生前也这样说过,所以阿凤婶也同意了,于是那边寨子中也按哈尼族风俗宰杀了一头"务奴"(黄牛),牛角上套着八老倌戴过的银镯,牛头旁边放着一个圆盘,孝男孝女们围跪在牛前号啕大哭,边哭边依次拣"贝母"抛撒在盘中的生米吃。晚上还举行了"打抹撮"的仪式,"贝母"手拿竹筒绕棺打击,边敲边念,孝眷也跟着绕棺而哭,然后他们用一根绳子拴在棺前木桩上,有很多来吊丧的人手扶绳索唱歌,一个领唱,众人合唱。他们唱的歌词应该是哈尼语中更高层次的文学语言,我的哈尼语知识仅限于安娥以及中学同学教我的一些日常用语和骂人的话,所以自然听不懂内容,但那歌声和曲调依然深深地感动了我,一时间也情不自禁落下了泪水。

让我跟着八老倌灵柩上哈尼寨是阿凤婶的委托,因为她说八老倌生前最看重的就是我和安娥,这样当我回到那已经显得破败的半边小院中回复使命时,阿凤婶才拿出了那封安娥写给我的信,好几年前的信。

应该说当初我并没有听从安娥的劝告,而是回部队后就正式向组织汇报了与安娥的关系,而组织也就很正式地对安娥的情况做了了解,了解的结果是安娥给组织写了一封信,声明我们的关系只是一般的同学、邻居,而且她现在不考虑个人问题,同时还说我是一个好同志好青年,在部队这所大学校今后会更有作为的。

我过去在书上读过很多"心都碎了"之类的句子，虽然我知道人心其实是不会碎的，不过，在当时那一刻，我确实有一种心碎的感觉。

　　事后，那个与我情同兄弟的科长老陈偷偷地告诉我，说这也许是好事呢，调查说安娥父亲是定性为反革命分子的，而且安娥始终不承认他父亲是坏人，有些事还敢同领导唱反调，就这样弄得她一直留在农村没有分工回城，有这样政治背景的恋爱对象，你以后还会好得了？——忘掉她算了！她的话使我在一时间中似乎成熟了许多、明白了许多，但心中却怎么也放不下那心碎的感觉，直到我成了家之后的好多年中，我依然常常会梦见同安娥一起上山砍柴，到哈尼山寨学着大人们荡秋千的情形，久久不能忘怀。

　　但是陈科长的一番话却使我疏忽了安娥那封信中不直接写出的一片苦心，将一些本来我完全可以领悟的东西淡化了。

　　我知道，由于种种原因，安娥她们那批几乎所有的知青都分工回城后，偏偏剩下安娥和荣荣还留在农村，公社上为了便于管理，就将他俩合并为一个集体户。——这就是后来荣荣认为他和安娥之间比我和安娥更有感情基础的原因。有一段时间他们像一家人一样早出晚归，共同住在一个屋檐下生活，连乡亲们也都开玩笑说你们两人干脆做一家算了。最后是下来了一个分工名额，公社上决定给安娥，但安娥却将这名额让给了那个变得玩世不恭的荣荣，她自己则去了村里的小学担任民办教师，一直到恢复高考后，她以优异成绩考入了北京的一所名牌大学。毕业后也就留在了那所大学任教，后来发表了好些篇文章，大都和西南少数民族史有关。安娥的信是在她临离小城之前写的，她听说那时候我已经有了女朋友，所以这封信她不想寄出，甚至连是否要给我看到也拿不定主意，所以她才将信交给了阿凤婶，阿凤婶说过一些年头再给我看。

刚一拆开信封，安娥那熟悉的秀丽字迹便让我心跳加剧了。

安娥的信很长，信中她明白无误地陈述了她对我的感情和我在她心中的位置以及她当时为什么拒绝我的原因，她说当年阿凤婶为了八老倌的前程，想主动做出牺牲，但八老倌拒绝了这份好意，他们守住了自己的感情，却使得八老倌在后半生中无所作为。比起他前半生的丰富多彩，后半生虽宁静却太平淡了。所以安娥认为她当时只能成为一种困住爱人让其飞不起跃不动的羁绊，她不能让我重蹈八老倌的覆辙。"北回归线之城很小，但从这儿延伸出去的那条虚线却可以拥抱整个地球，你应摆脱束缚你的那些有形无形的东西，积极向上，走向更广阔的天地。——对了，如果你看这封信的季节还有向日葵花盘的话，请替我去老地方放一回水灯，谢了，我的兄长、朋友……"

看完安娥的信，我半天无言……

或许是天意如此吧，我看到这封信的日子正好是九月里，很容易我就买到了两盘向日葵，去掉了瓜籽后，我于天擦黑的时候带着花盘心情沉重地来到城郊观音阁的河边，恰好那儿也有好几个小孩在放水灯，看见我这个大人也玩这种游戏，他们高兴了，有一个小男孩递给我两截废橡胶条，说我用蜡烛头不好，用这胶条点火不容易被风吹灭，还更亮。

我听从了他们的建议，把向日葵花盘复放在水中，当中插上点燃的胶条,然后一如当年安娥我们小时常做的一样,目送着它们闪着光亮顺水缓缓流去,直到漂出了我们的视线。

我想也许应该在心中许一个愿,为我、为安娥,也为荣荣等一班儿时的伙伴。但孩子们的欢呼打乱我的思路。——因为这些孩子放的水灯往往没漂出多远就搁浅或者被溅熄火光,只有我放的这两只灯一直顺利地往前漂着,直到河水转弯的很远处,还可以看见它们的光亮在闪闪烁烁、闪闪烁烁……

时间,也如这流水,"逝者如斯夫",很多发生在这回归之城的故事也终于慢慢走向了结局。

安娥的父亲被平反,但安娥母亲却依然留在哈尼山寨,不愿意再回到这使她伤透了心的城里。阿凤婶也终于在一个秋日中平静地辞世,执孝子礼的是八老倌哈尼妻子所生的那几个孩子。小城地处北回归线上这一地理特征和价值渐渐被更多的人认识,于是修建北回归线标志的呼声日益高涨,最后当局终于选定在城郊修建一个有北回归线标志又有哈尼族和汉族文化特色的公园,荣荣是积极的倡导者之一,同时还捐了数字不小的一笔款子。但是在我盼望多时的我们那个中学六十华诞的校庆日子里,我没能看到安娥如约前来,其时这位教授正在国外出席一个学术讨论会,不过她托另一个同学给我送来了一张她的照片。照片上人到中年的她戴着眼镜,显得很是文静,却穿着一套哈尼服装,我一眼看出那就是当年的那一套,而且那围腰依然是粉红色的,也许,她是用这样的方式告诉我她仍然独身的信息?

父母亲也退休了、苍老了。为了便于照顾他们,我将他们接到我供职的那座城市。这样，今后我可能很难甚至将不会再回到这座骑踞于北回归线上的交汇着汉民族和哈尼族文化、充满着无数悲欢离合故事的小城了，所以，临别之际，我一个人攀上了城郊的那座小山梁，站在新修的北回归线标志塔下面，眼光顺着那镶嵌在地上的鲜明的北回归线延伸而去，再次看一眼我的这座生机勃勃五彩缤纷的小城，久久不忍离去。

  我想，随着时间的推移，无论任何辉煌雄伟的建筑，都会在岁月的侵蚀中失去光彩甚至湮灭，唯有这深藏于人心中的爱却永远不会因日月的运行而淡忘，无论是八老倌与阿凤婶的艰难结合，还是如我同安娥般的南北分飞，但我们心中的那一份爱仍然还会如同这北回归线一般延伸出去，最终将拥抱并长存在这广阔的人间、鲜活的人世……

  回归之城、浪漫之城，永远是温柔与火热交融的爱与恨之城！

吸　子

不是所有的傣族寨子都可以随便称作"勐"。

勐实际是过去年代里傣族社会的一种行政单位,勐一般还管理着辖区内几个或者十几个甚至更多的寨子。

当然也有例外,眼前的勐外就是一个。

勐外是一个依山傍水的美丽寨子。据说很多年前,有一个老傣王感觉自己老了,就让出了王位,选择到这个宁静的小寨子养老,为了表示对这位老傣王的敬重,这个小寨子的行政级别也因此提高到了"勐"的地位。

虽然名称已经叫了勐,但这里依然只是一个独立的、凤尾竹环绕、竹楼前流水清清的小寨子。几百年过去了,寨子里不断地有女婿上门、新娘出嫁或者老人过世,但寨子里的人口似乎总是不见怎么增多,也没有感觉怎么减少,而且这儿的老百姓似乎已经找到了一种与自然和谐共存的法则。——拿鱼虾,抓知了,适可而止,从不拿绝;采野菜,也要留下根,而且不破坏它们的生存环境;树和竹子满山都是,若无必要,不会去随意砍伐；打竹笋，只打歪笋，正笋留着长竹子，就连对那些偷偷下山糟蹋苞谷的野猴子，也只是敲打着用竹子做成的响器，把它们赶回自己的领地去，如此而已。

　　这是一个温和的民族。如果拿他们与同在这片土地上生活的其他几个民族同胞比较，这个民族缺少的就是与猛兽搏斗的猎手。就勐外来说，寨子里几乎没有猎枪，只有几家备有弩弓，猎物不过是野鸡、斑鸠，或者那种破坏竹根的竹鼠，而且，虽然寨子背后不很远的山上就是大片的原始森林，但寨子里的不少人一辈子都没有走进去过，更不要说闯进里面打猎。——老人说过，那里是神的领地，不要去随便打扰。换句话说，勐外人认为那些密不透风的老林里另外有一个世界，那个世界有那个世界的秩序，他们过他们的，我们过我们的，老人说不要去就别去，老人的话总是有道理的。

　　就这样好多年过去了。

　　当然同样也有例外。

　　勐外寨子的岩嘎从少年时候起，就多次深入到那片不知道有多宽多大的原始森林里面，有一次还迷了路，差点都出不来。

　　岩嘎进老林不完全是为了去打猎，这地方采野菜也不用跑到深山里。岩嘎是一个对家乡山林永远充满好奇的人。比如，他会找一个地方悄悄地长时间躲起来，偷看那些猴子怎样小心翼翼地溜到苞谷地里，然后又放肆地破坏捣乱；寨子后山有几棵很奇怪的树，无论怎样烈日炎炎的天气，只要站在树下大声喊叫，树梢上就会有水滴落下，像下雨一样。寨子里管他们叫下雨树，但为什么树会下雨，连最老的老人也说不清。岩嘎就曾经独自坐在树下整整想了一个下午，不但没有想出什么道理，反而越想越糊涂。后来他认识了那个很有学问的上海知青阿水，就将这个事情告诉了他。阿水惊奇地跟着岩嘎到山上考察了一番，也百思不得其解，就写了条消息投到地区的报社，还引来了几起外地人又照相又测量地来看这几棵树。为这个，岩嘎的老父亲把他臭骂了一顿，说老天爷不让人知道的事情就不要去知道，把那么多的外人招来，不好，祖宗会怪的。

阿水是距离勐外七八公里外一个国有农场的知识青年，那天岩嘎去竹林里砍竹虫，——这是一种寄生在竹子里的幼虫，对竹林危害不小，但同时也是一种美味，用油炸了吃很香。岩嘎因为经常爱在山林里琢磨，所以他已经可以看一眼竹子就知道哪里有虫子，因此每次收获都不少。他把砍到的虫子放进一个新鲜的嫩竹筒里，再抓把树叶塞住竹筒口，这样那些虫子可以在里面存活好几天不死。什么时候想吃就什么时候拿出来油炸。

在寨子前头的大青树下，岩嘎碰上了这几个穿着军装但没有领章帽徽的年轻男女，带头的就是背着手风琴的阿水。岩嘎后来知道，他们那个大农场成立了一个毛泽东思想文艺宣传队，排练革命样板戏，也自己编排民族舞蹈。年底他们要参加全省农垦系统的文艺调演，为了争取好名次，农场革命委员会要他们搞一个有边疆特色的民族歌舞。委员会中有一个老领导是本地人，就告诉他们说，勐外寨子是这一带保存傣族民间歌舞最为原生态的地方，建议他们到寨子去向傣族贫下中农群众学习几天。

这样他们就在寨子前头的大青树下见面了。

螃蟹脚

阿水是个聪明能干的俊小伙子，和什么人都自来熟，连不善于交朋友的岩嘎也觉得他和自己很有缘分。这样在接下来的日子里，阿水就住到了岩嘎家的掌楼——也就是竹楼，因为建筑材料的改变，已经不完全是竹子盖的了。岩嘎知道他们农场知青的伙食并不好，除了过年过节杀猪之外，平常就是清水煮洋丝瓜、煮洋芋，于是岩嘎就带着阿水去小河里拿红尾巴鱼、去田沟边拿黄鳝、晚上打着火把去点知了。知了和竹虫一样用油炸，小鱼抓把自家腌制的酸笋煮汤，野芹菜和折耳根凉拌，那味道，——回到农场后，阿水感慨地说他这次没有学到多少傣族的音乐，却吃到了一肚子的真正傣味，不虚此生啊。

那天，当阿水知道了岩嘎的竹筒里放的是竹虫的时候，就想看一看竹虫是个什么样子。他身后的几个人也好奇地围拢上来。最后他们发现里面是一堆白花花的肉虫子在蠕动的时候，有一个女的发出了一声尖叫，随即猛一抬头，把军帽也甩掉了，披散了一头秀发。

岩嘎看见了一个他这一生中见到的最美丽的汉族姑娘。

这个汉族女知青叫阿莉。

勐外其实也有漂亮姑娘，而且不管什么时候，寨子里的掌楼上、寨子外面的田坝间，总会走动着几个身材袅娜、青丝披肩的傣族普少，而且这些热带姑娘成熟都很快，玉光那一拨子姐妹刚出嫁，小依腊那一群姑娘又长大了。

那个时候，寨子里最漂亮的姑娘是玉香，她是那种傣族特征很明显的少女，额头有点奔，眼窝有点深，但是搭配在一起又非常自然可爱。更可爱的是她的一头美丽头发，经常用淘米水洗得黑亮黑亮，每天傍晚，她从河边洗浴归来，身材袅娜，秀发飘逸，伴着几丝沐浴后的慵懒，那种没有做作的天然姿态，谁看见了都会在心底赞叹几声。

玉香就是岩嘎的女朋友。

虽然追玉香的小伙子不少，而且外寨的小伙子来勐外串姑娘时，玉香也会大方地和他们去野外约会，但岩嘎看出她其实只想和自己在一起。所以他们就经常去到河边草地上，还有落满干燥竹叶的竹林里，有时候岩嘎吹葫芦丝，玉香轻轻地哼傣族调子；有时就什么也不说，俩人共同披着一床毯子相拥而坐。在青春的热力和异性的吸引下，他们也做了一些青年男女之间的事情，在勐外这个和世外桃源差不多的地方，这很平常也很正常，何况这个民族本来就是一个提倡恋爱自由的民族，因此玉香也把自己看成了岩嘎家的准媳妇，有空就会走过来帮着做一点家务事。剩下的似乎就是什么时候操办婚礼的事情了。

岩嘎却不想结婚，虽然玉香家还有一个弟弟，用不着他去上门，而且他也的确爱玉香，但岩嘎一方面有些顾虑找本寨子的姑娘，怕以后一顶嘴她就跑回娘家去，这在勐外已经有先例，很麻烦。更重要的是他在自己的意识深处，感觉到玉香身上还欠缺了一点什么，他要找的人好像应该是另外一个，他要等着看看还会遇上什么人。这样，他们之间就时冷时热地拖了下来。

勐外那个时候还叫生产队，队长知道了这些知青的来意之后，就很热情地把他们分别安排在了寨子里，又叫了寨子里几个能歌善舞的男女教他们跳舞。虽然那个时候几乎没有人跳民族舞唱傣歌，但老队长说你们会唱什么就唱，会跳什么就跳，这些知青天天读毛主席语录，分得清什么是四旧，什么不是四旧。这样，在那个已经没有了和尚的缅寺里，又响起了多年没有响起的傣歌，跳起了多年没有跳的傣族舞，惹得寨子里的大人小孩、波涛眯涛（老大爷老大妈）都围着看。这些生产队安排去唱歌跳舞的人当中就有本来就能歌善舞的岩嘎。

阿水住在岩嘎家。因为他为人爽快，无话不说，岩嘎因此很快就知道了阿水家过去是个小资本家，但其实家境也穷，他这辈子最大的理想是想读大学，但是上不了也没有学校可上才来到农场，因为他拉得一手好手风琴，又会作曲，领导经过反复考虑才把他抽到宣传队。他的爽快和聪明很快得到了岩嘎的认可，俩人经常坐在火塘旁边喝苦茶聊天。阿水告诉他上海大城市的情形，他则向阿水讲述傣族风俗和寨子里发生过的故事，领着他去看会下雨的树和当年那个老傣王骨灰下葬的地方。

阿莉和其他几个女知青住在眯涛丙家，掌楼和岩嘎家相连，虽然她不怎么过来，但她那愉快的笑声却经常飞进岩嘎的耳朵。说也奇怪，每次只要听见阿莉的笑声或者遇上她和自己打招呼，他心里就会不由控制地一阵激跳，总感觉这个美丽的汉族姑娘身上有一种他自己也说不清的东西令他想去知道想去了解，而这种东西恰好玉香她们身上没有。通过阿水，岩嘎知道了阿莉家老爸是个大干部，这个干部有多大已经超出了岩嘎的理解，反正阿水说要比县革委会主任、专区革委会主任都大好几倍，而且她妈妈也是一个著名的舞蹈演员，她从小就受到了很好的艺术培训，她到农场来和阿水来农场完全不一样。

吸　子

　　岩嘎这个时候才知道国家干部是有级别的，而且级别数字越小官越大。

　　女知青不敢吃竹虫，她们无法接受要把一种蛆虫放进嘴里的现实。阿水开始也是不敢吃，可试了一口就大吃特吃起来，并且缠着岩嘎带他去亲自砍一次竹虫。就在回家的路上，阿水看着远处阳光下带着一片神秘色彩的老林，问起了一些关于那片老林的情形，岩嘎也讲了几个他听老人说过的白象，还有马鹿的故事，还有他去那里打猎的见闻，并告诉他，那里有一些动物和植物，连最老最老的老人也叫不出名字。听说有叫不出名字的动植物，阿水突然想起来，说他们农场有一个偏远的五分场，那个农场边有一条江，水很清，但是老工人告诫他们不要随便去江里游泳，说那里有会吃人的一种怪物叫吸子，可是问起来吸子长什么样却没有人真正见过，只是谈起来都马上变了脸色。阿水觉得很奇怪，就回头问岩嘎知道不知道吸子，见过没有。

　　他没有注意到，走在后面的岩嘎一下子变了脸色。

　　在茫茫边地，多少年以来人们一直传说，那些流淌在亚热带雨林中的江河里有一种嗜血成性的可怕动物叫吸子，它平时漂浮在水面上，像一片水草或者青苔覆盖的泥土，有时也会附着在水底的礁石、朽木上，一旦有人或动物经过或者碰上它，它瞬间就会将其裹起拖进深水，而且这种软体的东西浑身都是吸盘，很快就会将猎物的血吸干，一旦被它裹上，无论人还是动物都只有死路一条。在那些南来北往的赶马人中，这种传说更多,据说有不少马锅头的马匹就是在涉水过江的时候被吸子裹去,所以他们在涉水过渡口的时候都习惯叫马匹先行,以保证人的安全。

但说归说,现实中好像谁也没有亲眼见过,所以有人就说那只是传说,甚至认为是大人为了吓唬小孩子编造出来的恐怖故事。

岩嘎知道,他实际是这个世界上真正见过吸子的几个人当中的一个,而且他现在还有把握可以找到吸子,可是他从来没有向别人讲过这件事,不想讲,再说讲了别人也不会相信。

要不要告诉阿水呢?

那已经是两年前的事情了。

年轻的岩嘎对寨子后面那片远远的丛林,越来越有兴趣,他的探索也越来越深入,甚至一大早就用竹编饭盒装个饭团,带一小块豆豉,背着长刀、弩弓就上了山,边走边注意留下只有他自己才看得明白的记号,一直到晚上才回寨子。当然。每次他都会有收获,蘑菇、带刺的山竹笋、石蚌、野果、草药,一只被他射中的山鸡,还有一次居然拾到了一架完整的马鹿角,这架自然脱落的马鹿角现在还摆在他家掌楼上,有人想高价买,他不卖。

当然,岩嘎的探索不完全是为了有物质的收获,一种从小就有的好奇心一直在驱使着他,总想去知道这片森林中更多的秘密,也想弄清楚为什么老人就是反对他们去老林中采药、打猎。

那一天他走得最远,不但穿过了老林的腹地,还到达了距离界江不远的一个岔河,在绿色的参天大树遮盖下,他发现了一片平静的水湾,水湾的两边还有些沙滩和红柳,这种地形他知道,虽然这条岔河不大,但是江水上涨的时候,界江的水会漫到这里,这里就会变成一片汪洋,现在是枯水季节,所以水湾很平静,只有水湾边的草丛中有些禽鸟因他的到来而飞动。水湾的四面都是绿色的各种各样的树木藤蔓,密不透风,也看不到远处,但是他知道,顺着岔河,不远处应该就是界江,过了江就是外国,当然,那边的地形也和这边差不多,同样是一片丛林。

也许是经常在丛林中行走,岩嘎的听觉已经变得很敏锐。这时,他听到,或者说是感觉到一种声音,意识到在这阴森的丛林中有危险正向他逼近,于是,他没有多想,飞快地选择了一棵大树,藏进了浓密的枝叶之中。

一群野象出现在了河湾周围。

岩嘎知道这是一群从国界那边过来的大象,因为这边这几年修路、爆破、伐木什么的,野象已经很少了。这一群野象大约有八九只,到达河湾以后,它们似乎感觉到了岩嘎的气味,于是吸着鼻子巡视起了周围。这个时候,一件让象群吃惊也让岩嘎吃惊的事情发生了。一头顽皮的小象受到了清清流水的诱惑,率先走进了水湾,好像是想在水中洗个澡。可是,一片半漂浮在水边的"青苔"突然变活了,扑通一下就裹住了小象往深水处拖。

一切发生得太突然。但是大象们只犹豫了几秒钟,就纷纷冲向水边,用它们的长鼻子在水中又搅又捣,很快就将小象拉了上来。然后岩嘎看见它们从小象身上合力剥下了一件东西,愤怒地在沙滩上踩，那东西很快就被踩得稀烂，但是可怜的小象却已经不会动了。

剩下来的时间里，野象们花了许多时间，一直在努力，要唤醒小象，好几个小时以后，它们才相信小象已经死去，终于放弃了努力，悲伤地离开了，象妈妈更是一步一回头地最后一个才消失在了丛林中。

此刻的岩嘎可以说是吓得要死，怕得要死，也累得要死。他知道，这个时候要是被象群发现，肯定会移怒于他，把他变成攻击对象，他藏身的那棵树也肯定架不住大象的合力摇晃，所以几个小时中他一动不动，身体几近僵硬，直到确认象群去远了之后，他才慢慢地下到了地上。

时间已经不早，要在天黑以前穿过这片老林的腹地已经不可能，他必须马上走。白天的丛林很美丽，可以看到漂亮的孔雀和顽皮的猴子；夜里的丛林是危险的，有潜伏在暗处的猛兽，还有那可怕的蟒蛇。但是，好奇心依然驱使他走近河湾，认真地审视了一番那被大象踩得稀烂的东西。

一股难闻的腥臭扑面而来，他看见那东西离了水以后体积已经缩小了，但还是有很大的一片，裹住一只大象不行，但对付小象可以，像对付人和麂子这样的动物就绰绰有余了，它的肉质有点像放大了的蚂蟥，尽管被踩烂，但还在微微颤抖，似乎没有死透，背面是厚厚的皮，还有自然寄生的青苔，另一面却是无数的小碗一样的嘴（吸盘）。令人望之毛骨悚然。天哪，这不就是老人讲过的吸子吗，原来这东西真的有！如果刚才是自己来水边涉水的话，那么此刻他早已经被吸子吸干了血。岩嘎止不住一阵后怕。但是，此刻他知道自己已经安全，所以又鼓起勇气，更进一步地走到了水边，察看着事件发生的现场。

因为有了刚才的教训，他敏锐地发现了这里原来是一个野生动物经常来喝水的地方，也是吸子窝，因为刚才大象们的搅动，水湾的另一边已经有一个新的吸子悄悄往这边浮动，就像一片随水漂浮的青苔，根本就看不出它的原形。也许这里是它们的一个栖息繁殖之地，岩嘎不知道它们是怎样繁殖的，下蛋，还是下崽儿？或者它们只是因为倒灌的江水偶然来到这里，等到江水上涨，又会随水再漂向远方？

他想起来了，以前缅寺里还有和尚的时候，那个老和尚曾经摸着他的头告诉他，说是在老林的深处，有一个有水的地方，人不能随便去，那里有一种不是老虎也不是豹子的东西会吃人，也许，他说的就是这个地方。

下半夜，筋疲力尽又浑身是挂伤擦伤的岩嘎回到了寨子，后来他大病了一场。病好了以后，就再也不去那片老林里打猎采山货，只在寨子周围的山上采些木耳、蘑菇，砍竹虫，打竹笋。不仅如此，连人的性格也像变了一个样，惹得寨子里的人都怀疑他是不是在山上撞到了什么鬼。

关于吸子的故事，他没有告诉任何人，为什么？他自己也不知道。

同样的，他最后还是没有把这个故事讲给阿水听。

一个多星期的时间很快过去了。

在知青们要回农场的那天，阿水提前去了一趟农场，然后带着几个没有到过勐外的知青朋友，跟着农场的大卡车回到寨子，他和朋友们凑钱买了一只鸡、几个罐头和两瓶酒来到岩嘎家，算是举行一次告别的宴会，阿莉和那几个女知青自然也来到了岩嘎家的掌楼上。

虽然岩嘎对阿莉有一种特殊的好感，但除了在老缅寺教她们排练傣族舞蹈的时候外，一直没有面对面近距离地和她说过话，所以当阿莉带着她的笑容和那种特殊的气质出现在他家掌楼上的时候，岩嘎感觉到自家的掌楼突然间有了一种光彩，他发现自己突然变得话多起来和兴奋了起来。趁着大家都在厨房里忙碌的时候，他带着阿莉参观了他的家，家旁的果树，包括他豢养的一只豪猪、几盆从山里移来的兰花，还有那对完整的老马鹿角。

阿莉告诉他，那种自然脱落的马鹿角虽然没有了药用价值，但是一种很好的装饰品，在外国，有钱人用它来装饰客厅，很昂贵的。岩嘎说你喜欢就拿去吧，我也只是顺手在大山里捡回来的。阿莉笑了，笑容非常的可爱。她说，这样珍贵的东西她不可以接受，应该由岩嘎自己留着。然后夸奖岩嘎，说他很淳朴，对朋友很真诚，同时她已经注意到岩嘎有艺术天赋。以前她见过刀美兰跳的孔雀舞，就一直认为孔雀舞是女性的舞蹈，到了勐外，才知道男人也有男人的孔雀舞，而且是他跳得最好。说完，她就地比画了几个孔雀舞的基本动作。

这几个动作是岩嘎以前从老人那里学来，现在又教给她的，但是，经阿莉这样一表演，显然要比岩嘎的动作漂亮多了，岩嘎心里很是佩服。最后阿莉又邀请岩嘎过节的时候来他们农场玩,到场部就可以找到她,同时又很天真地说以后他们还要来勐外,而且要岩嘎带他们去大老林里探险,她小的时候最喜欢干这个,十岁的时候还在北京郊区的山里走丢了一回。

有那么一个时间,岩嘎差不多就想把她曾经在丛林里遇见过吸子的故事告诉她,因为岩嘎本能地觉得,这个故事只有她会相信和理解,而且也会帮助他保密,但就在这个时候,阿水大叫大喊地找他们来了,叫岩嘎快去操作他最拿手的酸笋煮小红尾巴鱼。

晚餐非常丰盛,除了鸡和罐头,还有岩嘎家的酸鱼汤、火烧牛干巴、生吃的各种野菜。玉香自然也过来,忙出忙进地招待客人、煮糯米饭。然后大家一起在阳台上摆开了竹篾编成的篾笆桌、草墩,端起了岩嘎自己用竹筒做成的酒杯,开怀畅饮。今天的筵席上还有一道特别的菜,叫"爬爬虫",是一种生活在河沟里的多脚虫,样子像蜈蚣但更可怕,吃起来却很香脆。阿水在傣寨生活了几天后,知道傣族群众对热带植物和动物的可食性的认识是很高明的,所以也什么都敢吃,但那几个女知青依然还是不敢接受这种面容狰狞的爬虫食品,阿水就恶作剧地在阿莉的碗里放了一个,逼着要阿莉吃下去。阿莉吓得丢开了碗,躲在了岩嘎的后面,还把两只手抱紧了他不放。在众人的大笑声中,岩嘎发现坐在对面的玉香笑得非常勉强。

知青们在农场平常的生活很枯燥,除了每天的劳动以外,还要经常地组织政治学习,过着军事化的日子,而且他们当时的名称也就是叫什么生产建设兵团,纪律严格,所以像今天这样放开高兴的时候不多,于是就有唱有跳的很热闹,他们唱了当时在知青当中传唱的一些不受领导认可的自编歌曲，也唱了几首在勐外学来的傣族歌曲。最后，有一个喝得已经差不多的知青看着阿水和阿莉说，咱们农场的两个大师级人物都在这里，就来一个阳春白雪的节目吧，反正不会有人去向领导告密。

　　别的知青也跟着起哄——来一个，来一个！

　　岩嘎不知道什么节目叫阳春白雪，但趁着酒兴也跟着人鼓掌。

　　在众人的鼓励下，阿水拿起了手风琴，拉起了一支缓慢复杂的曲子，听到这个曲子之后，本来一直在笑的阿莉似乎震动了一下，慢慢站了起来，郁闷地看了看脚下的解放牌胶鞋一眼，随后静了静心，接下来，只见她手臂一挥，一个岩嘎前所未见的舞蹈就在他眼前一点一点地展开了。

　　岩嘎不知道，那个舞蹈叫《天鹅之死》，阿莉表现的是一只美丽的天鹅在临死之前对美的怀念和对生命的眷恋，在无奈的时空中寄托了无限的情与爱，悲怆又凄美。不过，岩嘎虽然不懂，却在阿莉的舞蹈和阿水的音乐当中，慢慢进入了一种忘我的境界，——他看见了家乡无边的绿色山林，看见了高山上宝石一样的龙潭，还有那些四季常开的鲜花。然后他想起了那头被吸子夺去了生命的小象，和那头悲伤不止的大象妈妈。慢慢地，岩嘎又想起了寨子里传说的故事，当年那个老傣王，在预感到自己的生命即将结束之前，叫人把他抬到寨子后面的山野里，沿着那些他年轻时候走过的路走去，一路上抚摸着那些他的手能够着的竹子、山石，双泪长流……面对如此凄美的舞蹈，在场的知青们也不再喧闹，有一个女知青还悄悄地抹了抹泪水。最后，当阿莉的舞蹈结束的时候，岩嘎突然读懂了阿水的音乐，也读懂了阿莉的舞蹈和她身上那种高贵纯洁的艺术气质。

二十二岁的岩嘎感受到了他生命中的第一次震撼，阿水的音乐和阿莉的舞蹈就这样永远地铭刻在了他的记忆中。

后来，五十多岁的岩嘎接受一群省里来搞民族民间舞蹈集成的专家采访，因为他此时已经成了当地著名的民间舞蹈家，不过年纪大了，他已经多年没有跳舞，可是岩嘎实在推不脱专家和陪同领导的邀请，就在勐外那个重新装修一新，并且又重新有了老和尚和小和尚的缅寺里，面对摄像机的他突然记起了那个多年前在他家掌楼上翩翩起舞的美神阿莉，想起了她后来的令人扼腕叹息的命运。——是的，我也应该跳一个属于我自己的舞蹈了，他对自己说。于是，外来的专家和本寨的乡亲就看到了一个他们以前都没有见到过的孔雀舞。

回到宾馆以后，负责录像的助手请教老师，岩嘎的这个舞蹈应该怎样归类？一直在反复看录像的老师说，你们难道还没有看懂？他表现的是一只老去的孔雀对青春年华的追忆、怀念。表面简单，其实内涵很丰富，这是我见过的真正的傣族版的《天鹅之死》。

但接下来他又补充了一句：不过，里面还有些东西我也没有全懂⋯⋯

知青们回去也就回去了，留在勐外寨子的岩嘎却有了麻烦。

虽然他们都盛情地也请岩嘎和寨子里的朋友去农场玩，但知道农场生活的人都只把他当一句客气话。他们知道那些知青住的是集体宿舍，个人几乎什么都没有，吃饭的时候就敲打着碗筷去食堂，饭能吃饱，菜里面就连油星都少见，就别去难为人家了。

唯一的消息是阿莉他们的傣族舞蹈节目在省里得了奖，整个宣传队被上级安排去各地的部队慰问演出，领舞的女演员就是阿莉。

就在那天阿莉跳舞的时候，玉香借故走开了，这个漂亮的姑娘显然是很敏感的，看出岩嘎看阿莉的眼神和看她的不同。最后，在知青们要坐上大货车走的时候，阿莉发现她的帆布挎包忘记在了岩嘎家的掌楼上，就又和岩嘎回到了刚才吃饭的地点，玉香因为自己受了冷落故意坐在卧室里生闷气。当阿莉找到了挎包往楼下走的时候，这个美丽又单纯的姑娘就叫岩嘎不用送她了，突然飞快地搂住了岩嘎的脖子大方地亲了他一下，然后，就燕子钻天一般飞下了掌楼，跑向了外面的汽车。

刚从阿水和阿莉的表演中回过神来的岩嘎，又一次被这个姑娘大方热情的举动震动了，他呆在那里，怔怔地看着阿莉坐进了驾驶室——显然她还是被朋友优待的，然后汽车就在暮色中带着尘灰颠簸着远去了。

岩嘎一回头，正好遇上了玉香愠怒的眼光。

玉香其实也知道，岩嘎和阿莉认识交往不过就是那么几天，不会也不可能有什么想法，再说，农场知青的汉家女也不可能来傣家，眼前的这一切不过是给了玉香一个发脾气的机会，为了惩罚一下他这段时间对自己的冷淡。玉香就一连好几天不理岩嘎，也不上他家的掌楼。

玉香家的掌楼在最靠山的寨后，因为他家是五十多年前才单独分出去盖的房子，属于寨子的新住户，换句话说，就是这个与自然和谐相处的勐外已经有五十年没有增加新的住户了。当年，玉香的爷爷那一辈有兄妹两人，哥哥不愿意去外寨上门，就在今天这个地方盖了掌楼，妹妹则找了一个上门姑爷，和父母一同生活，在傣族寨子中，男方到女方家上门的情形很多，已经成了传统。这样，玉香家的房子只能盖在最后边，不过这个位置也很好，在掌楼上可以看到差不多整个寨子，侧面是一条山谷，山谷里有许多的野菜，差不多成了玉香家的菜园，在勐外还没有自来水的时候，玉香爷爷用竹子从山谷里把泉水引进了家，小美女玉香就经常就着流水洗头冲澡。掌楼的后面就是山坡了，山坡上有一条小路正好从掌楼后面通过，那些来串玉香的小伙子就站在小路上吹葫芦丝，或者吹口哨。

这些吹葫芦丝和口哨的小伙子中有一个是好几里以外芒醒寨子的岩拉，这是一个上过中学的很聪明的傣族小伙子，他追求玉香差不多到了疯狂的地步，除了吹葫芦丝外，他还向他们寨子里的汉族知青学会了弹吉他，会借把吉他一整夜在玉香家后面弹奏。直到伙伴们告诉他，玉香已经和岩嘎好上了之后，他仍然不死心，说是在玉香没有正式嫁人的一天，他还要追。

这个时候，岩嘎犯了一个错误。

岩嘎很喜欢阿莉，当然这种喜欢的成分很复杂，但是岩嘎自己也清楚，他们之间差别太大，那是一种希望能经常看到她、欣赏她、为她做点什么的喜欢，和男女之间的情爱完全不同。相反的，他觉得阿水和阿莉倒是很般配，而且他也看出阿水也在找机会追阿莉。他们在勐外的时候，有一天，岩嘎看见他们

螃蟹脚

两人在田坝里散步,慢慢往一片荒草地走去,而那片荒草地是勐外寨子焚烧死者的地方。——傣族多为火葬,死者不和活人争地,包括那个德高望重的老傣王,他的骨灰也封存在山林的石灰岩中,回归自然,不留标记,很快藤蔓也就把那地方淹没了,不是本寨子的人,谁也想不到那荒坡的藤蔓之下,居然会掩埋着一个赫赫有名的傣王。

不过,那片焚烧死者的地方一般人还是不应该去,所以岩嘎就追着想叫他们转回来。可是到了那里,他发现阿水和阿莉正并排坐在一个土坎上谈天,一点也不注意脚下插在那里祭祀死者的小竹棍什么的,岩嘎心里一动,就悄悄地要回身,这时候就看见阿水想把手伸过去搂阿莉,阿莉一下子甩开他,严厉地说:请尊重我,不要也像那些人一样,总找机会对我动手动脚。

阿水耸耸肩,讪讪地缩回了手。岩嘎也就在这个时候偷偷地溜开了。他不知道阿莉说的那些人是谁,他一方面为阿莉拒绝阿水遗憾,另一方面又莫名其妙地感到欣慰,同时也奇怪,这些汉族年轻人为什么不能像他们傣家一样,男女青年在一起,打打闹闹亲热一点有什么不好?

可是自从他看到了阿莉那天表演的舞蹈以后,岩嘎感到自己的生活发生了变化。

岩嘎喜欢跳傣族舞,他的爸爸就是舞蹈高手。他还小的时候,父亲就给他做了一个小的象脚鼓,过泼水节什么的时候他也跟着大人在旁边比画。再加上父亲的指点和自己的领悟,他从小就会跳象脚鼓舞、马鹿舞,还有孔雀舞。公平地说,他跳得好的应该是象脚鼓舞,舒展大方,刚柔相济,在节日表演中他经常得到很多人的喝彩。尽管这些年上边不让跳这些舞蹈什么的，但在勐外这样一个与城镇相隔甚远的地方，人们还是在悄悄地传承着自己的文化，唱着他们世世代代传下来的歌。美女玉香就是因为他的这些才艺，才投靠到了他的胸前。

可是，在看了阿莉的那个知青们叫阳春白雪的舞蹈以后，岩嘎比较起来，自己的舞蹈虽然好看，但是是死的，阿莉的舞蹈有生命，是活的。而且通过这样的比较和思考，他发现生活中除了种田、过日子、娶老婆之外，还应该有一种更深一个层次的东西，有了那个东西以后，人才是真正的人。是什么东西，岩嘎自己也说不清楚，因为他读过的书太少太少。

对玉香的不满，岩嘎也理解，不过他知道玉香是从小就被整个寨子宠惯了的女孩，他想等她气消了一点，再上门去哄哄她，陪她玩玩，道个歉就会过去的。可是，当他准备去玉香家的时候，半路上老队长慌慌张张地拦着他，要他赶紧顶替他，代表勐外生产队去大队里参加一个学习班，因为这次他去不了，上边已经在刮胡子日骂，不去不行。

这一去就是三天。

三天，足可以做不少事情，改变许多人的命运。《圣经》上不也说过，上帝创造世界只用了六天。

玉香的气实际上已经消掉了，现在她等待岩嘎登门道歉，她已经想好了，等他来到自己家的时候，她要摆一个不冷不热的脸子，还要再折腾他敲打他几下，让他记住不准对别的女人花心，哪怕是汉族的大美女。然后，她果然听到，或者说是感觉到了岩嘎的脚步，她的心也跟着跳了起来。——可是，那脚步却没有走进她家的院子,只在门口踌躇了一下,就又远去了。玉香赶紧从掌楼的缝隙间看出去,看见岩嘎背着挎包走过了她家门口,往寨子外面走去了。

那一夜,玉香哭了。

她怀疑,岩嘎是要去农场找那个汉族姑娘的,不然不会去哪里都不告诉自己。一种被人冷落和抛弃的感觉令她欲哭无泪,伤心不止。美女玉香从小就是整个寨子最受宠的姑娘,从来就没有尝过被人冷淡和抛在一边的滋味。伤心之后,她心中又开始升起了一种愤怒,一种要对岩嘎报复的愤怒。

第二天夜里,岩拉又带着吉他来到玉香的掌楼后面,开始唱起了情歌,唱完了又用外国的乐器演奏着傣族的调子,正当他和以前一样准备收兵回营时,突然看见玉香步履袅娜梦幻一般向他走了过来,这令他大感意外,一开始岩拉还以为是自己的幻觉,直到亲自拉着了玉香的手,才相信了眼前的事实。

他们双双地消失在了夜色中。

岩嘎在半路上,就遇到了来报信的伙伴。说是岩拉家已经正式上门提亲,而且玉香的父母已经答应,收了彩礼。

这个消息就像天上突然打了一个炸雷,把岩嘎炸懵了。

其实就在得到这个消息的前一分钟,他还在想着玉香,而且他的挎包里已经放着一面在供销社买的粉红塑料圆镜,是准备送给玉香的礼物,他知道,粉红是玉香最喜欢的颜色。

当他一头扑进玉香家院子的时候,那些来提亲和参加喝订婚酒的人都已经走完了,只有玉香父母和玉香的弟弟在收拾碗筷。

看见岩嘎进来，玉香父母的脸上同时出现了一种无奈、惋惜的表情。本来在他们心中，岩嘎已是他家的准姑爷，昨天的事情也令他们大为意外，但是，在傣家，年轻人的婚姻是要他们自己做主的，一问玉香，玉香毫不犹豫地同意了。现在，话收不回来了。

当然，那份丰厚的彩礼也是一个重要的因素。岩拉的父母是一对善于持家的夫妇，他家靠近城镇，而且岩拉的大爹在公社的供销社工作，对他家照顾不少。那些机关单位吃菜、买鸡买蛋都在他家，虽然那时候不允许私人做生意，但实际上他家经常低价从别处拿农产品又加价卖给别人，家境自然不错，也懂得用钱开道的道理。听说那个儿子追了那么几年的玉香答应了来他家做媳妇，马上一分钟也不耽误，备了礼物，请了寨子里最德高望重的长者就直奔勐外。

玉香出现在了掌楼门口，看见岩嘎，她怔了怔，与岩嘎对视了几秒钟，眼光中没有恨，也没有悔，更没有爱或者内疚，就这么静静地对视了几秒钟之后，她又悄悄地缩回了掌楼里。但从那一刻起，直到她出嫁的那一天以前，玉香再也没有走出过她家一步。

岩嘎从挎包里拿出了那面粉红色的塑料镜子，交给了玉香的妈妈，然后也转身走出了她家的门。

岩嘎不想回家，他知道回去要面对父母的责问，但又不知道现在要往哪里去，他只好下意识地走着，走着，走出了寨子，走上了山坡，最后，他发现自己来到了那位老傣王的坟墓前。

说坟墓，有些过分，这里的傣族基本上是火化并且不保留坟墓的，祭祀死者就到缅寺或者焚化的地方，这似乎也是他们与自然和谐相处的一个方面，死了，也就回去了，回到了自然的怀抱中，一切都交给了大自然，这比什么都好。这个老傣王的骨灰也一样封存在山坡的石灰岩中，没有标记，不留墓碑，只是因为他的德高望尊，这地方才会有人记住并前来奠祭。

　　月亮升起来了，非常的皎洁，美丽。但是，岩嘎的心里却像被毒蛇咬了一样异常的难受，悔恨不止的感觉使他简直想抽打自己一遍。失去了，而且再也回不来的，才会让人倍感珍贵，这的确是颠扑不破的真理，放在哪个民族中都一样。岩嘎知道自己错了。错的代价是在今后的时光中他不会忘记玉香这个女人了，他会在痛苦中回忆起这个名字，直到生命的尽头。

　　这时候，他想起了有人告诉过他的一件事情，说是埋葬在这里的那个老傣王年轻的时候，也曾经爱上一个勐外的姑娘，但是，尽管他身为傣王，却无法与这美丽的姑娘结合，这成了傣王的一块心病。就在傣王做了很多的努力，甚至想放弃王位来换取爱情的时候，这个姑娘却消失了，消失得像早晨太阳下的雾气一样无踪无影。姑娘的消失一直是勐外寨子的一个谜，有人看见姑娘是走向了老林，有人则说他是为了傣王的前途，自愿跟着汉族的一个马锅头悄悄去了汉家地方。不管怎样，傣族王室的一场政治危机也因此中止。到了最后，老傣王在生命的最后几年，又回到了这里，在当年那个心爱的姑娘走过的田野、山坡，还有她洗浴过的小河边慢慢徘徊，寻找着姑娘的足迹，回忆着他们的青春年华，也许，他心中一直在一遍一遍地念叨着那个姑娘的名字。

岩嘎的思绪就像勐外河边那些水草青苔一样又乱又杂，在这些杂乱的思绪中，他睡着了，梦见了玉香和她相拥着坐在凤尾竹下，玉香咯咯的笑声是那样的熟悉；还梦见阿水和阿莉他们在跳舞，而且那是一个他从来没有见过的舞蹈，怎么跳也老跳不完；最后，他梦见自己跌入了一个冰冷的水潭中，一只恐怖的大吸子突然跃起将他裹住，在惊吓中，他大叫着醒来。

岩嘎看见，他身边站着一个瘦小的小姑娘，正努力把他摇醒。他认识，那是他们寨子的小依腊，依腊的身边放着她打猪草的小背篓。——这已经是第二天的早晨了。

依腊是岩嘎在寨子里教的第一个学生。

依腊还小，看上去就像营养不良一样瘦弱，那个时候也看不出她漂亮不漂亮，岩嘎过去也没有注意过她。依腊在大队的小学上学，回家的时候就很勤快地帮父母做事情。星期天一早就上山打猪草，捎带采野菜。她在山上发现了岩嘎，岩嘎醒来后，四肢已经僵硬了不会动，依腊急哭了，赶紧跑回寨子叫人。

没有了玉香的勐外寨子在岩嘎心中冷清了许多，但是在外人看来，却似乎没有多少变化，因为依腊她们这一拨子小女孩又唰唰地长大了，像可爱的小鸟，又像早春的山花一样装点着寨子。开始有些长大了的小依腊要岩嘎教她跳傣族舞，岩嘎开始只是为了排解玉香离去后心中的寂寞，试着教这个小女孩跳了几个招式，不料依腊对舞蹈的天然悟性和动作的自然到位使他大吃一惊，然后就开始认真地教她动作，为她伴奏、伴舞。后来，他觉得原来孔雀舞的伴奏太简单，只有象脚鼓和芒锣的节奏，没有音乐旋律。就找了几个寨子里的青年伙伴，试着用葫芦丝加打击乐为依腊编了一个小孔雀舞，这个舞蹈后来在一个民间文艺汇演中拿到了唯一的一个大奖。

在依腊学舞蹈和长大的这个过程中，岩嘎也得到了一些阿莉和阿水的消息。

有一天，好久不见的阿水来到了勐外，与上一次见面相比，这次他显得又黑又瘦又疲惫。在火塘边喝了一杯烤茶后，他才告诉岩嘎，他们那个宣传队只是业余的，完成了任务以后就解散回各自的分场干劳动，而且老是要配合形势大干苦干，有时候连春节也不休息，说是要过"革命化的春节"，所以很累，也很苦。今天是他跟车来镇上拉盖猪圈用的砖头，凑巧那昆明牌破车怎么也发不动了，派人回去拿配件，要到天黑以后才回农场，这样他就绕到勐外来看看岩嘎。

见了老朋友，岩嘎自然很是高兴，爽快地拿起弩弓，就在自家院子里射杀了一只鸡，这是一种体型很小的热带特有的鸡，长得快，但长不大，烧或者炒了吃，味道很好。然后又煮糯米饭、酸笋汤忙个不停，就在两人一同忙忙碌碌地做饭的时候，岩嘎才知道，上回阿莉自编、阿水作曲的一个傣族舞，在调演中跳红了，于是部队，还有地方的专业文艺团队都想要她去，可是农垦系统不放，就把她留在省里了，在农垦系统的一个直属文艺演出队，也算是专业脱产的。说到这里，阿水压低声音告诉岩嘎，说别看阿莉出身于大干部家庭，但那个大干部已经靠边没有了权力，还属于"对立面"，阿莉真要去当兵，政治审查也肯定通不过，别白白杀伤脑细胞坑活人了。

因为好久没有吃到这样的美味了,阿水大口大口地吃得很香甜。看着阿水吃饭的样子,岩嘎心中涌上了一种同情,就问阿水:阿莉现在还会——还会回来玩你吗?岩嘎其实要表述的是她还会回来和你玩,或者回来看望你的意思,但傣族的语法使他说成了这样。阿水笑了,顿了顿才回答岩嘎,说信还是写的,但不多,保持着来往,现在阿莉已经像天上的星星,他就是想够也够不着了。

岩嘎想:我没有了玉香,阿水也没有了阿莉,现在我们两个是一样的人了。想完以后,他又转回火塘边,找出了一瓶准备留着过节时候喝的酒,给阿水和自己倒上了一杯。

——金涝(喝酒)。他说。

后来,有一天,岩嘎去公社的供销社买盐巴和老父亲要的烟丝,当售货员拿出了一张报纸要给他包烟丝时,他突然看见那张报纸上有阿莉的照片!

那的确是阿莉,她满面笑容,就是岩嘎见过的那种很可爱的笑容,她的对面是一个大领导正在和她握手。岩嘎赶紧阻止了售货员的动作,并且讨要了那张报纸,小心地折叠起来,拿回了勐外。

岩嘎懂一些傣文,但认识的汉字很少,靠了依腊的边读边讲解他还是知道了,报纸说阿莉是在首都参加一次全国的文艺会演,因为她的节目得到了奖,所以领导接见了她,和她握手。

文章没有说阿莉表演的是什么节目,不过岩嘎知道,阿莉肯定跳的是她在寨子里学会,然后自己又加以改编的傣族舞,那个舞蹈,只有阿莉才能跳得好,可惜她不是傣家,不然她一定

螃蟹脚

会成为傣家的又一只金孔雀。这个时候,他看见了旁边带着满脸的崇敬在欣赏照片的小依腊,就鼓励地告诉依腊,说以后她也可以跳得一样好,也可以跳到北京去见毛主席。——小依腊自从小学毕业以后就按照大人的意思没有继续上中学,回到寨子里,在生产队做一些简单的劳动,有空的时候,就和几个伙伴在岩嘎家学跳傣族舞,岩嘎看着仰脸看他的小依腊,这才注意到,就在这不到一年的时间里,依腊长大了,也变漂亮了。

时间就这样一天天过去了,勐外寨子依然那样安静,寨前的流水依然那么清澈,寨后的凤尾竹依然那么苍翠。

岩嘎的小伙伴都已经成家,有的娶了媳妇,有的到别的寨子上门。只有岩嘎依然还是一个人。他的爹妈着急了,找人为他说媒,动员他去别的寨子串串姑娘,还抱怨他经常和依腊在一起,认为依腊太小了,他等不得她长大。

岩嘎生气了,回应说:不要乱说。

父母只好闭上了嘴巴。

很快,雨季到来了。

地处亚热带的傣乡,一年没有春夏秋冬,只有旱季和雨季两个季节,旱季是收获的季节,也是谈情说爱的季节;雨季则是播种和劳动的季节,也是雨林中万物生机勃勃的季节。

雨季到了,山林中的蘑菇和木耳争相冒出了头,今天刚采,明天又出现了一片;河沟边,水香菜、野芹菜也拥挤着萌生,对傣家来说,雨季是一个让他们的餐桌变得更丰富的季节,但同时也是一个出行非常不便的季节。这热带的雨水,又多又繁,

吸　子

有时一连几天不见太阳,地上也变得泥泞一片,不要说出远门,就是从岩嘎家院子走到依腊家的掌楼也要弄一身湿一脚泥。这样,人们就留在家里围着火塘喝茶、听老人讲故事。

岩嘎的父亲也是一个民间艺人,他不仅会跳好几种傣族舞蹈,懂傣文,还会讲许多傣族的民间故事,讲猴子掰苞谷的笑话,讲经书《麻哈维洼》上的故事,这样,雨天出不了门的时候,他家的掌楼上客人就多,像依腊那样的小姑娘也经常喜欢往那里跑,把难熬的雨夜点缀得一派其乐融融。

但是,那一天,雨的确太大了,从早一直下到晚,寨子里几乎没有谁离开自己的掌楼到别家去串门。晚上,岩嘎的父母在火塘边烤了一阵火以后,早早就睡下了。岩嘎一个人独坐在火塘边胡思乱想,在这个孤独的雨夜,他很自然地想起了玉香,也想起了阿莉、阿水和那几个来过寨子的知青。在听到了寨前小河涨水的喧闹之后,他还想起了大老林里有吸子的那个水湾,这样的时刻,江水已经倒灌过来,水湾里的吸子是不是也回到了大江里?这个时候,他听见了寨子里有狗在咬,随着狗的叫咬,他感觉到有一个人摸进了他家掌楼下的院子。

岩嘎拿过手电筒,站在掌楼口喊了一声:"哪个?"

一个操着普通话的声音小声地回答:"不要喊,是我。"

在手电筒照射下,岩嘎看见了浑身水淋淋的阿水。

掌楼的火塘边,阿水抖瑟瑟地烤着火,喝着热茶,一句话也不说,突然,他的眼光落到了岩嘎放在火塘边的报纸和阿莉的照片上,他似乎被什么咬了一口一样,浑身又是一抖,然后告诉岩嘎:"阿莉、阿莉死了。"

仿佛是暴雨中的一个炸雷,岩嘎惊呆了。

在阿水断断续续的叙述中,岩嘎慢慢搞清了发生的一切。

阿莉其实已经很出名了,不但经常上报刊,有人说她迟早会被选去国家级的文艺表演部门,因此追求他的人也特别多,有些还是高官子弟。可是,就在阿莉前途一片光明的时候,那个照片上与阿莉握手的大领导又被打倒了,有人就用这个来要挟阿莉,但是阿莉没有屈从,还愤然地公开为那个大领导说了些公道的话。这样阿莉就闯了祸,最后又被发落回到农场,而且不是回场部,一直发落到基层分场劳动,不过,阿水说,这样已经不错了,可能还是农垦上层的领导保护了她,否则更糟。

阿莉表面温柔,实际很坚强,劳动就劳动,没有什么大不了的,加上农场的职工也同情她,所以还过得去。可是十天前,她被人掐死在了香蕉地里,因为发现时不懂得保护现场,加上又下了暴雨,农场的保卫,还有地方的公安都找不到线索。但是听说,阿莉的父亲找到了他当年的上级,现在的中央领导,要求严惩凶手,这样农场就闹得一片乱麻麻,后来在阿莉身上找到一张纸,上面抄的是一首裴多菲的诗。

"裴多菲?"岩嘎莫名其妙地问。

"一个外国诗人。"阿水解释说,那诗是阿水为了鼓励阿莉,特地抄给她的,恰好那天晚上,阿水在场部的老图书室找到一本"文革"以前的小说叫《我们播种爱情》,他怕别人说他看黄书,就找了一个地方偷偷地看,很晚才回宿舍,这样他就成了嫌疑犯被扣押了起来,准备送地方的公安。

"你杀了阿莉?"岩嘎一把抓住阿水。

阿水坦然地看着岩嘎:"我会杀你,但不会伤害阿莉一根头发。"

阿水发现他可能已经成了那个凶手的替罪羊,因为他们正好要一个罪人来对付上面的追查。这样他就趁着暴雨之夜,警卫疏忽的时候,从关押他的地方撬窗,一直就跑到勐外来了。

岩嘎问阿水:"现在咋个整?"

阿水说他早就想好了,反正他是死路一条,他一跑更糟,民兵见了就可以不问话一枪打掉。现在所有路口肯定都有人把守,所以他要岩嘎带他从没有路的雨林中穿过,逃往外国,他们农场过去已经有人逃跑过去,阿水可以去找他们。说完之后,阿水看见岩嘎犹豫的神色,就站起来拉住岩嘎的手:"你要帮我,我要想办法活着,活着等有机会再回来,一定要找到杀害阿莉的凶手。"

也许,就是这句话打动了岩嘎。

岩嘎实际已经快两年没有走进这片老林了。那是一片根本没有路的密林,从头顶上的大树到脚下的小草,还有攀爬在山石和古树上的藤蔓、青苔,看不到一丝裸露的土壤,也看不到绿色屏障之外的远处,贸然闯入的外人,是出都出不来的。多年来岩嘎也只是在老林的周围转,深入腹地也就是那么一两次,还是靠了他自己留下的标记才走了出来。因此,在这样的雨夜走这样的老林,其艰苦实在没法形容。

开始的一段路,还好走,雨也小。岩嘎还再次追问阿水真的没有害阿莉,阿水说如果阿莉能和他一块生活,他一天只吃一顿饭都愿意,只要她高兴。

"那么到底是哪个杂种干的？"岩嘎问。

阿水分析，说场领导里边有几个色鬼，以前就有人说要找她谈心，想占她的便宜，结果被阿莉打了一个耳光。阿水估计凶手就是这些人当中的一个，所以他们才会抓他当替死鬼。

雨越下越大，老林里一片漆黑，手电光只照出了昏黄的一小点范围，最后电池干了，什么也看不见，两人不知道跌了多少回摔了多少次，凭着岩嘎的经验跌跌爬爬地往南走，到了天蒙蒙亮的时候，岩嘎发现自己迷了路。这个时候老林中大雾弥漫，虽然天已亮，但仍然什么也看不清，在寻找道路的过程中，已经筋疲力尽的阿水一脚踩空，稀里哗啦地滚下了山坡，也不知道坡有多高，只听见被阿水滚倒的树枝在响。等响声停止后，岩嘎对着雾茫茫的山箐喊叫着阿水的名字，半天没有回应，他心慌了，拉着树枝藤条下到箐底，看见阿水昏迷在一棵大树旁，身上倒不见有什么大的伤口，但岩嘎摇了好一会儿他才睁开了眼睛。

阿水对岩嘎说，他不行了，一点力气也没有，怕是要死在这片老林里，也好，他其实也不想逃外国，这里还是中国地。"岩嘎，谢谢你了，我真的是被冤枉的，以后抓到杀阿莉的凶手，你烧一炷香告诉我一声……"

岩嘎说不怕，你腿没有摔断，可以走，来，我架着你。——一抬头，岩嘎看见了大树上几根被砍断以后垂挂着的碗口粗的藤子，已经干枯了，在风中一晃一晃的，正是他以前留下的标记。好了，知道往哪里走了。

终于，他们来到了那片岩嘎曾经发现吸子的水湾。因为雨水

吸 子

的到来，这个地方已经一片汪洋，岩嘎让阿水坐下休息，他去到水边仔细地察看了几遍，没有发现他要找的东西，也许吸子们顺着上涨的江水去了远方。根据他的经验，吸子会在深水和浅水的交界处栖息，这样便于捕捉过往的动物并将其拖入深水，因此，他选择了一处水比较急的开阔浅水，让阿水安全地过河。在分手前，两人分吃了昨夜带出来的冷饭，岩嘎告诉阿水，前边的路他也不认得了，过河以后顺着水下去一点就是界江，以后阿水自己多小心，等事情过了再回来。

已经走进河里的阿水又转回身子，拉着岩嘎的手，把身上带着的一支钢笔留给了岩嘎，想说什么，又摇摇头，最后决然地趟过湍急的水流，消失在了河对面的树林中。

十几年时间很快就过去了。

勐外似乎没有多大改变，但是世事却有了很大的变化。

首先是那些北京上海来的知青和他们来的时候一样，呼啦啦地又一起回到他们出发的地方去了，有的女知青已经嫁给了当地的人，但一说回城，就连男人、娃娃都不要地飞了。农场也破天荒地出现了地里的庄稼没有人收获的景象，还是附近的傣族村民出动协助才把那些玉米、水稻什么的归了仓。

接下来就是生产队没有了，田地全部承包到了各家各户，寨子里通了电，有人家购买了录音机，在掌楼上学唱着邓丽君的歌曲，后来出现的是电视机，先是黑白的，然后是彩色的。慢慢地，缅寺也得到了修复，寨子里的小孩又可以在缅寺里出家学习傣文、学习佛经。也就在一两年的时间中，小依腊长大了，取代了过去的玉香,成了勐外最漂亮的姑娘,于是,不但家里有了媒人登门,到了晚上,她家的掌楼前后总有小伙子吹着葫芦丝、弹着响篾邀约她出来玩,可是也不知道她想些什么,每天除了勤快地劳动,有了空就在家里翻看书和刊物、听录音机,就是不出去和那些小伙子约会。

但是,到了最后,依腊也没有像有人猜想的那样嫁给岩嘎。

长大了的依腊的跳舞水平越来越高,连一开始教她跳傣族舞的岩嘎也感到非常的不可思议,一个简单的动作,到了她那里居然会变得那么好看。寨子里搞祭祀寨心的活动,分给她的任务是在恰当时候给主祭的长者递上酒杯,也就是端起杯子,递给长者,然后收回空杯,轻轻退出。可是,没有人教她,她却把几个动作变成了一个连贯并且很优美的舞蹈。

也许,是不是舞蹈之神的灵魂寄托在了她的身上?岩嘎想。

但是,真正让大家认识了依腊,是在一次县里搞的民间文艺会演,那是泼水节的时候,县文化馆搞的一个活动,要求每个乡、镇都出一个节目。镇里就又把任务下到本来很有文艺表演传统的勐外,寨子里商量了一下,不约而同地认为应该叫依腊去,表演什么由岩嘎去想。这样,岩嘎和他的伙伴,还有依腊一起商量着编了一个孔雀舞。伴奏是岩嘎的葫芦丝、一具象脚鼓加一个芒锣;表演的是一只小孔雀,来到草地上,它对着小河照见了自己的影子,很欣赏又有点害羞,然后它抚摸着树木、嗅着山花慢慢地起舞,舞蹈越来越优美,最后小孔雀完全地融入了美丽的山水中,以一个漂亮的造型结束,——这是她在一本杂志上看来的,但有了一点改变。再接下来是一个美妙无比的合掌谢幕。

　　来勐外审查节目的是镇文化站的站长,当然,整个站也就是他一个人,看了依腊的表演以后,他高兴了,断言说这回我们镇要拿奖了。——奖果然拿到了,是一台很漂亮的录音机和一些县里录制的民族民间音乐的盒带,但是依腊却没有回来。县里又选拔她去遥远的地区表演,还专门安排了老师加工她的舞蹈,但岩嘎和他的伙伴没有去,是县文化馆根据岩嘎他们的伴奏又编了曲子录了音。这样过了半个月以后,回到勐外的不光是依腊,满满一辆小车上坐着地区和县里的老师,说是地区的民族歌舞团正在招收民族演员,自己送上门的依腊完全符合条件,而且正是他们一直想找的人,于是他们就带她回来办手续,顺便考察一下依腊和她的家庭情况。

　　岩嘎才明白,原来招收一个舞蹈演员是那么复杂,连父母的身材什么的也要看看,而且还有一个什么试用期。还好,依腊的母亲以前也是一个苗条的美女,年轻时也爱跳舞。

　　在县里调演的时候,岩嘎和县文化馆的人混熟了,所以这回他们下来就带来了些肉和酒,直接扎到了岩嘎家,吃晚饭的时候连依腊的父母一同过来,在岩嘎家的院子里摆起了篾笆桌。院子很宽敞,而且已经铺成了水泥地面,不再像以前一样又是水又是泥的。因为本来都是搞文艺的,自然又唱又跳地很热闹。最后是依腊拿来一把花伞,跳了一个刚在歌舞团学会的花伞舞,虽然有些生疏,但那些动作和眼神的到位,仍然得到了众人的喝彩。岩嘎看着她的舞蹈,眼前突然浮现了已经忘记了多时的当年阿莉跳《天鹅之死》的情形,心中不禁泛起了一种痛楚,可怜的阿莉，死了连凶手是谁都不知道，现在知青们都走了，这个事情更不会有人来追究，那个不知在哪里的阿水黑锅是背定了。

岩嘎不怎么懂得政治，但是他知道，依腊她们不会和阿莉一个命运了。

我的小孔雀要飞了，岩嘎心里既高兴又伤感，他知道，现在是要考虑他自己个人事情的时候了。

这样就在依腊当了演员的那个年底，岩嘎也结婚了，妻子叫依罕丙，年轻，却是一个小寡妇。她们那个寨子本来也很美丽，但可能是后面山上的树木砍多了，引发了泥石流，她一家只有她一人活了下来。经过媒人介绍，而且他们本来就认识，依罕丙也了解岩嘎的为人，所以同意嫁到勐外。

在傣族社会中，寡妇并不会受歧视，相反的还认为寡妇是已经经受过了劫难的人，会给后来人带来好运，而且现在的岩嘎在勐外已经很受人尊重，所以他的婚礼依然办得非常热闹。最巧的是，依腊的民族歌舞团也正好到县里慰问演出，她就请了假回勐外。知道了岩嘎的婚礼之后，依腊躲在自家的掌楼上大哭了一场。这个消息无疑给岩嘎的婚礼带来了一丝感伤。

上回，就在依腊离开寨子的那天，因为依腊的伙伴不停地来向她告别，所以岩嘎没有时间和她单独说话。后来依腊逮住了一个空子，将自己的头轻轻地靠在岩嘎的胸前，这是一个很经典的舞蹈造型，岩嘎因此感觉到了依腊对自己的依恋。但是他没有回应，他成熟了，知道他与依腊之间的感情只是一种小妹妹与大哥哥之间的那种感情，现在，他的小孔雀应该在更大更美丽的树林中跳舞和飞翔,自己不能变成让她飞不动的累赘,以后她会理解。不过,他告诉依腊:我的掌楼,还有勐外所有的掌楼永远都是你的家。

那一天,岩嘎喝醉了。

依罕丙是一个很贤惠的妻子,虽然因为遭遇到的变故,使她脸上失去了很多的笑容,但是很能体贴丈夫,也很能操持家务,几年下来,她为岩嘎生了两个儿子。由于依罕丙的能干,两个孩子几乎不用岩嘎操心就由她带大了。大儿子像母亲,文静内向;小儿子却是岩嘎的翻版,还很小就喜欢到树林里到处跑。岩嘎担心有一天他也会跑进老林,像他一样发现吸子,所以他就不时地恐吓儿子不能去那片老林,但是他也发现效果不大。

本来勐外的田地一直都很肥沃,即使是在大集体的时代,他们的粮食也很富足,现在上面对农民的政策一放宽,他们的收入就成倍地增加了,岩嘎就有了能力和时间组织村民跳象脚鼓舞、白象舞,平常自娱自乐,节日时到镇上表演。日子是越过越好,但是勐外也发生了一些过去没有的事情。因为野菜可以卖钱,有人就疯狂地采,野菜就越来越少;另外有人用麻电机电鱼,所以河里的红尾巴鱼也差不多绝迹。岩嘎和大多数的村民都很生气,但是无法阻止事态的发展。还有那片老林,也有人说要怎么怎么开发,要在后山修石场放炮采石,因为勐外人集体反对才没有得逞。幸好没有多久,县里就宣布那里划为自然保护区,不准人再随便去砍树、打猎,还出动公安,把所有寨子的猎枪都收掉了。这一点,岩嘎很是支持。

那些多少年来一直和勐外人捣蛋的猴子也远去,如今已经很难看见它们的踪迹。对勐外人来说，少了一个捣蛋邻居是好事，但他们的生活中似乎也因此缺少了一些什么，总让人觉得有什么地方不对。

另外还有更不能让岩嘎容忍的是，他们傣家中也有人吸上了毒品，开始是大烟，后来吸的就是他听都没有听过的什么四号、白粉。

有一天，本来是个好日子，心情愉快的岩嘎在村公所教几个年轻人练了一通象脚鼓舞，然后到寨头大青树下想给老人买瓶酒。现在寨子也有人开了个小商店，买小东西不用去镇上，很方便。可是，才走到寨心，就看见一个傣族女人挑着东西走来，而且好像边走边抹眼泪，但是那走路的姿态很熟悉，等走近了一看，原来是多时不见的玉香。但是眼前的玉香不仅衣衫不整，面容还又老又憔悴，和当年的美女玉香完全成了两个人。

看到岩嘎，玉香的眼泪止不住地流了下来。

玉香的丈夫岩拉，是个很聪明的傣族小伙子，因为本来家底不错，搞改革开放后他率先买了一辆汽车跑运输，经常送货到境外，赚了不少钱，一度成了镇上的首富，还风光地开着小轿车回过勐外。可是，后来染上了毒品，最后把全部财产都花在了毒品上，到他因吸毒死亡的时候，家里已经一贫如洗。更令玉香伤心的是，儿子刚刚长大，就成了瘾君子，送进戒毒所，出来又复吸，没有钱，就来敲诈母亲。玉香没法过，就挑着一点生活用品，回勐外弟弟家和母亲那里住几天。

勐外往南，出了国境，就是著名的毒品生产地"金三角"。岩嘎知道，政府已经花了大力气，派了不少的警察在缉毒，每年也有毒贩子被政府枪毙，但是，国境线太长了，高山密林又多，毒品总会源源不断地通过毒贩子偷运过来。看着眼前未老先衰的玉香，回忆起当年那个漂亮又笑声不断的女朋友，岩嘎觉得心都碎了。

可是，事情还没有完，岩嘎心情沉重地走回家，恰好看见自己的大儿子表情难过地坐在院子的酸角树下，见了波（父亲）回来，就向他要钱，说是他的一个汉族好朋友要和父母调回内地去了，他想买点礼物送给他。

儿子说的这个朋友岩嘎知道，是儿子的小学同学，父母都是镇上的干部，过年的时候还来岩嘎家做客。怎么干得好好的要走？他仔细问儿子，儿子才说是他们明年要上中学，但是现在有些毒贩子会专门哄中学生吸毒，吸上瘾以后，要他们从家里拿钱，已经有好几个不比他们大多少的中学生变成了小流氓，他的父母害怕儿子被人诱惑，就放弃了领导岗位要求调回内地，避开这个离毒品很近的地方。

岩嘎一边教育着儿子永远不要吸毒，一边在心里狠狠地骂着那些吃人害人的毒贩子。

第二天，岩嘎陪着儿子从镇上回来，儿子朋友的父母为了孩子做出的决定，使他也感到了一种危险。是的，孩子一天天长大，总有离开父母监护的时候，谁知道哪一天会被那些毒贩子盯上。玉香的儿子就是一个例子。那天晚上，他本来说好要去村公所那边看年轻人跳傣族舞的，但破例地一直坐在家里，玉香一家，还有他知道的吸毒村民的状况，让他心情很不好，想不通为什么有人会放着好好的日子不过，要去吸毒？最后，岩嘎认为他应该做一点什么，于是，找出了纸和笔，想把一些劝人不要吸毒的道理编成傣歌，编成赞哈调唱给别人听。也许这不管用，但他还是要做，至少在勐外他要这样做。

也就在这天，他发现自己的眼睛开始老花了。

那只钢笔是以前阿水留给他的，岩嘎因此想起了阿水，那个人比他还大一岁，如果活着，他也老了。

寨子里来了两辆越野车和好几个汉人，有几个戴着眼镜，都像很有学问的样子，吃住在村公所，每天早上上山，晚上才回来。后来村主任告诉岩嘎，说他们是来考察和测量那片老林的专家，要把老林里的植物和动物都记录在书上，以后他们还要在这里盖一个保护所，抓那些偷猎和盗伐的人。

这和我们傣家老祖宗的想法一样。岩嘎想，老林有老林的一个世界，我们不要去随便打扰。——突然间，他想起了吸子，就问村主任，他们是不是要把老林都走遍？村主任说可能吧，不然怎么知道整个老林有多少动物多少植物。

这件事给了岩嘎一个顾虑，他不知道要不要把吸子的事情讲给他们听。不说，怕他们真的在老林遇到吸子，说又怕没有人相信，而且他也不知道那个地方现在是否还有吸子，十几年前他送阿水出去的时候就没有看见过吸子，这些年来，关于吸子的传说也很少听说了，像岩嘎的儿子他们就不知道世界上还有这样的怪物，也许，这种东西也和河里的某些鱼一样已经绝种了。

岩嘎最后还是什么也没有说，但是他因此每天都关注着那

吸　子

一群汉人，看着他们走上山路，又扛着仪器从老林回来，晚上来寨心或者村公所看勐外的傣家跳傣族舞，聊天。不过岩嘎没有发现他们有人遇险，或者谈起吸子的事情，有一两个他们的队员是受了点伤，也只是在树林里摔了或者被树枝什么的划伤，和吸子没有关系。

过了一段时间，那些汉人都回去了，说是转移到另外一个方向，还继续搞他们的森林普查，一时半会儿完不了。

这样岩嘎就做了一个决定，他要再次深入老林腹地，去当年他发现吸子的地方再看一看，是不是还有吸子。

时间正好是当年他看到吸子的季节，人到中年的岩嘎又悄悄地准备了干粮，带着长刀，一个人走向了那片老林。当然，他现在的装备要比当年好多了，首先他有了一个双肩带的旅游包，一双在树林里不怕刺扎石头硌的旅游鞋，这是去年镇里组织部分傣族群众去省城旅游的时候，依罕丙为他准备的。能干的依罕丙自己织了不少傣锦卖给来镇上旅游的外地客人，收入比岩嘎多。包里还有充电的手电筒，除了篾饭盒里的饭团和牛干巴是传统的外，水也变成了矿泉水。——本来岩嘎最不喜欢的东西就是矿泉水，他认为那水还没有他们勐外后山的泉水好喝，还卖那么贵，所以坚绝不喝。不过他发现自己年纪大了，怕喝了山上的水肚子疼，就破天荒地带了两瓶矿泉水上了路，临走的时候，为了以防万一，他又在旅游包底放了一把匕首。

装备是好，但岩嘎却发现自己真的老多了，还没有真正走进老林，就已经气喘吁吁，好在慢慢地他就开始适应了走长路，走进了遮天蔽日的老林以后，嗅着老林熟悉的气味，他仿佛回

螃蟹脚

到了年轻时候一个人在老林中漫游的那个年代，浑身也长了精神。十多年没有走进这片老林，老林似乎没有多少变化，在它的边缘地带，那几棵他用来当坐标的古树依然是那么巨大和生机勃勃，看不出一点衰老的迹象，十年，对这些几百年上千年的古树来说，只算得上短暂的一瞬。不过，岩嘎也从地上的痕迹发现，进入老林的人也比以前多得多了，好在，这些人也不敢跑很远，进入到老林的中心地带时，地上的人类痕迹就明显减少了，还有一些新鲜的脚印、记号可能就是考察森林的那些汉人留下的。

今天天气好得不能再好了。阳光从树冠间投进老林，指示着岩嘎行走的方向，除了山箐外，地上比较干燥，走起来脚不滑。岩嘎在地上发现了野猪拱开的地方和老熊留下的粪便，里边还有没有消化的藤果，因此岩嘎实际走的不是近路。他尽量沿着山梁，避开那些可能有猛兽的地方。过去人们不怎么走进老林，里面有猛兽出没也是一个原因。以前岩嘎不怎么怕，但现在年纪大了，遇到猛兽他还能跑得过么？所以他走走停停、停停走走的，到找着了那片水湾的时候已经是下午。

那地方正好和当年他第一次发现时一样，在绿色丛林掩映下一个连一个的自然深潭，河水变小了，很清澈，河边的沙滩上可以看见一些野兽来河边饮水的脚印，岩嘎砍了一根长长的木棍，屏住呼吸，慢慢地沿河边观察，就在他认为这里已经没有了吸子的时候，却发现就在离他脚边不远的地方，潜伏着的一片带水草、带泡沫的青苔，正是他要找的东西！

这个发现吓得他跳着往后躲，好一阵才缓过气来。

吸 子

这东西真的太会伪装了，看来它会在一个地方以这种状态长时间不动，不吃东西也不会饿死，遇到危险时就马上潜入深潭的水底消失，也许，吸食动物的血对它来说是一顿大餐，平时它还有其他的食物可以吃。毕竟，见过它的人太少了，谁也说不清它是靠什么来维持生命。

岩嘎不敢惊动它，悄悄在相应的地方做了一个记号，看了看天色，打算返回了，估计从这里回到寨子还有十五六公里，够他走的。现在，他考虑回去之后要去找一下那些搞森林普查的汉人，向他们报告这个情况，带他们来寻找吸子，也许这些很有学问的汉人会告诉他吸子是什么东西。

为了日后能正确地把那些汉人带来，岩嘎一路上都在做着记号，回到寨子后面的小山坡时已经是黄昏，他望着暮色中凤尾竹摇曳的美丽寨子，长长地舒了一口气，想起了自己舒坦的家，还有依罕丙煮好的可口傣味、糯米饭——这个时候，他突然感觉到有人一直在旁边的树丛中窥视着他，而且在悄悄地跟着他移动。

岩嘎下意识地握紧了手中的长刀，大声喝问——哪一个？

慢慢地，树丛中站出来一个头发蓬乱的中年汉人，穿一条牛仔裤，一件有很多口袋的外衣，这人神色警惕地看了看岩嘎的前后，确定只有他一人时，才看着岩嘎的眼睛说："岩嘎，是我。"

"你？"

"阿水。"

岩嘎不知不觉地往前走了两步，看清楚了，这真的是阿水。

螃蟹脚

虽然穿的衣裳变了,人也老了,但一些习惯的动作和那眼神是不会改变的,也许阿水也正是凭着岩嘎的走路姿态认出了他。但是,没等重逢的意外涌上心头,岩嘎马上就发现这里头有什么不对,接下来他看见阿水的手里还握着一把手枪。

过去,几乎每年岩嘎都会有几次想起阿水,也想象过他回到勐外与他一起喝酒、品尝傣味的样子,唯独没有想象到他们会在这样一种情形下见面。不用问,凭着这么多年的人生阅历,岩嘎已经知道了这些年来老朋友阿水在国境对面过的是什么日子,可以肯定,他,就是那些把毒品偷运进国内的毒贩子之一。

对了,有一回,他看见村主任拿来一张印着几幅照片的通缉令贴在寨子路边,他发现其中有一个人好像有点熟悉,那个照片村主任说是电脑画的,和真人有区别,现在想起来了,其中外号"二扁"的毒枭,就是阿水!

岩嘎脑袋中一阵轰轰作响,像跳傣族舞时敲打着的芒锣。

岩嘎不知道,就在他打算去老林寻找吸子的头天,在离勐外另一个方向的边境地带,武警与一伙武装毒贩展开了枪战,三名毒贩被击毙,武警也有人受了重伤,阿水就是这个团伙的头目之一,凭着对地形的熟悉,他侥幸脱逃。阿水知道他们这次周密的计划是被人出卖了,也知道他惯常熟悉的那些道路肯定也布下了天罗地网,所以他没有向境外逃窜,反而直奔国内的方向,甩开了围堵他的武警和缉毒警察,在夜色的掩护下窜到了勐外一带,想从当年岩嘎带他走过的这片老林转回境外。可是一走进老林,他就迷失了方向,转了一天又回到勐外寨子后面。他记得,那个地方有一个有几个出口的山洞,就躲在那里观察了一天寨子的动静,想等天黑以后冒险去找岩嘎,不想就发现了他路过。

放下了旅行包,岩嘎和阿水又面对了。岩嘎看见山洞的地面有一堆嚼过的甘蔗渣,是阿水从寨子外面的菜地里偷来吃的,不知内情的失主发现了肯定要大骂,说我们勐外寨子的傣族也学会做贼偷东西了。因为长刀已经被阿水拿去,为了不让他再发现他旅行包里的匕首,岩嘎把旅行包里吃剩下的冷饭、矿泉水都拿出来给了他,趁他不注意的时候把匕首掖在了身上。饿急了的阿水马上狼吞虎咽地吃喝了起来,不过,那手枪始终拿在手中。

我的朋友已经没有了。岩嘎看着阿水手中的枪想。

吃完冷饭喝光了矿泉水以后,阿水提出了他的要求,要岩嘎带他从老林偷渡出境,说岩嘎你也老了,是波涛了,过日子不嫌钱多,我现在先给你这些——他从一个大的衣袋里拿出了一叠红色的百元人民币。说他在那边财产还很多,只要这一关过去,回去不消三个月,就又是要什么有什么,你我弟兄一场,我会好好报答你,我认得的来这边做生意的人很多,我会叫他们带钱过来给你,不要钱,要东西也行,发一车外国货,自己开商店。

岩嘎吃惊地发现,阿水说的居然是一口流利的傣话。看来,这个当年的上海知青,已经变成了地地道道的边地通。

回去,风声过了,又再向中国贩运毒品,再把更多的岩拉和玉香儿子那样的人害死,想得倒好,人一旦变成了狗,就真改不了吃屎的本性。岩嘎想,可是怎么办呢?刚才他说要回家去给他拿点吃的,阿水都不准他去,信是肯定报不出去了,打也不是他的对手,看一眼就知道,这些年阿水过的是那种玩命的生活,已经把他的身体练得很强壮,或许还学了什么武功,更何况他手里还有一把枪。

岩嘎按摩着自己酸疼的两腿想,看来只有真的带他走进老林,或许还有机会甩掉他。

老林。岩嘎眼前突然一亮,他想起了那个嗜血成性的怪物。

——吸子!

和十几年前一样,他们是在夜深时刻上路的。

因为阿水不准岩嘎回家,剩的饭又被他吃完了,所以岩嘎是饿着肚子,又困又乏地一天内第二次走进了这片老林。不过,现在的他已经不怎么感到累,占据他整个头脑的,是想着要怎样摆脱阿水这个毒贩,或者让他得到惩罚。

阿水似乎知道了岩嘎的主意,这样就在他们开始走向老林深处的时候,他借口怕天黑彼此走丢,找了一根又柔又韧的藤子,拴在岩嘎的腰间,他则拿着枪拉着藤子走在后面,岩嘎就是想跑也跑不了。

看来当年我真的不该救他,岩嘎想。不过到现在他也横下了心,虽然长刀被阿水留在了山洞,但阿水目前不知道他的腰里还掖着一把锋利的匕首,必要时他可以来一个你死我活,你有枪也占不到多少便宜。因为现在是旱季,路没有上次那么难走,加上手电筒是头天才充足了电,虽然阿水不让他多开,只有在寻找路标的时候才用,但走起来跌跌撞撞的情形毕竟少多了,在休息的时候,为了让阿水放松警惕,岩嘎慢慢地和他攀谈起了过去。

阿水打了个哈欠说，要是有根烟抽就好了。然后他告诉岩嘎，他的故事三天三夜也讲不完，刚过去的时候，为了活命，什么苦都受够了，那边什么什么的帮派怪多，一会儿被这批人抓，一会儿又被那批人关，要不是有那边好心的华侨救济，死都死了好几回。

岩嘎问，没有想过回来？

阿水说，想，怎么不想。我一直在关心这边的消息，只要真正杀害阿莉的凶手一抓到，我就是爬也要爬回来。可是不但没有盼到好消息，最后连知青也没有了。事情没有人管，但我的在逃杀人犯的嫌疑却一直还在，我怎么还敢回来。

大概是第四次休息的时候，阿水又说起了阿莉，他告诉岩嘎，阿莉到死都还是一个清白女儿身，过去有人还说她风流，简直是胡说八道，他看过尸检记录，没有被强奸的痕迹，她是在拼死抵抗的时候被掐死的，非常的可惜，现在这样纯洁美丽又有才华的姑娘已经很少了，不，是再也找不出来了。

在老林的暗夜中，两人一时间都无语，沉浸在对阿莉的怀念中。

过了好一会儿，阿水才开口，说那边也有不少的傣族，他的傣话就是跟他们学的，还有一些少数民族，生活习惯也和国内的傣族差不多，他们也会砍竹虫吃，每次他一吃到竹虫，就会想起岩嘎。他说这话的时候是很真诚的，尽管藤子还拴在腰上，但岩嘎还是感到了一点温暖。他趁机劝导阿水，说这次回去以后，是不是另外做点什么，不要搞这个了。

阿水烦了,一下子又恢复了毒贩子的嘴脸,说你不知道,在那边没有钱什么都不是,不但女人不看你,连吃饭都上不了桌子,跟狗一样。像我这样的人,不搞这个搞什么?卖这个东西也要有人买,愿打愿挨,怪不了别人,中国人多,吸毒吸死一些也好。我刚才一路就在想是什么人卖了我,回去我非把他找出来千刀万剐!——走走,不说了,还是小心听着,狗日的公安会打埋伏。

终于,天亮了,他们也快走到有吸子的那片水湾,这正是岩嘎计划的时间。一个是他可以寻找到吸子的所在,第二,前面前往界江的那一段路他没有去过,只能在这里分手,他要小心阿水在最后的时刻给他一枪,夜色中他什么也看不见,这白天,总会看见他掏枪,到那个时候,他还可以出其不意地和他拼上一把。想到这里,岩嘎一下子紧张了起来,悄悄调集了全身的力量,准备应付未来的一场搏斗。

阿水也认出了这个地方,知道从这里到界江已经不远了,就放开了手里的藤子。尽管他也知道这种地方此刻不会有别人,但仍然端着那支上了膛的手枪仔细地观察着河两岸的丛林,看有没有武警或者公安的埋伏。

岩嘎拉掉了那条拴了他一整夜的藤子,率先走出丛林下到河边的沙滩上,凭着昨天他留下的记号和脚印,他看见了,那东西还依然静静地潜伏在那里,而且他敏锐地发现,因为他的来回走动,那东西已经有了动静,看来,吸子虽然生活在水里,但同样可以感觉到岸边的响动。现在的问题是,要怎样叫阿水从这里涉水过河,因为吸子藏身的地方是深浅水的交界处,人涉水一般都会寻找水浅的地方，吸子够不着。

　　阿水也来到了河边，他此时已经确认这里安全，就把枪咬在嘴里，想弯腰脱鞋过河，但眼光依然警惕地看着岩嘎，并用手势告诉他不要靠近自己。岩嘎就大声地用傣语喊话，告诉他要从水深一点的地方走，那里是沙底，水浅的地方是石头，太滑，不好走。阿水听了他的话以后点点头，倒退着走进了水中，一步、两步，水很快漫到了膝盖，他皱了一下眉毛。似乎认为这里水太深，不适合涉水，于是站立了一下，开始不去管岩嘎，转过了身仔细地注视着水面，想找另一处地方下脚。

　　岩嘎发现那东西开始行动了，于是他迅速地转过身背对河面。

　　几乎就在他转身的同时，他听见阿水发出了一声令人毛骨悚然的恐怖惨叫，然后在一片水的哗响声中，惨叫声掺进了呛水的音调，很快这声音就闷进了水中，片刻之后，就什么声音也没有了。

　　一切按照岩嘎的计划实现了，但是在这最后时刻，岩嘎却想起了那个穿着没有领章帽徽军装的青年阿水，在他家掌楼上拉着手风琴的形象。是的，阿水虽然用藤子拴了他一晚上，用手枪指了他一晚上，却并没有想把他杀掉，那样做只是为了保护自己，在阿水心中，岩嘎还是朋友，至少是可以利用的朋友。可是，我不能再放你去害别人了，我送走的是一个毒贩子，我心中留下的是另一个永远的朋友，也许，这个毒贩子与奇异怪物的故事，从此也就会永远地藏在了岩嘎的心底，不会再有第二个人知道了。

　　也就在这个时间，这一天一夜以来的紧张、疲劳、饥饿和寒冷都同时向他袭来。岩嘎觉得自己快崩溃了,这个很少进缅寺的人此刻却无师自通地合起了掌,脑海中响起了缅寺中和尚诵经的声音。

　　在半昏迷的状态中,岩嘎仍然记得回家的方向,他用最后的力量,顽强地支撑着自己,在绿色的老林中跌跌撞撞地走着、走着。他知道,只要坚持走出老林,就可以看到他的家——那个叫勐外的美丽寨子。

中发白

天气，如同鲁迅先生二三十年代写的那些小说差不多，灰暗、阴冷，却又透出若干亮色，使人还不至于失掉上街的勇气。

贝贝决定还是如约前往。

自从他的对手在《南蕉》杂志编辑部搞了一场"倒贝运动"，把贝贝闲置到了一个无所事事的地位之后，他便常去市群艺馆退休的老羊头家搓麻将，打的虽是简单的"推倒和"，玩的"点子"也很小，只是一元两元的彩头，但几个麻友却乐此不疲，几天不玩便手痒痒地坐立不安，做什么都不来劲。

或许这就是所谓的"麻瘾"？

这样一想，贝贝就觉得有些可怕，想到自己竟然走到了这个份上，实在不可思议。

贝贝从小天资聪慧，琴棋书画无所不通，因崇拜乐圣老贝（贝多芬）所以取名为贝贝。但由于生逢"文革"，无缘学习音乐，便只好改学文学。费了无数的心血，熬过许多不眠之夜，终于有了一篇篇作品的发表。虽然尚不足以与名家匹敌，却为他在当地赢得了小小的名气。

他的转折是由他代理了《南蕉》文学杂志的临时负责人那时开始的。

回想起来,贝贝认为那段时间是到目前为止他一生最为艰苦的日子。《南蕉》杂志虽小,却是藏龙卧虎之地,人员都是各有几把刷子的神仙,管不了也惹不起。况且单位无钱无车又无房,真真是个漂亮的烂摊子。但贝贝还是有些倔强,他一头栽进去,学会了拉赞助拉广告,与有钱的部门、企业合作举办文化活动,内部订了些不怕得罪人的规章制度,倒也把工作搞得红红火火,有声有色。

正当他踌躇满志,决心更进一步,兴办经济实体,做到杂志逐渐走上自负盈亏的道路时,事情却急转直下了。这倒很像打麻将打"大三元"时,手中已碰到了"发财""白板"两坎牌,单等一张"红中"和牌的情形。可惜,直到牌局终了,那张本应该出现的"红中"却一直没有出现。

新的文件把贝贝变成了一个可有可无的小配角,而那位平日无所事事,但勤于奔走领导家门的神仙却主宰了《南蕉》,贝贝的一切计划都因此流产了,他在《南蕉》除了还有继续去为单位寻找资金扩大财源的义务之外,就连批准购买一根小提琴E弦的权力都没有了。

几乎是在同时,他的一部呕尽心血写成的长篇小说,原先出版社已经同意出版,列入了计划,甚至打出了小样的书稿,也因经济原因搁置了,出版社通知说若要出书,需由他先筹集一万二千元至一万五千元的资金。

扯淡！贝贝目前的月工资是"五讲四美三热爱"，即五百四十三元，需得认真节约才对付得了每月的支出，何来万元巨款。贝贝的正式"麻龄"就是从这时开始的。

古人说："人生得意须尽欢。"那人生不得意时又将何为呢？"何以解忧，唯有杜康。"贝贝的注释是"外加麻将"。始作俑者便是老羊头。

顶着阴冷，贝贝骑着自行车来到了老羊头家。

老羊头姓羊，由于姓得古怪，就被人叫作"权角羊"，年纪大了之后又叫"老羊头"。他年轻时被错划为右派，改正后有关部门不知道怎么安排他的工作，他写得一手好字，却无法与"书法家"一词结缘，摄影、国画、文学也都就懂那么一点点，这样就只好分到了市群艺馆，打打杂，辅导辅导少儿书画，他也知趣，不几年便退休，守着祖传的几间老屋，将门面租与外省人经商，自己在后院每日与人打打麻将，说是"它生未卜此生休"，就这样消磨时光而已。

老羊头是典型的"麻精"，却绝非一般意义上的那种赌徒。

"你知道麻将为什么不叫胜而叫和？"这是他端着泡满浓茶的玻璃罐头瓶给贝贝上的第一节"麻经"课：这体现的是中国传统的"和为贵"的思想，先"和"者必胜。那"红中""发财""白板"三元共存的牌局为什么要计高番，有人说是中状元、解元、会元，我想也可能就是因为它体现了"天和地和人和"的理想境界……

在老羊头看来，麻将这东西不仅能体现中国人的心态、哲理、包括其丑陋的一面。用其赌博更能将人类天性中与生俱来的赌性表现得淋漓尽致,不懂打麻将,连"清一色""全求人"都没听说过的人,很难全面地明了中国人的国民性,不过这小小四方城,却又是陷阱累累,好进不好出的,自有麻将以来,不知有多少英雄豪杰,将壮心消磨于此。看来,面对方城,并非是人人都进得去出得来的,只有那拿得起又放得下的人,才称得上智者……

有人以"玩物丧志"等理由,对老羊头的麻将爱好不以为然时,老羊头却说他选择这种颇有刺激的娱乐,是作为度过生命的一种形式,反正从古至今,作了此类选择的人又不仅仅是他一个。

他的言论,让人听得毛骨悚然兼兴趣盎然,又无端激起好胜心和好强心。正是在此种心情下,满怀失落感又刚会打一点麻将的贝贝才跟着老羊头"试"了起来。

进得羊家后院,见除了老羊头外,另一个老麻友"水葫芦"已经来了,正坐在方桌前一张张地用手指去"读"麻将牌,他的手感极好,手指轻轻一动,就能摸出那是张什么牌,百无一错。

水葫芦是搞环保的。本市市郊有一个美丽的湖泊,在省内也算得上一个风景区,多年以来,出生于斯的大小文士以它为题吟出了不少诗词楹联,刻得满城古建筑上到处都是。但后来那蓝色的水面却渐渐被疯狂生长的水葫芦遮盖了。所以,大学生水葫芦从大学出来便和这种植物打上了交道,连人也被称作了水葫芦。但十多年过去了,那环湖的工厂却越来越多,湖水的污染也越来越重,水生植物也越长越茂盛。于是,搞环保的水葫芦意识到这已经不是他个人、一个部门甚至整个当地政府所能解决的问题了，为此，他感到很沮丧，雄心顿失，悲观时简直认为人类已无可救药，所以也跟着时尚搓起了麻将，当然上班时也还尽职，业余时间却大都抛在方城之中了。

见到贝贝进来，水葫芦高兴了："好，又来一个，三缺一。"

贝贝奇怪地问："她没来？"

水葫芦摇摇头。贝贝纳闷地想：这女人怎么今天会迟到？又是被哪个大款捉了去？

也只好再等等。

三缺一，等人最苦了。

他们说的那个女人是雪儿。

雪儿在本市也是个"知名女士"。她的年龄很可疑，估计是在二十六到三十六之间，由于她身材娇小，肤色天生白皙，又加上善打扮善化妆，所以什么时候看去都像个年轻姑娘。婚姻状况也很可疑，有人说她从未结婚，有人则说是结过婚又离了，还有一个小孩寄养在外地。不过，贝贝却经常见一些有地位有钱财的男士围绕在她周围，请她去餐馆、卡拉OK，而她则在其间周旋自如、游刃有余，宛如一条美丽灵巧的锦鲤。再就是她的职业也同样很可疑，她担任过几家公司的公关经理，还经营过一段时间的旅游公司及一家娱乐城，现在也弄不清是在干什么，反正她有时忙，有时闲，却总不缺钱用。

贝贝是在《南蕉》杂志想与她共同创办一家广告公司时认识的。后来贝贝靠了边，广告公司也就流了产，给雪儿造成了一笔损失。本来贝贝想介绍她与《南蕉》的新领导合作，但雪儿认为那几个人只会说说大话，在领导面前讨个好，要搞经济无疑是儿戏，贝贝便不好再说什么，只是觉得有些对不起她，就凭着自己熟人多的优势，帮着雪儿跑跑广告，一来二去混熟了，便把她也拉到了老羊头这里搓麻将。

雪儿的应酬是很多的，但贝贝给她的印象很好，她的朋友中也缺乏像贝贝这样有较高文化素养又待人诚朴的人，所以她也很给贝贝面子，一旦约定的事，就从不失约。另外，来老羊头这儿打麻将的都是文化界知识界的朋友，没有社会上那些三教九流的人物，况且玩的"点"很小，赢家一般拿了钱就跑到前院的店铺里买些点心，或者煮些宵夜，大家嘻嘻哈哈笑闹一场，这气氛于她也很合适。

这其实是老羊头立下的规矩，这也就是前面说过老羊头不是一般意义上那种赌徒的含义，照老羊头说，他打了一辈子的麻将，连"文革"期间也敢躲着打，彩头是一分两分的硬币，虽然出不来了，但也终于没有栽进去，就是这个道理了。

雪儿人长得灵巧，打起麻将来也灵巧，她凭着感觉能猜出上家要出什么牌和下家要什么牌。"麻龄"最短的贝贝是最笨的，每局牌中只要同类牌一多他就乱了方寸，分不清听的是几张牌，应该不应该吃牌。本来可以听两三张牌的，他偏去听了张极难出现的"坎心五"或者"边七"。不过，也许是他手头子硬，或许是"牌和生手"的道理，他们几人在一起几乎总是贝贝赢，而雪儿不管怎么精明，打到最后总是她输。

水葫芦说贝贝是"官场失意，赌场得意"。

看着雪儿不时地从小坤包里往外掏钱，贝贝有些不过意。雪儿好笑，说这种打一天才三四十元输赢的小点点，纯粹是陪着诸位先生开开心，何需介意。

这样大半年之后，贝贝开始了"升点"。

凡赌博者，大多有一个从小赌到大赌的过程，但贝贝的"升点"却又是另一番风景。

那回是雪儿来找贝贝，约他去找当年的一个老同学，现在是掌握着几项大工程的处长家打麻将。和雪儿一同来的还有一个建筑包工头一类的人物。贝贝说去是可以去的，不过他那个老同学历来挺正统，恐怕不爱打麻将也不会打"点"。雪儿扑哧笑了："你这是哪年的老皇历了，他不但打，而且点子不小。"

"多少？"贝贝问。

"一二三挂零。"

一二三还挂零。贝贝在心里算了一下，那就是点一炮二十元，自摸一把九十元。一个晚上输赢会是五六百元左右。

"差不多。"雪儿说。

贝贝这才省悟过来雪儿找他及那位老同学打麻将的缘由，肯定是为他手里边的那几项大工程，一则是贝贝与老同学的关系，二来这种事不好让别人掺入，所以雪儿才会找上他去。

输赢这么大，相当于他一个月的工资。贝贝心里直犯嘀咕。不过此时他袋里正好有四百来元钱，这是他帮人联系了一块路牌广告获得的报酬，算是有赌本。而且凭他的手气，未必会输多少，再者，雪儿的请求，实在是没有人能拒绝的，只好舍命陪女士了。

数年不来往，老同学家早已是鸟枪换炮，装饰得富丽堂皇。

但不知是美学方面的欠缺,还是施工者的拙劣,贝贝坐在客厅里却总感觉有一种坐在酒吧间的味道,不大得劲儿。老同学见到贝贝,先是惊讶继而欣慰地点点头说:"想不到你老兄也入道了。"

贝贝说:"我是一无所成,聊以消遣了,不像你老兄大权在握,春风得意呀。"

老同学苦笑着说:"我这个官,要后台没后台,要靠山没靠山,说不准哪天,一句话不合就给撤了。人生苦短,及时行乐吧。"

"彼此彼此。"

在雪儿的张罗下,一会儿就摆上了牌局。做东的老同学正好摸到了东家,贝贝是他的下家,四人就边聊边开始打牌。第一次打这样大"点"的牌,贝贝心里有点发怵,但一圈下来,他发现老同学的牌技也并不高明,坐他的下家容易吃进牌,有了好点的搭子等着就行。果然,随后他就连和了几把,都是老同学放的炮。这时,他感觉到桌下有一只脚轻轻踢了他一下,他抬起头,便看见对面雪儿使了一个别人觉察不到的眼色。

贝贝猛然想起了他们此行的目的,也想起了雪儿老是打出好张牌喂给老同学吃的情形,便领会地苦笑了笑。接下来打他几乎不和牌了,老同学打出的好张牌他也不吃,自摸成和的牌他又叹口气打出去,这样,就只有老同学一个人大赢特赢了。

牌局结束了,老同学"进"了一千多元,贝贝"出"了三百多元,其余两家也各输了三四百左右。雪儿恭维老同学是财星高照;老同学则满脸放光,声称是占了主场优势;趁着他高兴,那包工头又约了个时间请客吃饭,说是聚聚谈谈,老同学也一口就应下了。

在街头分手时，包工头不动声色地把一卷钞票猛地往贝贝手里一塞，说是不好意思，今天输的分算在他账上，今后还望多关照。

贝贝还未反应过来，包工头就上了公共车走了。他望望雪儿，雪儿叫他拿着就拿着吧，那工程干成了，油水大着呢，不在乎这几根毛的。

过后，贝贝一清点，除去自己输掉的，反而还多了两百多元。没想到麻将还有这么个玩法、这么个赢法，他觉得以前自己真是孤陋寡闻，不由得暗自苦笑着摇摇头。

这便是贝贝第一次"升点"的经历。

"我来迟了，我来迟了——"

一声清脆的女高音在院里响起，学的是越剧《红楼梦》里宝二爷的腔调。这一声字正腔圆的叫板，仿佛昆山玉碎、东海日出，把老羊头、水葫芦和贝贝三缺一等人的烦躁一扫而光。随着话音，雪儿一头撞进了堂屋。

同往常一样，雪儿的时装总是在不断翻新，今日她穿了一套看似普通实际很别致的荷藕色镶边套裙，式样有如三十年代新文化运动时期女学生常穿的那种；加上做得恰到好处的发式，配了双洁白的女鞋，显出一派淡雅的风韵，确实与众不同。

这大概也就是雪儿公关无往不胜的优势之一吧！贝贝心想。

等得不耐烦的水葫芦却无心欣赏雪儿的美丽，抬头就愤愤地指责雪儿不守时。

雪儿掏出手绢扇着风，委屈地诉说着她今天的霉运，碰上修路,最后还是坐了出租车绕道过来。"陪你们玩这种小点点,今天我就是一捆三也还不够出租车费呢。对了,"她转向贝贝说,"咱们今天玩到下午就散,晚上得劳驾你和我去一个地方,也是打麻将。"

贝贝一听赶紧推辞:"又是那种只许输不许赢的麻将,那我敬谢不敏。"

"不是,这回真是要借你手气去赢钱的呢……"

"那等会儿再说,等会儿再说。"

老羊头诙谐地宣布:"家有家规,麻有麻法,按既定方针,开始吧。"

麻将声清脆悦耳地响了起来。

雪儿确实是要请贝贝去打麻将,而且想要他赢的。不过不是她请,而是上次贝贝见过面的那个包工头胡二,外号叫胡二筒。

胡二貌不惊人,穿着也不甚整齐,却是这一带很有名气的包工头,有一支挺能干的建筑队和近千万元的资产。说起他的外号,也有个和麻将有关的典故,说是他出生那天,他那爱打麻将的父亲正在朋友家打麻将,小保姆好不容易才找到他,告诉他妻子生了个儿子的消息,这时他正等着一张坎心二筒和牌,便说打完这把就去,可可的正好就摸上了一张二筒,往桌上一拍说:"和二筒。"麻友们便都哄笑了,说他儿子正好是老二,就叫胡(和)二筒正好。

在这样的家庭中,胡二从小就会打麻将,发了财之后,胡二同几个经济实力和他差不多,是竞争对手又是合作伙伴的包工头,出于联谊、商谈、寻找刺激等原因,也不时聚在一块打麻将，打的"点子"很大，俗称是一二三两个零，每晚上五千到一万多的输赢，不是一般人玩得起的。按理说胡二他们总是那几个人玩过来玩过去，最后谁都不是赢家也输不了多少。可是最近胡二却走了霉运，连连几场麻将都大输，丢了好几方（即好几万元），纵然他有钱，也架不住这样哗哗往外流。何况他赚钱也很不容易。

文化不高的胡二很迷信，找人测了一卦，说是要找一个人来"崴"一下那几个人的运气，他便一下子想到了贝贝，觉得这一卦是要应在这个人身上的，找到雪儿一打听，雪儿也证实说是贝贝麻将打得不很精，但手气确实出奇好。这样，他便央求雪儿请贝贝来，到时他约上那几个人，搓上几把就谎称有急事，让贝贝顶替他打。赢了归贝贝，输了算他的。把那几个对手的赌运冲散。

"一二三还挂两个零？"贝贝眼睛都瞪大了，"别吓唬我，这我可不敢去。"等到雪儿说清了缘由，他才明白是叫他"挑土"，这是顶替人打麻将但不管输赢的术语，心里这才踏实了些。但一想那些都是老麻精，自己怎么可能赢得下来，说不定人家还会偷牌作弊打联手。贝贝联想起了那回他和水葫芦在麻将室遭人打联手算计的事，赶紧又向雪儿推辞。

那次水葫芦到湖对面属于另一个县的地界上取水样，贝贝没事也跟了去，在那县城休息吃中饭，见旁边有一家麻将室，有不少人在打麻将，就好奇地走进去。正好有一桌有一个人要走，三缺一等角，有人便邀约他们来一个。贝贝问玩多大点，那些人说是在麻将室谁敢玩大点，就是十张扑克牌做筹码，一张一元钱，输完了掏十元钱（俗称一角钱）又买上十张。

贝贝见"点子"小，和老羊头他们玩的差不多，便坐下去打了起来，不想一把不和十张筹码就没有了。接着换了水葫芦上去，没打几把十张牌又没有了，把两人输得一愣一愣的，直奇怪今天手气怎么这么差。这时一个当地的熟人来了，见状掏出十元钱替他们买了"底牌"，顺手就把他俩拉走了。在门外，熟人告诉他们说，那些人都是练好了打联手的，码垛子吃牌碰牌都有手脚，谁听了牌了就发暗号，专门吃外客生客，而且从早到晚都蹲在麻将室里以此为业，有时是三打一，有时二对二，因为会偷牌换牌，一对三也能赢。

"这样能有多少收入？"贝贝问。

朋友说："这不好说，像今天这样，半个多小时就吃了你们三十元，一人十元够今天的饭钱了，碰到不服输的，可能会多进一点，有时恐怕也根本没有收入，还得付老板的麻将租金。"

水葫芦感喟地说："干什么都比这个强嘛。"

朋友苦笑说："这就叫不务正业嘛，不然怎么会有'赌鬼'一词呢。瞧，还不少呢，这边，这边，连着几桌都是。"看着那一个个虽然年轻，却脸色发青，头发蓬乱的小赌鬼，贝贝和水葫芦一时什么话也说不出来。

听完贝贝的叙述，雪儿笑着告诉他，这伙包工头打的和那些小赌鬼不同，这些人都有钱，图寻个刺激，没有必要谁和谁打联手。再就是他们打牌都很规矩，洗牌时先把牌反扣在桌面上，打出的牌各自整整齐齐地摆在面前，谁真要作弊也不容易。这几个人都是互相需要的，谁弄虚作假等于自断门路，有事就难找伙伴合作了。

"不过，不过……"贝贝还在推辞。

雪儿恼了："我求你一回也不行吗？我知道你是看不起胡二这些人，我告诉你，胡二这些人会赌会泡妞，但不会像你们《南蕉》的那些人一样，为点小利卖朋友、背后捅刀子……"

贝贝连忙答应："行行行，高抬贵手，别提我们《南蕉》的那些人行不行。"

晚上，贝贝跟着雪儿来到胡二包租的那个农家小院，那几个人已经开搓了。看见雪儿带来个生人，其余几个包工头立即露出警惕的眼神，胡二忙介绍说是朋友，顺势就拖贝贝坐上来搓一把。正好在这时，胡二腰里的BP机响了，他看了号码，做出一脸无可奈何的表情，从衣袋里拿出一沓钞票塞给贝贝，央贝贝替他"挑土"，说他得出去一下。雪儿便一面嘱咐胡二快回来，一面就把很不情愿的贝贝推上了座。

第一把牌打完，贝贝就感觉到这几个人确实不同于雪儿、水葫芦，互相间抵得很死，要吃进一张牌都很困难，不过到这个份上，他也只好硬着头皮打下去。

打麻将，如果四个人实力相当，那打起来便很精彩，他们彼此互相抵制，判断某张牌会不会出现，估计手中的哪张牌别人需要，大约都能猜出个八九不离十。但若其中掺进了一个生手，情形就不同了，你以为按常理打不出来的好牌，他会看都不看就往池子中一扔；自己刚打出去的牌，转手又去吃进。这样，别人很难判断出他是在做什么牌听什么牌，同时也把其余几家的牌路搅乱，高手也会连连放炮。

螃蟹脚

今天贝贝掺进来打，就起到了这么个效果，愣是把其余几家弄得别别扭扭的打得很吃力，还经常为他点炮。不过，贝贝的打法是能和牌就和牌，所以和的只是小牌平和。而其余几家和的多是大牌自摸，这样打到晚上十点来钟，贝贝反而还输了近千元。

这时，他开始转运了。

这一局起牌时，他就摸到了三张"发财"和两张"白板"，而且"白板"立时就碰成了一坎，若能再摸到一张"红中"就可以做成"三元"的牌了。

麻将的打法天南海北各异，即使在同一条街上，街头和街尾之间，在计番算筹码等方面都会有些微小的差异，得事前共同商定。但唯有"红中""白板""发财"共存的"大、小三元"牌，怎么算都是大牌。不过这"三元"牌也很难成和，毕竟概率太低了，况且别人一发现你有做"三元"的意图，就会扣住牌，宁愿打黄一局也不让你成和。

到了牌局快终了时，贝贝终于摸上了一张"红中"，可以单听这张"红中"了。但这时，池子中已经有人打出去了两张"红中"，明显只剩下绝张了，而且很有可能深埋在"海底"之下不会出现了。同时，他手中还有一张需要打出去的牌是张高度危险的生张"六条"，若按安全打法，抛一张熟张"红中"最好，但那样就失去了做"三元"牌的可能性。

贝贝正好是庄家，点炮要多出一百元的筹码的。

犹豫了一阵之后，贝贝决定不顾死活打出"六条"。不想"六条"打出去后竟然毫无声息，原来是刚才听这张牌的人见这局牌快打黄了,就改换手中的牌,扣住好牌不让别人和牌,所以这张高度危险的牌实际上已经没有任何危险了。再接下来,贝贝伸手往垛子上一摸,翻过来一看,赫然就是一张鲜艳的"红中"。

"三元自摸!"贝贝情不自禁地把牌一叩。

那三家盯着贝贝的牌看了半晌说不出话来。按他们的约定,庄家自摸"三元"牌是要倍上加倍的,每人九百元,这一把贝贝就赢了二千七百元,补上前面输去的,也还剩一千五百元左右。

自这一把之后,贝贝的牌风便顺了,一会儿平和,一会儿自摸,到最后结束时,贝贝除掉胡二留下的那三千元外,总共赢得了五千多元。

结账时,一个四川籍的包工头对贝贝说:"你哥子好手气哟,是不是过两天我们弟兄再摆起玩玩。"

贝贝想拒绝,但因为雪儿在他打得顺手时提前走了,没有人为他周旋,他又是赢家,按打麻将的规矩,输家提出再战,赢家是不便拒绝的。他也只好点头称是,心想大不了再把今天赢得的这些钱输回去,反正他以后也打不起这样的大麻将,就此告终吧。

另一个包工头又说是胡二这里打的回数多了,怕被公安查赌,让贝贝另换个地方。

贝贝一一答应后,心中却"咯噔"了一下。"怎么连我也躲起警察来了,我成了什么人呢?"

揉着发红的眼睛，贝贝走进了他的办公室。尽管"做过大来难做小"，工作得不舒心，但多年养成的习惯，还是使他按时来到办公桌前，该扫地就扫地，该打开水就打开水。昨晚上第一次打大麻将并获得大胜，贝贝兴奋之后，又十分自责，因为他知道，如果说老羊头他们打"小点点"还只是娱乐；和老同学打"一二三挂零"是为了某种目的的话，那这回可真是货真价实的赌博了。这样一想他的心里就很不自在，一上班就赶紧找了些稿子认真看了起来，想借此获得些心理上的平衡。

看了不多一会儿，电话铃响了，一听是他的一个在陶瓷厂当厂长的朋友打来的，说是他们厂今年是建厂三十周年，想拍一个小小的专题片，但他嫌电视台搞得太模式，所以想让贝贝来撰稿和实施这件事，当然费用他会负责。

尽管贝贝已经不管事了，但《南蕉》杂志毕竟是他曾费尽心血去维持过的刊物，编辑部的经济状况他更是一清二楚，他粗略算了算，自己写稿，请一家有摄像及后期制作设备的单位拍摄制作，按陶瓷厂长开出的价格，《南蕉》除去所有的成本外可以赚四千元左右。于是他找到《南蕉》的现任领导，建议由编辑部出面，把这件事揽下来。

新领导看这也是个好事，就答应了，并让贝贝去出面。因为时间紧，接下来几天贝贝就一直忙忙碌碌地在陶瓷厂采访、看材料、撰写脚本，又找了几个在银行搞宣传的朋友，用他们的设备摄像，除了个人劳务费外只需付点象征性的租金，当然这也全凭了贝贝的关系。借着这个机会，他给胡二和雪儿打去了电话，说明了他不能如约去和那几个包工头打麻将的理由。胡二没有说什么,雪儿却在电话里笑他赢了钱就"跳墙"。没等贝贝解释,她又转告说,自从那天贝贝去打麻将,"崴"了一下那几个的手气后,胡二后来几次打麻将都很顺,虽然赢不多,但都没有输,所以胡二说贝贝真是颗福星。贝贝听了得意了好一阵。

贝贝干事历来火着枪响,一个星期就把毛片拍摄完了。那天他们一行从陶瓷厂回城,半道上,他请去摄像的两个朋友及驾驶员半开玩笑地提出来,要贝贝找个路边馆子,以《南蕉》的名义请请客。因为下一步还得靠人家的设备搞后期制作,贝贝觉得这客还是非请不可的,便找了一家看去还雅静些的路边店停住了车。下车后,这次《南蕉》派去负责财务的一个叫阿二的编辑,面有难色地把贝贝拉到一边,说是这回领导有交代了,这笔钱你一分也不能开支,要如数交回去,怕你从中搞回扣。阿二随之告诉他,领导说你以前搞的那广告收入提成,搞经济实体的创收分配都是不合的,要重新审查,还组织人去查你的账呢。

为了解决《南蕉》的经济问题,也是想使过去靠财政拨款办刊的情况能有所改变,对面临的新情况能有所适应,贝贝参照了周围几家杂志、报纸和电视台的办法,搞了些"多劳多得"的规定,也为了联系合作单位,招待人吃了些酒席。不过也确实获得了经费来维持《南蕉》的日常开支。实际上贝贝本人并无多少好处,那种能有收入能提取联系费的事他基本上都尽着别人去干,有时为联系合作单位不得不自己掏钱付出租车费电话费。没想到一片苦心,竟都成了被人指责的理由,他不由得一阵灰心。

不过这客还得请,否则后期制作拖下去,如期搞不出片子对不起陶瓷厂。贝贝谢过阿二提供的情况,决定自己掏钱请客,反正手边有那天赌来的几千块钱,再说路边店请客并不贵,也不过那么百来块钱。

窝着一肚子火,贝贝又请人配乐请人配音地总算把专题片如期搞了出来,陶瓷厂方面看了很满意,说要再花些钱送到电视台去播。到了他们厂庆那天,陶瓷厂派了车来接贝贝和《南蕉》的新领导,贝贝此时从心里对那几个人很腻歪,不愿意同他们一起去,便借故推托。

一个领导奇怪地问贝贝有什么要事?

"我约了人要打麻将。"贝贝冷冷地回答。随即,他拨响了胡二的电话号码。

贝贝家是本市人,在这座城的城乡接合地段有一间老房子。贝贝的父母因单位上分有房子,平日就不大回家。老房子里就只住着贝贝七十多岁的老奶奶和一个小保姆。贝贝要找地方打麻将,自然就找到了这里。

房子是一正一耳的小平房,带有一个很小的院子,虽然不是很宽敞,倒也还很清静。今天来打麻将的正是那天贝贝"挑土"的那三个搭子,胡二没有来。这几个包工头倒不是很在乎那天输掉的那几千块钱,他们主要是消遣和寻求刺激,(当然也不希望总输钱)像贝贝这样一个生手,既然一出山就一捆三赢了他们几个老麻精,这事儿本身就是一大刺激,能有机会让这个赢了他们的人大输上一把同样也是一大刺激,所以他们今天打起牌来都格外注意贝贝打出来和吃进的牌,不知不觉就形成了三打一的局面。而且贝贝的"麻龄"不长,不懂得不露声色,手中的牌好不好,是否听牌全部反映在表情上。更绝的是有一局牌贝贝做成了"小七对"大牌,单听一张"烧饼"(一筒),按说这张一筒是没有人要的,很快就会有人打出。但是听了两圈后还不见声息,焦躁中他把那张一筒一会儿按在自己额头上,一会儿又拿在自己手中,但他万万没想到自己额头上已经印下了一个大大的圆形筒子,等于把自己所听的牌告诉了其余三家,所以本来正打算打出"一筒"的人也就赶紧把这张牌扣住不发,最后贝贝反而为别人点了炮。

就这样,很相信自己牌运的贝贝越打越焦躁,完全乱了方寸,不该碰的牌要碰不该吃进的要吃,于是越打越输,和那天一捆三的局面相反,成了"桑拿浴"(三拿一)。到了晚上两点多钟,贝贝上次所赢的五千多元全部输光,只剩下上衣小口袋还有原来属于自己的几张百元钞。

这回贝贝真正尝到了赌输的滋味了。

他苍白着脸,决定用最后几张百元钞票再赌上几把,输光了就结束,反正在赌桌上,输家可以提议休战,别人也不能拒绝的。

这时,"呀"的一声,多年失修的小木门被推开了。正在打麻将的几个人吃惊地抬头望去,却见贝贝的奶奶颤巍巍地摸索着走了进来。

贝贝赶紧站了起来:"奶奶,把您给吵醒了?"

奶奶摇头说:"贝儿,奶奶晚上很睡不着觉的,我一直在听你们打麻将,你手气不好,让奶奶来帮你'挑土'。"

贝贝很奇怪:"可是奶奶,您连牌都看不见,怎么打呀?"

"奶奶会用手读牌的,你们几家打牌的时候报一下牌名就行了。"奶奶说完,就势摸索着在桌前坐了下来,伸出两只枯瘦的老手,突然极其灵巧地洗起牌来。

麻将桌上,输家请人"挑土"换换运气,这是常事,更何况是这样一位老人。其余几家也没有说什么,就又继续打了起来。

奶奶的眼睛两年前就看不清东西了,可是听觉出奇地好,手指也惊人地灵巧。贝贝从来没有见过奶奶打牌,他惊讶地发现奶奶的牌技几乎是无可比拟的,她留下的搭子,看去不是好搭子,可都是正好能吃住上家舍去的牌;她打出的牌,看似好张,但下家就是吃不进。有一局,奶奶手中有一张无用处的"三万",正好下家有"一、二万"的搭子,需要吃这张"三万",但奶奶就像看透了一样就是不打,下家等了一会儿,见吃牌无望,便拆打"二万",他刚一拆牌,奶奶的"三万"也就跟着打了出来,弄得下家直摇头叹气。

又是一局。奶奶又不动声色地做成了"小七对",听牌时,奶奶手中一张"一万"和"五条",需要打出去一张,按贝贝的想法应该打去"五条",因为桌面上已经有两张"五条",再听这张牌已很难了。但是奶奶没有一点犹豫就打出了"一万",就听得对家喊一声"碰",吃掉了这张"一万",接着就跟打出了那最后一张熟张"五条"。

"七对和五条。"奶奶放倒了手中的牌。

七对是大牌,翻倍。点炮的出了六百,其余两家每人三百,光这一把，奶奶就为贝贝扳回了一千二百元。

接下来差不多就是奶奶一个人在和牌。上家被奶奶吃怕了，想着法不让奶奶吃牌，可是他算计着奶奶不会要的牌偏偏正好喂进嘴，他扣住的牌奶奶又能自己摸上来，连在旁边观战的贝贝都看得目瞪口呆。

天亮了，远处电机厂的汽笛响了，这是他们几个原先约定的时间，不管谁输赢，打到电机厂汽笛响为止。

贝贝不用细数，凭感觉他就知道奶奶不仅赢回了他所输掉的五千，而且还有两三千的进项。

那几个包工头站起了身，连连称赞老太太厉害，也没说下次再约就一一告辞了。

贝贝送走人，回到屋里，见奶奶依然兴犹未尽地坐在桌前码牌、读牌。

"奶奶，你打牌怎么那么厉害，怎么猜得出上家下家的牌？……"贝贝急不可耐地向奶奶提出了一大堆问题。奶奶说："贝儿，打麻将除了看别人打出的牌，还要会找'意'。"

贝贝知道，奶奶说的"意"是指感觉及意念一类的意思，在本地方言中没有"感觉"一词。

奶奶一面说一面让贝贝看她正好做成的一副牌，别的牌都成坎成对了，现在手中有一张"一万"、一张"二万"，还有一张"六筒"。只要打出去一张"六筒"，就可以听一张边张"三万"。奶奶让贝贝"感觉"一下"三万"会不会和？贝贝试着静静凝思了一阵，脑海突然闪过了一个"三万"没有了的概念，于是他回答说"三万"和不了牌。

奶奶点点头，把垛子上的牌翻开验证一下，果然后边有好几张"五筒……四筒"，无论别人怎吃、怎碰，他都能摸成搭听筒子牌，而且极有可能是自摸和。

"可是奶奶，我从来没听过您会打麻将，您是什么时候学会的？"

奶奶无声地笑了，说贝贝的爷爷家民国时候就是开赌场的。贝贝奶奶的父亲就是在赌场里打麻将输光了财产，才把女儿嫁给了贝贝爷爷的，换句话说，奶奶是爷爷赢来的。"那些年天天在招呼别人打麻将，人不够时也凑只角。有时陪那些有钱有势的人玩。偷牌、打联手出老千、输得倾家荡产的什么没有见过？新社会了，不准赌博了，你爷爷家开过赌场，在新社会名声不好，所以我们家的人就从来没有摸过麻将了。没想到过了这么多年，怎么又到处玩起了麻将，打法也没变。奶奶听出你输大了，才出来帮你打几圈，还好是手气还在，牌也不生……"

面对听呆了的孙儿，奶奶咳了一阵又说："贝儿，赌博没好处，这回奶奶帮你，下回就没有人帮你了，今天打麻将的这几个就玩了点小手脚，我对面那人搞'龙摆尾'，掷了骰子后才假装发现自己的垛子多了，拿出半垛归到别人垛子上，就把好牌取到自己手中，不过，要玩手脚，他们又太差了……"

奶奶将看似空无一物的手往桌上一抹，如变戏法一般，桌面上露出了三张牌，正好是一张"红中"、一张"发财"和一张"白板"。

贝贝看得眼都发直了。

贝贝未能听从奶奶的劝告。之后还是没能停止打麻将，反而比以前打得更勤了些。虽说还是尽量陪着老羊头他们打那种寻开心的"小点点"，但仍然抗不住诱惑地去和胡二那边的朋友打了几次"二四六挂零"……"五、十、十五挂零"的牌局，结果是有输有赢，基本上打平，这反而更激起了他的兴致。

在把麻将打得熟练之后，贝贝常常手摸麻将牌暗自思忖：这麻将的发明者们真是何等的聪明伟大又他妈的罪该万死。就那么几色花色，几组文字，却能组合出无穷无尽的花样，造成无穷无尽的变化。这和人生又是多么的相似，你根本无法去预测下一张牌会是什么，也很难断定自己打出去或吃进来的那张牌是否正确。除了可以根据亮出来的牌作一些计算分析外，更多的就只有靠运气、靠赌一赌了。难怪一提起麻将就会联想到赌博，喜欢赌博的也偏爱以麻将为赌具了。

娶妻嫁人何尝不带几分"赌"味，这张牌出对了或者吃对碰对当然好、天和地和人和；出错了或者吃错碰错了终生后悔，而且怪不得别人。

贝贝的婚姻正是这样一场灾难。一张错吃进来的牌。前面水葫芦说贝贝是"官场失意，赌场得意"，实际上是传统的"情场失意，赌场得意"，是为避免刺激贝贝才这样改口的。

贝贝原先在一个很边远的林场工作，在那绿色寂静的环境中，他尽力在完成自己本职工作的同时，努力自学文学、音乐，自学因"文革"耽误掉的中学课程。后来他如愿进入了大学，毕业后分回这个城市，先是在一家剧团担任编导。那时的贝贝，因有过基层工作经验，不同于刚从大学出来的毛头小伙，所以显得成熟又风华正茂,而剧团又正好是妖女云集的单位,贝贝轻易就被一个女演员拿下了。

按说妻子倒是没有很俗气地要什么大件,讲究什么大礼,婚后的生活也还安定,贝贝的好些作品就是在这个时候写成的。只是随着文艺体制方面的改革,剧团日子渐渐不好过了,剧团的好些人包括贝贝妻子开始了"单干""走穴",搞什么拍电视剧拉赞助,到外地搞商业演出,后来连贝贝都很难见到她了。这时,贝贝才意识到这个"不俗"的妻子实在有些太开放太现代化了,但贝贝已无力阻挡这种变化和发展趋势了。

去年初,贝贝妻子到一个著名的南方大城市参加了一次民族风情展演,随后就和参与主办的一家公司签了长期合同,回到原单位办了留职停薪手续就远去了,渐渐地连信和电话也不给贝贝来了。

通过熟人,贝贝打听到那个公司总经理家的电话号码,为了证实有关传闻,贝贝在深夜打了一个电话,正好是他妻子来接。妻子听出是贝贝,似乎有些慌乱,正想向贝贝作些解释,但贝贝却轻轻地放下了话筒。

这事正好也发生在贝贝被《南蕉》那几个人晾倒在冷板凳之后不久。一连串的霉运接踵而至,对贝贝打击不小,所幸是他们没有孩子,贝贝随即将离婚申请寄给了妻子。后来他就打上了麻将。

老朋友水葫芦是知道这个事的,他劝贝贝抓紧时机另找一个,并指明说雪儿就很可以,而且他看出雪儿虽然交际广泛,但对别人和对贝贝却完全不同,至少是有心的。

贝贝也并非毫无觉察，他很欣赏雪儿的美丽动人、灵巧和善解人意，交往中他也看出雪儿的心计，也理解雪儿的无奈。不过，妻子的另择高枝对他打击太大了，所以他苦笑着说像雪儿这样出众的女士他怕是无福消受了，有一个"开放主义"的前妻就够他头疼的，以后还是找个朴实点的传统女子好了。

婚是离了，但缘分可能还未断。几天前贝贝的前岳母突然一跤跌倒动弹不得，前小舅子年少不经事，只好找贝贝求援。贝贝背着老太太上了医院、亲自护理、掏钱付费操办一切。老太太一把鼻涕一把眼泪数说她女儿从小就是不听管教不明事理，这么好的女婿她偏要作怪，叫她们老的靠谁。贝贝则用开玩笑的口吻告诉老太太，说女婿当不成就当儿子嘛，说得老太太破涕为笑。

后来贝贝接到前妻打来的电话，为贝贝照顾老太太的事道了谢。虽然她只字不提破裂的婚姻，但贝贝从她的口气中听出了深深的歉意。最后，前妻说她寄来了一笔钱，让贝贝一定收下，因为以后她家还会有事得麻烦他，算是一个做了错事的朋友的请求吧。这样贝贝就收到了四张汇款单并知道当时邮局规定每张汇款单的最高限额是五千元，而且通过这笔钱也知道了妻子为什么要另择高枝的理由。忙忙碌碌中一个多星期过去了，贝贝有一天接到水葫芦的电话，起先他以为是打麻将的，一问，才说是雪儿找了好几次贝贝，叫贝贝打她的传呼，说有急事。

贝贝这才想起是好些天没见到雪儿了，忙到外面找了个电话亭给雪儿打了个传呼。很快雪儿回了电话，问贝贝是不是穿过一套蓝色的西服，上次过春节时。贝贝莫名其妙地说是，雪儿就叫他换上这套西服，打好领带，半个小时后她在"帝后大酒楼"门口等他，别骑自行车，坐出租车。说完便放下了电话。

贝贝拿着话筒摆了摆，又暗自摇了摇头，只好又莫名其妙地回到宿舍如此穿扮起来，临出门，想想必须内外一致，便又把前妻寄来的钱拿上了一万装进衣袋，坐出租车到了金碧辉煌的帝后大酒楼。

帝后大酒楼是本市最高档的酒楼，贝贝常常路过，但从未进去过，他知道那不属于他的生活。这回要不是雪儿搞的名堂，他或许这一辈子都不会踏进这些亮闪闪的大玻璃门了。

雪儿已等待在前厅。如果说她平常打扮得像个年轻女子，那她今天给人的印象却是一个成熟的贵妇人，一袭名贵的紫色旗袍，水晶项链，无一不显示出精心修饰与搭配，只是脸上露出的焦灼神情才与她的打扮显得有些不协调。

雪儿告诉贝贝说，她有一个很重要的客人，关系到一笔上千万的大生意。现在他正在上面打麻将，已经从下午两点打到现在，他输得一塌糊涂，雪儿拉不走他，又怕他这样输下去把他们的大生意搅黄，让贝贝冒充她的弟弟，替他"挑土"，挽回一下局面。

"打多大？"贝贝依例内行地问。

雪儿说："什么多大？这不是你们打的那种，是当场下注的，起点就是一千元。"

贝贝吓了一跳："有没有押上万的？那输赢是多少？""好像他们玩的是两万封顶，我那个客人已经输了十几万了。"

贝贝小声说："这么大的赌博，没人管？"

雪儿说:"别说那么多了,你先和我上去看一看。"

换乘两次电梯,好像又转了两条楼道,见是雪儿领来的客人,便有一个笑容可掬的领班把他们带到了一间门上写着"麻雀室"的房间,服务生为他们拉开门,里头"麻战"正酣。

雪儿轻轻走到一个五十来岁,一身富态的男子身后,看他面前的牌,其余几家也都是一副豪商打扮,身边都有小姐作陪。贝贝知道他们的这种玩法是押注的,轮流做庄,庄家点炮或者放炮都要翻倍的。正看着,又有人推倒了牌,雪儿的那个客人又输了,摇头又把一迭钞票推了过去。这个"麻雀室"的设备是一流的,一局终了,洗牌机便哗啦地响起来,自动洗牌、码牌,根本不用人手,也做不了什么手脚。这时,雪儿去对他的客人小声说了几句话,那客人一脸苍白地转过身,向贝贝强作了一个笑脸,随即站起了身。聪明的贝贝立即认出了这人是本省一个有名的企业家,常有照片登在报刊上的,怪不得雪儿不介绍名字。雪儿示意贝贝过去顶替他"挑土"。

贝贝本来只是想看看,见识一下这些人的麻将打法,没有答应"挑土",但这时要退也不行了,只好硬着头皮坐了上去。

灯光很柔和地散播在绿色的台面上,台面是一层贝贝叫不上名的绿绒,麻将牌摆在上面很是稳当,不会被衣袖无意中拂倒。雪儿的客人随手在贝贝面前放了一千元尝试性的赌注。

贝贝的起手牌不错,两张风牌,其他万字条子都各有些,容易进牌。摸了几圈后,他面临着"抓搭"的选择。此时他手中各有一个"四、五万"和"八、九筒"的搭子,按理应该打去"八、九筒"。因为"四、五万"的两面搭子可以吃进"三、

螃蟹脚

六万"两张牌，而"八、九筒"只能吃一张"边七筒"，并且这张又是最难出现的牌，这时，贝贝头脑突然闪出了"三、六万吃不进"的感觉，他突然记起了奶奶说过的"意"的感觉，于是就顺着这种感觉打出了"五万"，接着又打出了"四万"。

见到贝贝拆出这么好的搭子，做庄的上家疑心贝贝想哄别人打出"三万"或"六万"，便把自己手中的一只"三万"扣住，打出一张"七筒"，正好给贝贝点炮。

庄家点炮，要赔三倍的注，这一把贝贝"进"了五千。开头不错，接下来几圈，有输有赢，但贝贝很少点炮，所以总趋势是赢。

又轮到贝贝当庄了，这时，台面上的注已经下得比刚才大多了，有一家连续几把都不和牌，干脆就押了一万元。贝贝一面观察别人的出牌，一面努力寻找"麻感"。很艰难地却终于连续和了三把，有一把本来是早已听牌的，不料又摸上来一张"炮弹"，只好放弃听牌，最后又摸了张靠得拢的牌，才勉强听牌，却侥幸成和。

连庄连和，所下的注都是要翻两倍或三倍给的，这几把下来，雪儿客人前面所输的已经基本拿回来了。

"事不过三。"对面一个客人一下子抛出他们封顶的最高赌注两万元。其余两家也都下了大注，气氛顿时紧张起来。庄家是不用下注的。但由于别人下了大注，这一把如果贝贝点炮的话，翻倍付筹，前面赢回来的立马会输光。所以最好的方式就是庄家尽量不点炮，少付出为上。

下了大注的对家起了牌后，脸上显出得色，看样子是起了一手好牌，见当庄的贝贝把手中的牌理来理去，就是不出牌，便拿眼睛看他。其余两家也都抬起头示意贝贝出牌。

贝贝不理他们，又独自理了一下牌，慢慢地将牌推倒说："天和，怎么算？"

天和，是指做庄的拿起牌，一张不出一张不吃就已经自动成和的牌。概率是极低极低的了，所以计番计点都是最高番最高点，很多老麻精一辈子都从未碰上过一回。这局牌算赌注该怎么算呢？倍上翻倍、翻三还是二？这一伙人事先没想过，也没讲过，一个个只好怔怔地去看贝贝推倒在桌面上的牌。

倍上翻倍，正好对家下的是两万元的注，倍上倍就得付出八万元，翻三倍就是十二万元，这是一把可以叫人倾家荡产的天和啊，又因为"挑土"的贝贝连庄连和，其余几个客人输得又恼火又不服气，便停下了手商议着这把"天和"该怎么算。

贝贝没有参加讨论，他随手往桌上"海底"那几只牌摸去，意外地全身起了种异样的感觉，他感觉到那几张牌正好是"三元"，用手指一读，原来迟钝的手指也突然变灵活了，果然就读出了一张"红中"、一张"发财"和一张"白板"。贝贝得意地闭上眼睛，感到全身一阵舒坦，当他重新睁开眼睛看四周时，周围的景物似乎都变得恍恍惚惚，眼前的一切似乎也都只是一个梦，他根本没有来过这儿，只是在梦境中打牌，而且他想要什么牌时，手中就能摸上什么牌来……

一张麻将牌"啪"地掉在地上，贝贝猛然警觉地清醒过来，记起了老羊头说过的民间传说的"麻精附体"的情形，据说是每一两年总有一个嗜打麻将的人要被麻精附体，附体的人神态举止类似精神失常，唯独一坐到麻将桌前就神色自若，精神振奋，打起麻将来想怎么和就怎么和，不看牌不读牌就能知道该摸的那张牌会是什么，他想着想着，心中一阵害怕，便趁着那几个人商议不下，雪儿也忙着从中周旋的时候，悄悄起身离开了"麻雀室"。

他听到，应该说是感觉到雪儿正转过楼道追了过来，但这时电梯门已在他眼前合上，电梯下降，脚下传来一阵失重的感觉……

当贝贝又一次来到老羊头家的小院子时，已经是临近年底了。

这段时间，水葫芦、雪儿他们几个老麻将搭子在一块聚会的时候已经很少了。水葫芦虽爱发牢骚，但最近以来，关于环境污染、生态保护的呼声越来越高，有关政策不断出台，所以他心又热了，常常忙得不可开交。贝贝一则是恼怒雪儿总在些莫名其妙的大款大腕之间周旋，有些想冷落她。另外是打了大麻将之后对打"小点点"不来刺激，打也是漫不经心地打得呵欠连天，甚至考虑都不考虑就把牌往"海"中一扔，随随便便就点了炮，反正输也就输那么一点点。

见此情形，老羊头便开玩笑地说自己成了中世纪的恶魔梅菲斯特，把浮士德博士领入了迷途，看来贝贝先生是堕入方城难以出头难见天日了。

贝贝也同样用玩笑话回答着老羊头，但心中却感到老羊头的话打中了要害。歌德的名著《浮士德》是他在林场及上大学时就已反复熟读过的，而且还以此为题写过论文，所以他背得出"人在奋斗时，难免迷误"，"善人虽受模糊的冲动驱使，总会意识到正确的道路"等名句,但他更记得《浮士德》一书终结处,那些天使的歌声:"凡是不断努力的人,我们能将他搭救。"可是,现在他还在不断努力吗?

贝贝觉得自己是废了。

他想振作,但是来自事业、来自家庭和工作单位的诸多打击,总使他消沉,尤其最近,他知道他们的新上司正在联系有关单位,要把贝贝调离《南蕉》,省得他拦脚绊手之后,他更是难以静下心面对那一行行文字一串串五线谱了。再过一段时间,再过一段时间……贝贝这样对自己说。

但是,今天的聚会依然又聚不成了。

先是水葫芦打来电话,通过前院一家食品店转的,说是他们单位要配合当地驻军、武警清理护城河的水葫芦,虽然这不是根本解决问题的方法,但他们搞环保的人不能君子动口不动手,所以今天搓不成了。接着是雪儿,告诉贝贝她急着离开去外地,车已经来了,很对不起。

贝贝一时说漏了嘴:"又是陪哪位大款……"

雪儿在电话里沉默了几秒钟,然后她用一种贝贝以前从未听过的,带着些凄婉的口气告诉贝贝,说她现在所做的一切,将来她会告诉贝贝,那时让贝贝再对她这个人作个判断。说完也就收了线。

贝贝摇摇头,想不出雪儿面临着些什么,就回到后院,和老羊头聊了一阵天。老羊头告诉贝贝,说他在报纸上看见,有的职业赌徒,在打麻将时戴着一种眼镜,可以看到麻将牌的背面,戴着这种眼镜打麻将几乎是万无一失,不过那种眼镜对眼睛、神经及整个人体有极大的伤害，真是要钱不要命。听得贝贝直发感叹。

看看天色不早，贝贝就和老羊头另约了个时间，然后告辞了，骑着自行车回了群艺馆。当时贝贝却怎么也没有想到，今生今世，他再也不能和老羊头一块搓麻将了。

在贝贝他们不来时，老羊头也有几个麻将搭子，都是退休的老伙伴，打麻将也带点小刺激，但"点子"更小。数番数，每番算一张毛票。打大半天输赢也只是几元十几元钱，刚好够买些瓜子边磕边打。

那回好像天气不太好，出不了户。几个老伙伴就又凑到老羊头那儿搓麻将，因为天冷，还烧了盆栗炭火，关起了堂屋门边烤火边打牌，还有麻友带来了一小壶本地老百姓自烤的铜锅土酒，时不时抿上一小口。

常说打麻将是三分算计、七分赌运，再精的老麻精也会有大倒霉和败走麦城的时候，那一天老羊头就碰上了这种情况。从开始打牌起，差不多三个小时一把牌没和过，好不容易和了一把，偏偏又是"楼上有客"，让上家拦和。还有一局牌，起手摸了一圈牌后就听牌了，而且听的是三、六、九万三张牌，所以他认定要自摸一把，别人点了炮也不要，岂不料转手摸了一个看似绝对安全的"白板"，一打，却是臭张，让别人开杠并且杠上开花，反使他翻倍数出了当筹码用的扑克牌。气得一向不易动怒的老羊头也脸红筋胀。

后来就到了那一把牌了。

老羊头因为输得太多了，所以想做几把大牌赢回来。这一把牌他手中筒子多，所以他想做成筒子清一色，就冒着喂饱下家的危险，打出筒子之外的牌，偏偏就让他一张一张地把筒子牌摸了上来。后来，他手中的十三张牌全部是筒子，但因为全部是筒子，连他这个老麻精也一时看不出听的是哪几张牌，便一个劲地把那十三张牌理过来又理过去，就是不摸牌。

下家等不及了，催他说快摸快打，总不能光他一个人玩啊。上家也把头凑过来问他是不是和牌了，看不出来？老羊头又理了一阵，突然把牌推倒让众人看说："我这牌还没和，但是已经听牌了，你们看看听的是几张牌？"

"哇，筒子清一色。"几个牌友把头凑拢去看那牌。有人说是听三、六、九筒，有人说是听二、五、八筒。纷纷争论不休。老羊头只是笑而不语。其中一个牌友又仔细把那副牌拨弄一阵，突然发出一阵惊呼说："嗬，九莲宝灯！"

从理论上讲，麻将听牌据说有听十多张的，不过那只是理论，实战中或许根本不可能出现。"九莲宝灯"听的是九张牌，现在老羊头打的是"筒子清一色"，所以是从一筒到九筒的九张牌中，任意出现一张都可以和牌，而此刻其余几家都还没听牌，垛子上的有效牌还很多很多，可以说百分之百能和，所以老羊头敢于放倒牌让众人看，表示他坚决要自摸和这一把大牌番上加番的决心。

"九莲宝灯"又叫"九龙庭"。麻将谱上称它为一种最高级、最难成功的番品，说"此番品虽天衣无缝，但难组成，难于上青天，可望而不可即，终属海市蜃楼，镜花水月，幻品而已"。

老羊头是读过麻将谱的，所以知道"九莲宝灯"的稀罕，可以毫不夸张地说自有麻将以来，就恐怕没有人组成过，因为等不及组成，别人就已经和牌了，没想到自己这辈子竟然碰上了一回，其欣喜之意可想而知。

但邪门的事也在这天发生了，按理说垛子上还有这么多牌，怎样也该他摸到一张筒子牌的，虽说其余三家是不敢打出筒子牌了，一个劲地往"海"中扔条子、万字。但老羊头仍胸有成竹地一张张摸牌，可偏偏全摸到条子、万字和文字牌，随着垛子上的牌一张张减少，他越来越紧张，脸色渐渐发白，手也发抖，这样终于摸到了"海底"最后一张牌了。

四个人的眼光同时盯紧了那张反扣着的牌。

老羊头想摸又怕摸，手犹豫了一会儿，终于鼓起勇气，伸手翻过那一张牌，正好是中间一个红心的形如梅花的"五筒"。

伴着众人的惊呼，老羊头欣喜若狂，放声哈哈大笑，同时报出一串花名："九莲宝灯、筒子清一色、海底捞月、自摸梅花五……"

老羊头的笑容就在这个时候突然凝固了，头往麻将桌上一栽就不动了。

后来医生分析说是老羊头本来就有心脏病，那天天气阴冷，他们闭着门燃着炭火，室中二氧化碳很浓又加上兴奋过度等等。另外还有一个老麻友因受此惊吓而中风半身不遂。

几乎就在同时，贝贝也走了背运。

那天他也在宿舍和文化系统的几个年轻人打麻将。本来贝贝是不在单位打麻将的，但那种"一二三挂两个零"的大麻将他确实打不起，也就打过那么几次。和老羊头他们玩"小点点"又不刺激。而这伙年轻人玩的是"一二三带零"或"五十十五"（即五元十元和十五元），他能玩得起也满够刺激。这样便也和他们打了起来，兼之他现在是单身一人，地方清静，结果渐渐地反而在他那儿打的次数比他上旁的地方打的次数多了起来。

实话说那天他倒是确实不想打，头些日子在老羊头那里谈《浮士德》，在他心里激起了不少震动，有好几天他认真地躲在屋内读了几本新近出版的文艺理论书籍，补充一下自己因打麻将落下的知识空白。同时，《南蕉》杂志的主管部门不久前也对该杂志的现状提出了批评，某种程度上也肯定了贝贝过去积极开展的一些尝试，这使他感到些许欣慰，也想认真考虑一下向上级提些建议，把杂志办好。还有就是他放心不下不知上哪儿去了的雪儿，隐隐地感觉她似乎正面临着某种麻烦。

所以他原本只想静一静。

可是静不了，那几个年轻人门也不敲就走了进来，说是来朋友了，组织一桌吧。也不管贝贝的推辞，就拉桌子铺垫布拖椅子，硬把贝贝也拉上桌。贝贝无奈，也只好说是玩小点和玩到十一点钟为止，但打了几圈后，他情绪一上来，便又打得兴致勃勃，把一切又都丢到了脑后。

自从贝贝打麻将由生手变为熟手后，他的牌运也变得和一般打麻将的人一样，有输有赢，不像以前那样老是有好运，个别月份还甚至大输，输得差不多动用了前妻寄来的那两万元的老本。

今天他又碰上了霉运，摸上的牌坏得不行，和牌无望，纯粹是陪其余三家玩玩,成了"人民陪打员"。偶然和上一把,也只是小小的平和。根据经验,他知道今天翻不了身了,便打算以输家身份提出休战,这时有人进了门。

是两个穿警察制服的人,有一个戴着墨镜,进了屋也不摘下。

贝贝的宿舍习惯不关门,即便是在打麻将搞刺激的时候。

麻将的哗啦声停住了,屋里静了下来。

一个警察开了口:"我们来干什么我想不需要解释了,是不是都跟我们到所里谈谈?"

贝贝担心的事终于发生了,他瞬间就意识到这件事将会带来的种种后果。但事到临头,一切后悔都没有用了。他看了那几个此时惊得脸色发白的年轻人,想了想,便告诉警察说,他是主人,今天的事是他的责任,是不是他一个人去,能不能放过这些小年轻人?

戴墨镜的警察像是头儿,很客气地点点头说:"我们的车也坐不下这么多人,你去很好,我们找的正好是你。"

车子没有惊动任何人,就静悄悄地驶上了大街,贝贝坐在车里,紧了紧身上的风衣,闭上眼睛不看窗外的景色,反正这时候说什么都无济于事了,就算是接受命运的惩罚吧。车子停了。

"请下车。"依然是很客气的声音。

贝贝睁开眼,却发现眼前不是派出所,也不是公安局,而是一片宿舍区。几幢高大的住宅楼此刻正好是一片灯火辉煌,就近几间宿舍里还隐隐传来电视剧《三国演义》的片头音乐:"滚滚长江东逝水,浪花淘尽英雄……"

贝贝疑惑地转向戴墨镜的警察。

"请上楼。"警察没有作什么解释。

贝贝机械地上了宿舍楼，随着戴墨镜的警察进了屋门，这是普通的单身宿舍，一张木床，一张书桌，两把藤椅和几件简单的生活用具。警察让贝贝在藤椅上坐下，自己也拉过藤椅坐在贝贝面前，然后摘了墨镜。

这是一张年轻，虽不很英俊却充满正气的脸。贝贝闪过的念头是：这人没见过。

警察看出了贝贝的心情："你是不认识我，但是我认识你。这里不是办公室，是我们单身警官的宿舍，我今天可以说是以警察的身份，也可以说是以私人身份请你到——用文人的话说是寒舍，咱们认真谈谈。我想你肯定还会记得这封信，这本杂志。"

警察拿出了一本破旧的杂志和一个磨损得很厉害的信封。

记忆之门打开了。

好些年前，这个警察还是一名高中生，但在毕业之后，家庭连遭一串不幸，又逢高考落榜，那时他消沉得想自杀。有一天，他偶然看到一篇介绍贝贝在艰难环境中自学成才的文章，便给贝贝写了一封信叙述自己的遭际。很快就收到了贝贝的回信，谈了自己当年面对逆境的情形，鼓励他振作向上，随信寄去了登有他写的一篇名为《永不说停止》的散文的杂志，还有几十元钱，（因信中得知这个高中生靠帮人打工来维持生计）这样，这个学生在朋友及过去的老师帮助下，重新鼓起了勇气，克服了面临的诸多困难，后来他考上了警官学校，毕业后回到了这个城市。

年轻的警官开始寻找贝贝，了解到了贝贝的处境，也接到了贝贝等在他宿舍聚赌的举报，经过一番分析，这个年轻警官在他朋友的帮助下，"请"来了贝贝，以这种特殊的方式，给这位过去支持过他的朋友送上了一份特殊的回报。

警官谈完往事，看看热水壶上的水已烧开，便给贝贝沏上了一杯茶说："实际上我和许多关心你的朋友都同情你的遭际，也觉得很多事情对你来说也不够公正。但我们都不希望你在消沉中浪费掉你的才华，浪费掉你的生命……"这时，警官腰间的BP机响了，他看了看告诉贝贝，说今天夜里有一个全市性的大行动，让贝贝住在这儿别回家，请他抽点时间读一读过去他写的那封信和那篇《永不说停止》。

"对了，你懂音乐，也可以听听音乐。"警官说着按下了桌上录放机的按键。

激昂的交响乐曲在小小的宿舍内回旋开来，贝贝听出来了，那是他熟悉的贝多芬交响曲中的一个乐章，是"光辉的快板"。表现的是贝多芬年轻时积极向上的进取心，以及在艺术道路的追求中那种百折不挠的探索精神。

从警官开始拿出那封信和那本杂志后，就一直处于一种深深的震动、羞惭自责与反省之中的贝贝，没有答话，也一直没有正视年轻警官的脸。此时在贝多芬圣歌般的旋律中，他年轻时的那些奋斗、那些刻苦、投身于文学艺术创作时曾立下的种种誓言，都一一被唤醒。眼泪，也终于止不住地夺眶而出。

两个多月后，春节刚过，这地处亚热带的南国边城早已是一派春意盎然，大街小巷绿影珊珊，女人们的鲜艳花裙也早已在街头招展。

贝贝仿佛是从一场大病中刚刚痊愈,脸色看去稍有些苍白。今天他如约来到了胡二的建筑工地,在那儿,他拿到了雪儿给他留下的一封长信和几把钥匙。

通过这封信,他才首次明了了雪儿,以及以前不便细细询问的种种疑惑。

和贝贝一样,雪儿也是从小聪慧,还在读小学时就已经因聪明美丽而很有名气了。她原先在一个边境小城市工作,后来结了婚,丈夫在当地体育部门工作,是一个很健壮又英俊的男子汉,婚后两人感情也还不错,生了一个小女孩,眉眼酷似雪儿,甚至比雪儿更漂亮。后来,雪儿的丈夫下了海做起了生意,由于他能干和走在了先,生意做得很是顺利。

他们那儿属边境开放城市,往来的人很杂,雪儿的丈夫通过做生意,认识了些乌七八糟的朋友,不知怎么就迷上了赌麻将,开始小打,后来大打,有时星期六早上雪儿让他出去买米,他出去后直到星期一上午才两手空空地回家。由于好赌,生意荒废了,也没了经济来源,便把雪儿的积蓄和家里值钱的东西拿出去做赌资,输了就打雪儿出气。

他们的家就这样散了。由于离婚的事法院久判不下,雪儿便将孩子寄养在一个远房姨妈家,只身回到了故乡这座城,开始闯荡着属于她的天下。凭着她天生的聪慧以及女人的优势,虽没能赚下大钱,却也经营得很有些声色,这时候,她丈夫找上了门,生生搅黄了雪儿的旅行社,有次还把雪儿打得鼻青脸肿。最后,她丈夫提出只要雪儿拿出十万元就同意离婚,并将女儿给雪儿。为了今后的清静,也为了女儿的将来,雪儿拿出了她所能筹集到的一切,和丈夫离了一个清楚,也算是把女儿买了回来。

这以后的雪儿由于公司倒闭,几乎是身无分文,为了今后的生活,她参与了她认识的几个大款所搞的一家集资公司,这家集资公司是非法的,纯属诈骗,雪儿明知道这里面有问题,但因急需钱用,就抱着一种侥幸的心理参与了他们的活动。可是她错了,新年一开始,这家公司就被查封,雪儿也被公安机关收审,但由于她开始就有些准备,退出了赃款,并主动揭发了不少问题,所以估计她可能会被判缓刑或者免予刑事处分。

现在案件还没有开庭审理。雪儿在信中对贝贝说:"……这个世上,只有你和胡二是我信得过的人,胡二虽然没有多少文化,但他为人爽快,一直在关心和帮助着我并对我无所求。可是他走南闯北生活不固定,所以我只有把小女儿托付给你一段时间,也许你会认为我们的交情还不到这样的地步,那就算是请求你以你的仁爱之心,去帮助一个不能尽职的母亲和一个没有过错的孩子吧。"

胡二告诉贝贝,说雪儿现在除了那一套小小的住房外一无所有了,她让贝贝必要时处理掉房子,作为女儿的生活费。不过胡二随即拿出了一个装着钞票的信封交给贝贝,说上次那个贝贝当处长的同学让他承包了那项工程,这算是贝贝的报酬,也算是帮危难中的雪儿一把。

"至于打麻将,"胡二说,"我是不打不行,不打就会失掉工程,失掉那几个伙伴,现在搞工程,很多都需要自己先垫本,完工后对方又不能按时付钱,所以不伙着别人,我的工程队就只能关门……"

话未说完,胡二的那个几个包工头麻友就哗啦啦地钻了进来,连声说"麻、麻、麻……"。还有贝贝认识的那个四川籍包工头也在,他一面搬桌子一面对胡二说:"搓几把再议一下,南边线那档子工程啷个分成法。"回头望见贝贝:"嗬,你哥子也在,来来,搓一把。"

贝贝只来得及收好雪儿的信和胡二给的钱,就被人拉下坐起来。胡二一脸苦笑,无奈地对贝贝说:"你先替我起一下牌,我给工地上说一声就来。"

自从那天在那年轻警官那里,贝贝经历了一场强烈的震动之后,他知道自己今后是不会再涉及麻将和赌博了,何况第二天又听到了老羊头的死讯和在电视中看到了警方大行动,扫除了本城几个赌博团伙和窝点的消息,其中就有帝后大酒楼的那个很现代化的麻雀室,报道说参与赌博的除职业赌徒外,还有国有企业的个别厂长经理。所以今天贝贝手一接触麻将,就仿佛被火烫了般缩了缩,但处于无奈,只好先替胡二起一下牌。

第一把贝贝抓的两墩牌全是万字,第二把抓起来一看也全是万字,天哪,手气怎么这么好。贝贝略为理了一下牌面,正准备伸手抓第三把牌,可这时他突然感觉到有些什么熟悉的东西在头脑中跳动,不由得怔了怔。停住了手。

贝贝又一次打量了一遍手中的牌,八张牌一共是三个"三万"、一个"一万"和三个"二万"、一个"七万"。怎么这么眼熟?

贝多芬的《命运》交响曲突然雷鸣般在他耳边奏响，来势犹如暴风骤雨、万马奔腾……

对了，如果用简谱记录的话，这 3331、2227 正好是《命运》交响曲的首句。

命运在敲门了，是天启，还是来自另一个世界的谴责？召唤？或许是一种警示罢？和老贝的音乐相比，手中的牌变得那样寡白和毫无生气，他突然感到一种前所未有的索然无味。"不玩了不玩了。"贝贝把牌一推。

那几个包工头愣了，看着失态的贝贝。

"不玩了，再也不玩了。"贝贝的声音带着呜咽，他起身冲出了门。

那几个麻友莫名其妙地坐在那儿，看着贝贝摊开在桌面上的牌。

四川籍包工头摇摇头说："这哥子是啷个搞起，这么好的手气都放过，马上就要做成清一色了哟……"

贝贝心里空空的，在小城里漫无目的地游荡着。

傍晚时分，他来到了老羊头的旧宅。

旧宅旁有一条水沟，在还算清澈的水中，贝贝见其间散乱地抛洒着些麻将牌，在水的浸泡下，一张张显得晶莹可爱。看样子是老羊头的儿女们回来清理遗产时倒在这里的。贝贝随手拣起掉在沟边的几张，却正好是"三元"牌，"红中""发财""白板"各一张。他不由得笑了笑，心想是不是拿去请人钻个眼，做成钥匙坠留作纪念，给水葫芦一个，自己一个，留给雪儿一个。但想了想又觉得无此必要，便又一张张依着"中""发""白"

的顺序扔回到那水沟中。

是啊，该想想今后的事了！

明天，约上水葫芦先把雪儿的小女儿接来，贝贝盘算着，慢慢地走进了暮色之中。

路灯，跟着他的足迹一盏盏地亮了。

大林莽、穿山风与象耳朵的记忆

如果这个世界上还会有什么能让我惊讶得目瞪口呆的事,那就是眼前的这一桩了。

我环视周围:刷得雪白的石灰墙,整齐划一的几张办公桌,高搁在书柜顶上的几件教学仪器,两个正埋头研究一局残局的年轻同事。一切和昨天、前天、大前天一样,没有增加什么也没有减少什么。

多了的,就是带钢框的玻璃窗外那一双非常熟悉的眼睛——那是一双温顺的、充满好奇和疑问的眼睛,一双仿佛总在等待着什么地方发来神秘指令但又不乏自信的眼睛。

起先,我以为这又是那些经常缠绕着我的奇怪幻觉。

顺着这双眼睛,我很快发现了它那区别于其他一切生物的无可匹敌的长鼻子,大青树叶一般的耳朵和掌楼柱子般的粗腿。

尽管我们这所中学地处郊外,但毕竟是一个十多万人的小城市的边沿地带,高楼大厦、马路街灯一样不少。不过,我还是一眼就看穿了它的出身,它的来历,我听见我用变了调的声音喊了起来：

——野象！野象！！

一

神秘的雾笼罩了四十多年。

四十年的光阴里，我读了很多大多数人都读过的书，也读了不少需要先读很多书后才读得懂的书。这样有很多的事我可以不请教于行家就能自行解释清楚，但我和在我的朋友身上所发生的故事，我却至今解释不出理由。甚至我根本弄不清他是否还活着。

但是，我却莫名其妙而又坚信不疑地认为他肯定还以一种我所不知道的方式存在着，并且在关注着我。这片西南边陲亚热带土地上的每一根藤子、每一棵树木都会向他传递去我的消息，同时也把他的消息传达给我，然而我却愚钝地找不到接收这些信息的方式。

故事的开头我并没有出场。

故事的开头是一个可怕的麻风病人和一个被命运压得如同野人一样的老猎人。

猎人叫阿二，原是蛮令寨子数一数二的猎人，他娶的女人也是山脚小寨数一数二的姑娘，姑娘生得面若野樱桃花，白中透红，在众多黑皮肤的山姑娘中显得特别出众。但就是这野樱桃花般的皮肤却埋藏着日后的祸根。

寨子里上了年纪的人都说麻风姑娘年轻时都是漂亮的，唇红肤白。

　　这样，就有了阿二放了一把火，烧净了他的房子，背着猎枪领着猎狗、带着面部已呈现出麻风病人典型狮面的妻子、带着些必需的生活用具，向茫茫的老林走去的情形。寨子里的人呆呆地看着他们消失在寨前坡头。按事先的商定，他们去的地方叫象滚塘，那是一个只有老熊豹子出没的地方，随着这对夫妻的到来，那地方更成了一块禁地。

　　没有人知道他们是怎样过来的。

　　世事的更迭、国家的兴衰，似都与这对夫妻绝了缘，只有阿二每年下一两次山，用兽皮之类向人换些盐巴、旧衣裤又返回山上。

　　很多年以后，人们才知道当年那个面若桃花的姑娘已经死去很久，死前手指和脚趾都快掉光了。但致死的原因却不是麻风杆菌，而是一种剧毒的植物叫狗闹花。阿二按他们民族的习俗架起九层木柴，火化了她的尸身，并且在一旁朝天鸣枪，耗费着他极为珍贵的火药。

　　不知这算不算医学上的奇迹，反正阿二本人没有染上麻风病，但他却不愿再回到寨子，他将那女人的骨灰埋下后，就守着那间茅草房和他开垦的那片苞谷地，永远地留在了山林。

　　后来我给我的女友、我的妻子都讲过这个故事，她们都说这是一个伟大的爱情故事。我说这是一个残酷的故事，毫无浪漫可言。她们马上讥刺我，说这事如果发生在我身上，第一件事肯定就要提出离婚走人。

　　我找不出反驳的理由，却又不甘心沉默，便又继续讲这以后发生的故事，——她们不知道，这仿佛谈外星人一般的故事后来居然会和我有所关联。

阿二记不清自己的实际年龄了，也很少说话，草木的发芽、开花结果，月亮的圆缺，便是他的日历，凭着气候的变化、草木的荣枯，他知道什么时候砍荒火地，什么时候点苞谷种，从来不会误了节令。渐渐地，他对象滚塘方圆十几里的大山老林都了解得一清二楚，他知道哪儿有几头熊，哪儿是豹子的窝，哪个地方是哪一群野猪的领地。不过，也许是孤独中他把它们视为了伙伴，或者是由于火药和铅条的难得，他渐渐很少射杀那些大动物了，只采用原始的下扣子、弩弓射的方式，猎取些山林里较多的麻鸡、竹鼠等小动物，或者用掘陷阱的方法对付那些破坏他苞谷地的野兽。

那一回又到了苞谷快成熟的时候了，每到这时，那最令人讨厌的猴子就会成群结队地光临，伸臂掰下两个苞谷，夹在腋下，又伸手去掰新的，那样夹在腋下的两个又掉了，如此恶性循环，很快就糟蹋了一大片苞谷。阿二只好在地头燃起火堆，用竹子做成响笆，整夜敲个不停。天亮了，阿二也很疲倦了，就着地头的火堆，他吃下了一个烤青苞谷，迷迷糊糊靠着一个老树疙瘩，就要睡过去。

阿二很累了，我现在替他算回去，他那时的年龄已接近五十了，他已经渐渐觉得手脚不灵光，射出的弩箭也常常会错过最好的时机，更糟糕的是，他自麻风女人服毒自杀后，对活着的目的已变得混混沌沌、可有可无。就像对这片苞谷地，有时他一连几天敲着响笆认真防守，有时候却无聊地爬到大树上像猴

螃蟹 脚

子般一整天不吃不动地坐着发呆。

阿二蓦地惊醒了,这是一种多年在山林中形成的如同野生动物一般的警觉。

在潮湿的、一阵阵袭来的大雾中,阿二听到了一种不同寻常的响动。

野牛?老熊?马鹿?都不是,阿二早已熟悉它们行动时的种种音响,就像一个高明的指挥家辨别得出交响乐队中各种乐器的音响一般。

阿二拿起猎枪走去,头上长发飘逸,犹若一头悄悄行走的猎食的雄狮,在潮湿的树荫下,阿二发现了一串巨大的脚印。这是阿二在他的猎人生涯中还从未见过的脚印,但他马上就判断出这是野象,不多不少,仅是一头独象。

这个地方名叫象滚塘,但其实从阿二的上辈人起就没有人见过大象,他们也只是听说"以前"或者"老古辈子"这儿常有野象洗澡之类的故事了。

阿二得出这个结论后心中又惊又喜,一种孩童一般的好奇心从他麻木了的心中升起,他明知手中的老火枪太原始,猎取不了野象而他也不想尝试猎取野象,却有一种神秘的力量驱使着他沿着象迹跟踪而去。

象走得很快,有好几次,阿二已经听见了野象踩断树枝和拨开树叶的声音,看见了雾中树丛在摇晃,却一直见不到野象的身影。雾越来越大,阿二顾不上辨别方向了,只顾沿地上依稀可辨的痕迹在布满青苔藤蔓的老林里走着,并且本能地感觉到这野象是在往老林外面走,而不是走向它的腹地。

那股神秘的力量变成了一种神秘的召唤，越来越清晰，阿二记起了就是在麻风女人被焚化的那天，他把猎枪也对着自己脑袋，想用脚趾去扣动扳机时，也就是有这么一种神秘的召唤使他停止了行动。后来，每当他思维和情感麻木得像一棵腐朽的树般要倒下时，这种神秘的召唤便又会出现，不过都没有今天这样强烈和清晰。

也许，他等待的就是今天这个日子。

突然，那神秘的召唤停止了。

阿二发现他迷了路、失去了野象的踪迹。

阿二能从一根折断的细树枝、一丛微微倾斜的野草，或者树干上轻微的擦痕中分辨得出麂子或是破脸（花面狸）经过的痕迹，所以他不相信这野象会突然消失，越加仔细地在四周寻找起来，寻找结果却使他越发大惑不解。

莫非那野象能和猴子一般消失在那树荫之上吗？

阿二抬起头看着顶上那些密不透风的互相纠结在一起的如绿色屋顶一般的树冠，这时候，他听见了一声响亮的婴啼！

这里我得赶紧说明，这个婴儿不是我。虽然那时我也正同样响亮地啼哭着，却是在一个以白色为主调的医院里，被用各种柔和的布包得宛如一个蚕茧。而阿二怀中的婴儿却是用最后的力气发出的啼声，并且浑身上下没有一点人类的纺织品，据说垫在他身下的只有树叶。

我的女友不相信我的故事，说那样的话那孩子早就冻死了，即使冻不死那个阿二也养活不了他，除非他是——

女友住了口，吃惊地望着我，问我的眼神怎么那么奇怪？

螃蟹脚

然而我知道的事实是阿二用嫩苞谷捣浆喂他,用又肮脏又旧的毯子包着他,并且一刻也不让他离开身边。连打猎也要把他包好背在背上,而事隔多年后,还有人记得阿二怀中吊着这个婴儿,走出老林,来到寨子里向人乞讨食物和旧衣物的情形。我还知道,为了这个婴儿的到来,阿二曾抱着他,向着他茅草房四周的茫茫大山,叩了四个虔诚的头。

这件事没有人讲过,我却知道,我自己也说不清我是怎么会知道的,而且我还知道,当阿二叩完头立起身时,一股山风穿林而过,在茫茫老林中吹出了一道明显的痕迹,仿佛有一条巨蟒从那儿经过一般。

这样的风后来我和象耳朵一同也看见过。

象耳朵就是那个长大了的婴儿,由于他的耳朵比一般人的都大,且形如象耳,所以得了这么一个外号。我和他后来成了好朋友,常常一同钻进老林子一待就是老半天。当我第一次看见这种巨蟒一般的穿山风袭来时,那声势、那情景惊得我脸色发白,而我的朋友则兴奋得放声大叫。日子长了,我也不怕了,而且当我发现我朋友出现在山林中总会伴有这样的穿山风时,我更是习以为常了。

四十岁时,我千里迢迢重返象滚塘,半道就遇上了这样的穿山风,我想那是我的朋友欢迎我重返山林。我虽愚钝,但对这个明显不过的信息却还是悟得出的。

可以想象出,这个孩子的到来,给阿二的生活带来了何等的变化。

那条最早和阿二一同上山的猎狗已老死,本来阿二无心再另寻爱犬,但自从有了孩子后,阿二又用一头捕获的活麂子换回了一只小狗,小狗和孩子一同长大了,互相抱着嬉戏。这情景伴着那翠绿的苞谷地和茅草房前的炊烟,给这古老荒凉的山野带来了一派生机。

阿二脸上也亮了。

但这孩子到底是从哪儿来的呢?

一想到这个问题,阿二的眉头便会皱上老半天。孩子是女人生的,这个他懂,但什么人会把孩子生到这荒山老林来呢,那只剩下一个解释,这孩子是大象送来的。可是大象又在哪儿呢,虽然后来阿二一再发现他住的周围有野象的脚印,却始终没有见过它的身形。或许,这大象怕就是他们民族的天神厄莎的化身?

不管怎样,象,绝对不是一种普通的生灵。

后来发生了一件事,更加坚定了阿二的想法。

那次是收苞谷的时候。

绵绵的雨季过完了。趁着天晴,得把苞谷收起来,一串串地吊在茅草房里,或者放在火塘上方的炕床上烘干。然后脱下玉米粒,放进水桶般粗的大龙竹里,不怕虫蛀和鼠咬,这便是他和那孩子一年的粮食了。

阿二没有石磨,他只能把干苞谷粒放在木碓窝里捣碎,或者用水将苞谷粒泡软后煮着吃。以致后来象耳朵看见我和阿云用手推磨磨苞谷面时,竟呆呆地一连看了几个小时不动弹。

他让孩子和狗在地头玩着,自己则汗流浃背地顺着坡地收采苞谷。由于是刀耕火种,加上雀鸟和猴子野猪糟蹋,每年的收成都不很多。所以他很细心,连只剩下几粒苞谷的痫痫头也不肯丢掉,那些长得好的,他便留下些苞谷皮缠结成串,以便拿回茅草房去挂起来。

突然间猎狗的狂吠惊动了他,他抬眼往地头望去,惊得手中的苞谷都掉了一地。

一头黑熊站在地头。

这些年来,这一带渐渐加深的人烟味和阿二多次的烧懒火地,已使得很多的野生动物避而远之,弄不懂怎么一下子冒出这么一头不顾死活的黑熊,或许是在哪儿受了伤来找人报复的。黑熊一掌就将扑来的猎狗打晕了。然后和那光屁股的小男孩面对面地对峙着。

小男孩那时大约是四岁光景,和山外那些寨子中的小孩一样,常年光屁股。后来他这个习惯一直不改,长大后也只爱穿条短裤,就这么裸着上身露着腿。甚至在阿云长成了大姑娘之后,他也常常这么赤着上身在她身旁走来走去,但我知道阿云并不因此害羞,反而很欣赏地看他那一身结实的又黑又光滑的肌肉。

小男孩看见自己的猎狗伙伴被黑熊击昏,便愤怒地拿起一根他当甘蔗吃的苞谷杆朝着黑熊冲去。站在远处的阿二冲开苞谷丛也拼命跑来,但他头脑中却清楚地明白一切都来不及了。

奇迹是在这一瞬间出现的。

一声洪亮而又狂怒的巨吼突然在丛林中爆发了,这吼声之突然之洪亮之愤怒,使得阿二和黑熊及四山八箐都为之一颤和猛一愣怔。

野象之吼！

没有其他动物能有此洪亮之声带了。

黑熊转过身，没命地奔进了丛林，一面跑一面用熊掌拨开遮住它前额的鬃毛。

猎狗被撕掉一块头皮，但后来却又令人难以置信地苏醒了过来。阿二为它治好了伤口后，这猎狗变得更其凶猛和忠诚。

看见黑熊逃入丛林的古怪模样，男孩开心地笑了，第一次笑得那么欢快，不可遏止。

听见了象吼的阿二依然没有见到象的真身。

现在我要说到男孩走出山林的一节了。

寨子里的人并没有完全抛弃阿二，虽然他们惧怕麻风，惧怕这种在当时一染上就无法医治的可怕疾病，但仍有好心人去到那儿，在阿二和麻风女人会经过的地方放下些吃用的东西，后来麻风女人死了，人们发现阿二身上没有出现那些当地人很熟悉的麻风病人的特征，便又有打猎人和他相遇时站着和他说说话。这样阿二才知道他年轻时见过的黄狗兵（国民党军）被打败了，现在是共产党管着国家。山下面傣族坝子已经通了汽车了，这种不吃草的铁牲口拉来了很多盐巴，以前要很多张皮子才换得鸡蛋大点盐块，现在一张皮可以换那么大一块。

阿二知道外面世道变了。

这样就有了一天，一个三十多岁的汉族男人，带着两个蛮令寨子的小伙子，来到了阿二那二十多年没有外人光临的小茅草房。那个汉人大步走着，毫不惧怕那只豹子般凶猛的猎狗恶狠狠地向他们咆哮。

很多年后，我在当地的卫生杂志上找到了这个可敬的汉人的名字。他受命创办一所麻风病院和在这一带开展麻风病防治工作。他姓王，这是汉人中很常见的姓氏。

这一带的寨子是很多民族杂居的，所以阿二年轻时能听懂几种语言，但由于长期很少说话，连一句完整的话都难说全了。

王医生是后来宣布阿二和那男孩没有麻风病的人。王医生在那些缺医少药的山寨里救活了不少病人，所以他威望极高。但是，王医生后来给那小男孩检查身体时却大吃一惊，直到很多年以后，我才在王医生的日记中发现这样一段话："……我不知道怎样解释，他（即那男孩）身上那些奇妙的结构，超出了我以往的一切人体知识，也许，这是我一生难得碰上的一次机遇，应该对他跟踪观察……"

但王医生终于未能完成这一愿望。

就在他对寨子里的人说阿二和那小孩不是麻风病人的后几天，一伙来自国境线那边的残匪偷袭了一个区公所，王医生不幸被流弹击中。

我终于未能知道王医生在我的朋友身上发现了什么奇妙的结构。

最后使阿二决定将男孩送出丛林的，不是因为王医生告诉寨子里的关于他们不是麻风病的消息，而是他看见男孩惧怕地躲在身后看着那几个男人和好奇地听他们说话的神情。

决定不是一下子就做出的。

差不多两年后，我的朋友才走出了丛林。

二

我童年的伙伴主要是蚂蚁。

六岁以前,我记得我住在县城一个大院子中的一个小院里。那时爸爸妈妈成天很忙,只有外婆带着我。因为大院子里很少有和我差不多大的伙伴,很多的时候就是我一个人伏在小院的地上看蚂蚁。

我知道蚂蚁们在半道上相逢时,总会互相用触角碰一碰,如果不是一个窝的蚂蚁,那弱小的一方马上会惊惧地跑开,而强大的一方则会马上投入进攻。不过我也看到过小黄蚂蚁和比它大得多的黑蚂蚁殊死搏斗的情景。

经常地,我会抓一只死苍蝇让蚂蚁们兴奋地往窝里搬去。当它们快要成功时,我又迅速将苍蝇捉回原地,看蚂蚁们惶惑了一阵之后又重新吃力地开始搬运,直到我玩腻为止。我最不会忘记的是捉飞蚂蚁的日子。

成群的飞蚂蚁从院心的砖缝中,小洞里一只接一只地钻出,振振翅就拼命往天空飞去。而这时便会飞来很多燕子,在天空来回飞着啄食飞蚂蚁。——外婆给我打来一盆水,和我一同蹲在地上捉那些刚刚爬出地面欲飞未飞的飞蚂蚁,把它们一个个扔到水盆里,这样,飞蚂蚁的翅子沾了水就飞不动了。外婆最后细心地把没有翅膀的飞蚂蚁拣了出来,炒一大盘。开始我不敢吃,后来试着吃了一个,觉得很香,就不停地吃了起来。

在蚂蚁面前我觉得我很伟大,很有力量。

螃蟹脚

后来我们一家搬到山寨，不得不和蚂蚁开展斗争时，我才发现蚂蚁原来不是那么简单，尤其是那次铺天盖地的蚂蚁向寨子袭来，在社房下面空场上排开战场厮杀的情景，至今仍使我不寒而栗。

那回搬家，先是父亲一个人走的，带走了一些行李铺盖。后来有一天，母亲告诉我说，我们也要搬家了，搬到一个很远很远的地方去。那儿没有汽车，没有电灯。

我问："有没有蚂蚁？"

"蚂蚁？肯定有。"

母亲心不在焉地回答着我，过了一会儿却偷偷地哭了，我很害怕，叫来了外婆，外婆劝着说了不少话，什么"嫁鸡随鸡、嫁狗随狗"和"山不转路转"。可惜那时我都听不懂，很纳闷哪有人会嫁给鸡嫁给狗的呢。

第二天我们坐着一张胶轮马车出了城，天快黑时来到一个小镇，在那儿住了一天，又有些马驮上了我们的行李上了山路。这回是两个穿羊皮背心的汉子轮流背着我走，那羊皮背心的味道和他们身上的汗味熏得我很难受。但更可怕的是那山越来越大，树越来越密，当山路转入山箐时，我第一次感受到了那亚热带雨林中潮湿阴暗不见天日的气息，一种被遗弃的孤独感和莫名其妙的恐惧感突然袭来，我抽着鼻子哭了起来。——我要回家！我小声说。

直到很多年以后，我才明白了父母为什么要从县城的那个小院子去到那个小山寨的。

确切地说，小山寨本身就在山林里，山寨不过是老林中被刀砍火烧出来的一片向阳的山坡。在向阳和干燥的半坡上居住，这是当地山民们多少代人总结出来的经验。（但也许是出于一种动物的本能）但即使这样，每年一到雨季，那些绿色的丛莽仍然要偷偷摸摸又肆无忌惮地向寨前的小路、寨脚的栅栏袭来，妄图将这山寨再次收回到绿色荫蔽之中。这样到了雨季过后，寨里的汉子们又不得不提着砍刀，对着那些绿色丛莽又烧又砍，使之退缩。

我们去的那个寨子算是那一带最大的一个寨子了。在寨前一片新辟出不久的空地上，有一间用木片为顶竹篱笆为墙的房子，就是我的家兼寨里的小学校了。

赶马人放下行李往回走后，母亲便一个人哭了。已先在这里住了一段时间的父亲不停地安慰着她，我则一溜烟就往木片房后面跑去了。

这种木片房，当地人叫"闪片房"。但后来我的学问提高到足以独立思考时，我咬文嚼字地认为那应该叫"苫片房"才对，"苫"是遮盖的意思。这一带与少数民族同胞杂居的汉人，多半是祖上被发配到边地，或者是老一辈上屯垦的士兵。由于与世隔绝的环境，他们的方言中至今还保留着很多古汉语词汇和古入声字读音，我后来曾以此为题，洋洋万言地立了一通论，颇得指导教师的赞扬。

看完了苫片房，我便发现地上有一种个头挺大、带白花纹的我从未见过的山蚂蚁。我好奇地沿着连成一串的蚂蚁慢慢走进了丛林，在一片灌木林中，我发现了一个坟堆一样的土包。

"是蚂蚁包。"一个声音告诉我。

螃蟹脚

我回过头,看见了一个和我差不多大的小男孩,只穿一条小短裤,浑身黑黑的皮肤又光又亮,手里拿着一件又像斧头又像镐头的工具。后来我知道那叫"挖斧"。看样子在我观察蚂蚁的时候,他已经观察了我很大一会儿。那时我不知道他就是猎人阿二从山林中拣回来的那个孩子,不过就从那天起,我们成了朋友。

"蚂蚁包。"他又重复了一遍说,"里边有一个蚂蚁王。"我听出他的汉话带有一种很浓重的土味,就是后来我那妖精一样的在城里长大的小妹妹斥之为"寨子腔"的语音。

"蚂蚁王?"我来劲了,"能找到?"

"能呢。"他抡开挖斧就向蚂蚁包挖去。须臾,受惊的蚂蚁纷纷向袭击者展开反击,我连忙退得远远地看,只见他很快挖了一个深坑,同时折了把树枝,挖几下又"啪啪"地抽打几下聚在他周围的蚂蚁。我看见有几只蚂蚁爬上了他黑亮的脊背,但不知怎么就不咬他。

最后,我看见他拿来一块坚硬的土块,这土块实际上是蚂蚁们细心修建的王宫,中间有一片空间,躺着一只手指头那么大的白色的蚂蚁王,笨拙地、慢慢地在可怜地蠕动着。——这形象与童话中描绘的那些神气的蚂蚁女王相去甚远。我又怕又惊地看了半天,问他那一群蚂蚁会不会有一个新的蚂蚁王。

他摇摇头说:"没有这个王,那一窝蚂蚁都要死了。"

我突然大起同情心,要那男孩把它送回去。男孩顺从地将那土块放回坑中,我看见很多蚂蚁很快就将它们的王密密护卫起来。

这个男孩后来我们叫他"象耳朵"。

象耳朵是半年前搬到这个寨子的。

政府搞了大规模的调查,把麻风病人都集中到一个地方,正式名称叫麻风病院,老百姓则叫它麻风寨。阿二和象耳朵经过医生反复检查化验,证明不是麻风病人,阿二便回到离寨子不远的山坡上盖了一个小棚子,让象耳朵住在里边,自己则又回到丛林中打猎种苞谷来养活象耳朵。

后来,正值父亲来到这儿办学。阿二便来找父亲,说了些语无伦次的话,目的是想让象耳朵上学。

父亲是相信医学的,而且那几个搞麻风病防治的医生就常在学校落脚,所以他知道阿二父子不是麻风。但也许是出于一种难以克服的心理上的厌恶,他本想拒绝象耳朵入学。但当他看到象耳朵那双眼睛——即后来我多次形容的,那双温顺的、充满好奇的疑问、仿佛总在等待什么神秘指令但又不乏自信的眼睛时,他便默许了,只是总让他单独坐在教室最后一个木墩上。

学校没有桌椅,桌子是用粗糙的木板搭起,座位就是一个一个的木墩。不过课本、作业本和铅笔倒是由国家免费提供,当然要教师自己下山背回学校。

父亲不让我和象耳朵一块玩,说他是麻风。我不知道麻风有什么可怕,母亲在一旁补充说会烂掉手指头脚趾头的。我反驳说那象耳朵怎么不烂掉手指头脚趾头,而且人家象耳朵不穿鞋子不穿衣服满树林钻,身上还一点都不破。父亲摇了摇头,没有再说什么。后来我偷偷听见他和母亲讲,说我们自己其实也和麻风病人没什么两样,回到城里谁都不敢搭理。

螃蟹脚

不过我也很少到象耳朵的小棚子里去，去过一次就不想再去了。那儿很脏，竹篾笆床上放着一块从来不洗的毯子，一个竹筒砍成的枕头，床前火塘边放着一大一小两个土锅，大的那个还破了一个缺口。另外，我看出寨子里的人虽然容许了象耳朵在这里住下，但仍对他采取了一种隔离政策，基本不和他往来。象耳朵自己倒不觉得什么，反正他也习惯了成天在树林子里跑，并且能在树林子里把自己的肚子填得饱饱的。

象耳朵也只到过我家一次，他用惊奇的目光看着我家的热水壶、印花床单和棉被。那一次是父亲下山去一个粮店购买当月的供应口粮、买油和盐的日子，只有我一个人看着家。象耳朵最后最感兴趣的是我家中竹笆墙上贴的一幅画。这是我母亲带来的，她用旧报纸把竹笆墙四周裱糊了一遍，贴上了这张画，画的是几个男女红领巾骑在一头大象上，一个解放军正抱着一个女红领巾往大象上递，已经骑在大象上的一个男孩正伸手来拉她。

"老象。"象耳朵惊奇地说。

我这时发现那画上的大象的眼神很像我的这位新朋友，而且耳朵也有些相似，大而招风。

"象耳朵！"我这样叫他。那天阿云也在，我们以后就这样叫他。

这幅画一直贴在那里，母亲走后，父亲对自己住的地方从未采取过什么装饰措施。

我至今想不通的是父母对城市的依恋和象耳朵对丛林的依恋，都会是那样义无反顾和一往情深。我后来知道，为了让父亲收下象耳朵读书,猎人阿二送给了父亲一对极其漂亮的鹿茸。这鹿茸后来又送到了城里某个领导手中,加上外婆不遗余力地奔走,母亲便在次年怀着我妹妹的时候被安排回了县城。只留下我们父子在山寨过日子。就在父亲也准备调回城时,一场更大的政治风暴又开始了。父亲心灰意冷地打消了回城的主意,学会了喝水酒,跳三脚歌,还搞到了一支猎枪,在那野物很多的丛林里,有时突然瞎猫碰死老鼠地打到点什么,回来便在我们那简易的厨房里又烧又煮,和寨子里的猎手们喝着烧酒唱小曲。

我以为他不会再离开山寨了。

可是后来他接到返城的通知时,却马上毫不犹豫地回到了当年那个大院子。后来又调到另一个更大的城市更大的院子。有一回我甚至还在电视上看见他由我那妖精一样的妹妹陪着,穿着一身西装,像模像样地出席一个什么剪彩仪式,好像是一项什么和教育有关的工程的开工。

象耳朵却依恋山林。

他的山林,不是我们去掏蚂蚁窝的那种灌木林,也不是我们去拣菌子、劈松明的那种松山林,而是很多年后我才真正领略到其深暗、神秘的那种亚热带雨林,大林莽。而且我后来发现,只要他一回到这种丛林中,马上整个人就变得生机勃勃、神采飞扬。而且整个老林也似乎随着他的到来变得更其生动,他的一举一动,也似乎总有阵阵穿山风、林涛、枯枝的断落和山石的跌落与之配合。

所以,当猎人阿二要他留在山寨窝棚里,自己返回丛林中

螃蟹脚

时,象耳朵哭着坚绝不去。但阿二的反应却是狠狠地对他踢了一脚,仿佛对待一头失职的猎狗一般。

他的窝棚,在一个比较背的山坡上。

阿二有自知之明,他想让象耳朵回到正常的人类之中,但又不愿意住得太近引得寨里人起反感。

寨子里的人最后终于发现了这个男孩的不同寻常。

那是一次令人害怕的蚂蚁之战。

到了山寨,我才发现世界上的蚂蚁是如此之多,如此之难对付。它们有大的、小的和极其细微的;有黑的、黄的、棕的和带花纹的;有的结巢树上,像一个大蒲包,还有的深潜地里,隆起的巨大蚂蚁包有如楼房,远不是象耳朵的挖斧所能掘开。几乎每一片草皮地,每一段树干上都有它们的踪迹。

在我们那简陋的家中,任何能吃的东西,只要不加防护措施,都会被它们占领甚至扫荡一空。所以我家的米是放在陶罐子里的,吃剩的菜则一定要放在盛水的盆子里。有一回,我还发现这些蚂蚁竟然聪明地把些干米粒搬到水坑中,让它们泡软了之后再尽情享用。

在山寨生活的十多年里,我已养成了和蚂蚁做斗争的习惯,连顺手扔块果皮什么的,都要想想会不会招来蚂蚁。后来我住进了高层的水泥建筑之中,心想或许不会再有蚂蚁了吧。岂料搬进新居不久,它们的踪影就又跟着出现在七八层高楼上。而且这城市的蚂蚁比山寨的蚂蚁更其狡诈,连人类发明的灭蚁药都无法把它消灭。

如果有人问我,人类灭绝之后地球上还会剩下什么动物,我则会毫不犹豫地回答：蚂蚁，其次是老鼠。因为我太了解它们了。

那一次是在寨子中间的公房里，寨民们正在议事，好像是关于生产队粮食不够吃，准不准上山砍懒火地（毁林开荒）的事。大人们聚在一块议事时，小孩们便可以跑来跑去地玩。那天可能是他们民族的一个什么节日，队里杀了一头牛分了肉。依例我家也有一份。

记得约莫是下午三点左右，山寨的南边和北边各响起了一种频率极高的尖细的响声，这响声听去分不清具体来源但又似乎无所不在。寨里的狗首先惊惧地吠成一片，栏里的黄牛也恐怖地乱撞乱跳，驯良的家鸡都纷纷惊叫着飞到树梢上躲藏。

当议事的大人们莫名其妙起身时，发现寨子已被褐色和黑色的蚂蚁包围。这是两支蚂蚁大军，一支黑色，一支褐色，它们在丛林中也算得上个头较大的一种。一支从南边，一支从北边，慢慢向寨子中间公房前的空场上推进。蚂蚁队伍经过之处，大大小小的老鼠、蜈蚣、蟑螂之类的生物纷纷仓皇逃命。那动作慢的，挣扎着顷刻间就消失在褐色或黑色的蚁流中。

慌作一团的寨民们看看走投无路，在女人和孩子的哭叫声中躲进了公房，男人们惨白着脸，准备着和这些前所未有的对手拼一死战，但蚂蚁们却奔公房下面的空场去了，似乎不耐烦理睬这些慌乱的寨民们。

那块空场跟一个篮球场差不多大，寨民们有时就在那里燃起火堆跳三脚歌。白天则当作晒场用。当褐色和黑色的两支蚂蚁队伍在空场上相遇时，那高频率的唧唧之声骤然高涨了，接着便爆发了一场惊心动魄的厮杀，山寨的空气中充满了刺鼻的蚁酸味，加上那些尖细而又巨大的声音，弄得人恶心呕吐、几欲疯狂。

那声音、那气味、那场面，多少年后我回想起来，神经便会莫名其妙地紧张起来，甚至止不住想发抖。

"天神保佑、天神保佑。"被弄得头昏恶心的人们在公房里不停地向天神祷告。

这时，我和寨民们突然看见一个黑不溜秋的男孩兴高采烈地跳起来，那些刺鼻的酸味和令人头昏的蚂蚁的叫战似乎对他不起作用。我和寨民们看见他跑到空场蚂蚁稀少的地方，似乎是下意识地跳起了一种莫名其妙的舞蹈。同时，他不停地拍着手，口里发出了类似人们叫唤家禽归来的那种呼唤声：

"碌……鲁……路……"

"碌……鲁……路……"

男孩兴高采烈地唱着，跳着，随着他的舞蹈和呼唤，空气中那种高频率的唧唧之声突然消失了。一种前所未有的寂静弄得寨民们反而更加紧张，接着，在男孩不停地舞蹈和呼唤中，褐色和黑色的蚂蚁阵慢慢各自分开了，最后像来时一样极其迅速地撤回南北两边的丛林。

但那刺鼻的蚁酸味却久久不散，以致那些脱栏而出的牛羊到第二天下午才敢回寨里来。

牛羊回寨后，天上下了一场倾盆大雨，寨中的很多掌楼都漏了雨，我家的苫片房也漏了雨，把那幅有大象的图画浸出了一片污渍。大雨过后，寨里一片清新空气。但空场下的寨脚里却堆起了一大堆一大堆的死蚂蚁，都是那场厮杀中的牺牲者。寨里的人畜家禽都绕开那地方走。

这次关于大堆死蚂蚁的目击，却在后来的日子里让我摆脱了一次经济危机。

那是经商潮冲击我所在的那个城市时，我的很多朋友或明或暗地都做起了生意，甚至组建了一些叫什么"亚"的公司（即有称雄亚洲之意），受我的朋友王大头的诱惑，我也伙同他做了一笔估计可以获大利的生意。——岂料生意场并非像我们上讲台那样容易，我和王大头受了骗，损失两万多元。我和王大头各负责一半。

王大头有钱，大骂一通娘之后算清了钱走路，我则被债务弄得走投无路，到了要变卖家中的电视机还债的地步。

我所任教的学校在市郊，教学楼周围树木很多，那天我垂头丧气满腹心事地站在教学楼前发呆，突然我听见遥远的空中传来了那种高频率的尖细的唧唧声。

蚂蚁！我自言自语地说了一声。

假期中，我回到了山寨。奇怪的是寨里的人仿佛都已经知道我要回来，知道我要来收购那种黑蚂蚁。对他们的这种先知先觉，我并没有表示多少的惊讶。因为在这个地方，我经历的类似的事已经太多了。

我想这一定是象耳朵发出的信息，包括那天我在教学楼前听到的蚂蚁的唧唧之声。但是那天我曾问过其他在场的同事，他们说是什么也没有听见，是我耳朵发了岔。

黑蚂蚁干在国际市场上可卖到十几万到几十万元一吨，我带回来的那两大麻袋蚂蚁干,还清了我所欠的债,也结束了我的商人生涯。

王大头领来的那几个商人见我收到了这么多的蚂蚁干,眼睛都发亮了。转着弯套问我是怎么搞到的。我冷冷一笑说:那地方你们去不得的,去了怕难得回来。

王大头眨着眼睛想了半天,认可了我的意见。因为他和我交往已是好几年,知道有时我本人不经意说出的话,往往会应验。道理他说不清,我也道不明。

三

最可怕的日子就是下暴雨的天气。

山寨的暴雨、亚热带的暴雨,那种豪放、那种粗野、那种毫无遮拦和猝不及防!

在狂暴的风雨声中,那小小的山寨,那小小的掌楼,显得那么孤独、那么可怜,而且雨过之后,往往绿色的山林就会露出些被抓破的土红色伤痕——塌山滑坡的痕迹。平时人走的,不长草的小路上一片泥泞,令人难行寸步。日子,便只有靠火塘边的围坐来打发,而掌楼上,也因这暴风雨漏湿了大片……

我们那间被称为"学校"的苦片房则更加可怜了,几年后,它整个发黑发霉了。暴雨时,父子俩常常默默相对,听着那些无边无际的巨大喧响。

后来,我真正进入到那老林的腹地,领教了雨林中那电闪雷鸣的狂风暴雨后,才知道与之相比,那山寨里的暴风雨又简直算不上什么气势了。

那回下雨,把我家竹笆墙上的那幅大象的画淋坏了。细心的阿云用一种什么树叶泡的水擦了擦,那污渍便少了许多,几年后那幅画整个发黄僵硬之后,就基本看不出什么水渍之类的痕迹了。

阿云的父亲是山寨里唯一识汉字的人。

很多年以前,有一支军队从内地开往边地,前去和一些洋鬼子和他们雇佣的军队打杖。结果这支军队打败了,溃不成军地撤回内地。在穿越丛林时,他们染上了"闷头摆子"(疟疾)等热带病,头天活蹦乱跳的人,到了天亮打开被子一看,一个个都成了死人,于是他们更其恐惧地往回溃逃,把生病和受伤的人就这么扔在路上。

阿云的父亲那时很年轻,走在路上突然头重脚轻地"发了痧",昏倒在路边。长官便下令把他扔到草丛中继续赶路。他昏过去时是太阳辣辣的白天,昏迷中却梦见一头他从未见过的白象用鼻子向他喷了好多水,把他喷醒过来。他醒来便真的发现自己浑身湿透。

阿云的父亲知道自己被同伴抛下了,于是恐惧地挣扎着往前追赶。到了天快黑时,发现那个下令抛下自己的长官和几个士兵一个个直挺挺地死在道旁。

阿云父亲吓坏了,他哭叫着不分东南西北、又冷又饿又怕又乏地迷了路,跌下了一个深坑,但他的感觉则是往一个很高、很亮的地方轻松地飞去了。

那天山寨的头人正好为围猎的事杀鸡请摩巴(巫师)看卦,

那是一个德高望重的摩巴,但他对那天的卦象也大惑不解,告诉头人说他会猎到一样吃不得的猎物——头人后来在下野猪的土坑里发现了阿云的父亲。

因为有这卦象,阿云的父亲便在山寨头人家落了户。他年轻、经历了一次死里逃生后,活得很勤快,很快把寨子里的几种语言都学会了。他原本就是个孤儿,就此断了和内地的联系,娶了一个本寨的姑娘,生了阿云。

阿云的父亲是我看着他咽气的。

那是在市里最好的医院,病房也很好。他是退休老教师,市里特地关照了一下。他其时很瘦,腿都只有我的手腕粗。他最后对我说:"阿云……阿云……"我听懂了他的意思:他让我去找阿云,因为只有我才会找到她。

我表示听懂,点了点头。

他慢慢闭上眼睛,我知道他回山寨去了,也知道山寨里会有人通过某些奇特的征兆知道他回来了,不用考证,时间绝对是准确的。

那时医院上空也莫名其妙地弥漫了一阵子蚁酸的味道,但只有我才辨别得出来。

阿云比我大两岁,比象耳朵大约大一岁。在童年,这是很大的差距了。

在我父亲到山寨前,阿云的父亲是这儿的民办教师。他以前读过几年书,教小学一、二年级的语文、算术还可以,但不懂新式拼音。这也是最终把我父亲发配来当地的原因之一。

我母亲回城之后的那段日子,每逢父亲下别的寨子去"扫盲"或是动员孩子上学的夜晚,阿云便过来照看我,哄着我睡。我最喜欢让她躺在我旁边,然后我枕着她的胳膊入睡,因为她身上总有一股野花的香味,一段时间是粉团花,一段时间像兰花,有时又像山姜花。

若干年后,我送走了诸多宾客,走回我的新婚洞房,看着妻子勤快地整理写字台、整理床铺,突然间阿云为我叠被子的身影浮现在我眼前,几乎同时,一股像粉团花又像山姜花的香味不知从何处向我袭来,我猝然一惊,起身开门探寻,外面却什么也没有。

我深信,那一定是阿云为我送来的表示祝福的信息。

但是,阿云读书却和象耳朵一样笨,仅读完了小学三年级的课程,就再也读不下去了。

山寨只有小学三年级,再往上就得去坝子里的中心完全小学做住校生。父亲不愿意让我独自在那儿,便把我留在身边,教我和阿云学完了小学课程,直到我考入县城里的中学。

也直到那年,我才第一次进入了那一带丛林的腹地,见到了那神秘的象滚塘。也同时领略了那亚热带雨林的暴风雨的气概。

那是假期,父亲到中心完小集中学习,我留在苦片房学校里,来玩的只有象耳朵和阿云。也就是在那年里,象耳朵和阿云突然间止不住地往上长高长大了。好像才几天的工夫,象耳朵嗓音就变得和我父亲一样粗,当他脱掉那条短裤纵进那象滚塘洗澡时,我看见他双腿中间有了一片黑黑的乱毛,而我的胯间却还如同刮洗干净的山羊肚皮一样光滑,这使我感到非常羞愧和自卑。

螃蟹脚

象滚塘是在那片神秘雨林腹地中，而且是在一个高山顶上形成的一个小湖泊，四面都环绕着布满苔藓的阔叶树、西南桦和木荷。说它是湖有点过分，因为旱季中它是干涸的，只有一处林木更为阴郁的一角还会有些水，而且那水边常常布满了野生动物的脚印和粪便。很多年后，我回忆起那一带的地形地貌，总感到那儿会形成这么一个深坑似乎毫无理由，所以我认为那是一个陨石坑，天外来客的作品。当然这只是我说说而已，却拿不出证据。

奇怪的是，象滚塘却是一片难得的和平之地，到这儿饮水的动物们从不在此互相厮杀，仿佛它们之间早已签订了什么务必遵守的协议，而当地的猎人也从不到此打猎，除非你愿意承受被人嘲笑的耻辱。现在我退回去想，这大概是一种维护生态平衡的方式，动物和动物之间、人和动物之间所能找到的一种默契。

那之前我虽然在山寨生活多年，却从来没有去过象滚塘，尽管我对山寨周围的林木比大人们都还熟知，我知道哪条山箐野芹菜多而哪条山箐有蟒蛇出没不能去，什么季节可以摘藤果或者无花果，以致后来我观看外国人拍摄的丛林片、越战片，银幕上一出现熟悉的热带雨林景观时，我鼻子中就会嗅到那景观所在地应有的那股味道，但我就是没有去过象滚塘。

那儿有麻风，野东西多，小心被山毛驴（狼）抬了去。当然这都是理由，但更重要的一条理由是"人不要随便去那儿"，或许大人们是对的，象滚塘的宁静和与世隔绝不应该被轻易破坏，正如今日的自然保护区一样。

我第一次去象滚塘是在雨季，难得逢上的一个晴天，寨子里的人都忙着检修漏雨的苫片房。我父亲和阿云的父亲都已依例到城里集中学习，这样，象耳朵、阿云和我就一同走上了去象滚塘的路。

所谓的路是没有的，有的仅是绿色丛林中一点点时隐时现的痕迹，头上是一片绿色树冠，根本看不见天，我敢说，如果没有象耳朵，我和阿云绝对找不到走出丛林的路，也不会找到那象滚塘。

一进入老林，象耳朵就变得兴奋异常，一会儿攀上树丢给我们一串野果，一会儿又指给我们看一只红色的蜥蜴，时而对着山箐大喊几声，似乎是在通知他的野生动物朋友回避，而且随着他的叫喊，总会有一点什么枯枝跌落或什么小鸟小动物从我们面前窜过的事发生。

这样我们就见到了那个神秘的象滚塘了，在四周巨大的阔叶树掩映下，水和树木的交界处长满了茂密的水生植物，一些体形奇异的林蛙在其间跳跃，水面上笼罩着一层雾气，使得对面的林木看起来影影绰绰的。

这景色使我们多少有些失望，除了多了些水之外，那些雨林的树木藤蔓对我和阿云来说并不感到新鲜，所以阿云说要是有头老象出现就好了，我们三个就骑上它回寨子，像我们家那幅画上画的一样。这时我和阿云坐在象滚塘边的一堆树叶上，面对着象耳朵采来的一些酸甜山果，而象耳朵却正兴奋地脱下了裤衩在水中嬉戏，阿云因此背对水塘坐着。

突然间，我看见雾气中显现出了一头大象的轮廓，虽然看不真切，但那长鼻子粗腿却怎么也不会认错，然后我就看见象耳朵令人惊讶地跑了过去，大象用长鼻子蹭着他，仿佛在亲切地交谈。我揉揉眼睛，忙推了推阿云，阿云转身也吃惊地睁大眼睛，发出了小声的惊叫。

一团浓雾飞过，遮住眼前的景物，等雾飘过，却不见了那头大象，只见象耳朵赤身裸体地跑向我们，阿云连忙又转过身。象耳朵穿上短裤，表情焦急，简短地对我们说："赶紧走。"我和阿云没有问缘由，似乎是被他身上的一种神秘力量所慑服，紧跟他身后就走了。

象耳朵越走越快、越走越焦躁，阿云和我跌跌爬爬地跟在他身后，当一片碧绿的苞谷地奇迹般出现在丛林中时，我们才意识到这就是象耳朵的养父，猎人阿二所住的地方了。但是，在那苞谷地下面的一片阳坡地上，阿二的那间小草房却不知什么时候已化成了一片灰烬。

猎人阿二就这么消失了，灰烬中没有发现他的尸骸，也没有见到那支猎枪的残余。

这一切似乎太不可思议了，就如刚才我们见到的那头大象影影绰绰的轮廓一般，连我们自己也不敢断定是否真就看见了那么一幅图画，一幅野象和人耳鬓厮磨的图画，后来我询问过父亲和当地老人，问他们象滚塘有没有出现过野象，他们都异口同声地说只是古时候有，现在只是剩得一个地名了。

在草棚的灰烬周围，象耳朵细细察看了种种痕迹之后，终于慢慢地像狗一样伏在了地上，接着又慢慢地抬起头，突然发出了撕心裂肺的、宛如动物嚎叫般的哭声。

这时,我看见一股如巨蟒行走般的穿山风响应似地从对面山林席卷而来,四山里也突然云雾弥漫,继而电光闪闪,丛林之中的亚热带暴风雨从天而降了。

那气势、那威风、那蔑视人类存在的伟力,那令你恐惧的混响,只有身临其境的人才能体会。多少年后,我有幸观看了天下闻名的钱塘江大潮,那气势虽然令我热血沸腾,但我毕竟是在一片安全的地带,去旁观这些汹涌的冲击的,无论如何没有亚热带丛林中那种狂暴风雨的全方位感受,那种我们人类祖先多次亲临过的感受。

虽然林中遇雨是阿云我们这些孩子的家常便饭,但这回的这种突如其来和压碎一切的气势还是让我们害怕了。我和阿云相拥着躲到一块巨石下面,那里曾被阿二用挖斧挖掘过,所以足可以容纳我和阿云。在记忆中,这是我第一次和成熟女孩相拥,尽管阿云柔软而丰满的胸脯紧紧地压迫着我,我心中却没有半点的欲念产生,我们都只是惊悸地看着我们的朋友象耳朵站在暴风雨中,仰望着茫茫高天,动物嚎叫般放声痛哭着,尽管那风声、雷声不时地将他的哭声掩盖,但很快又顽强地穿透出来,震撼四野。

山水下来了,那草房的灰烬一点点地在山水冲刷下消失殆尽,把猎人阿二留在大地上的最后一点痕迹也悄悄抹去了……

四

后来发生的很多事,我已经不是目击者了,因为那以后我已经到了县城读中学，只有假期才可以回山寨，又后来我父亲也调到了中心完小，那儿通着公路，慢慢还点上因电力不足而时明时暗的电灯，我回山寨的路就断了。

不过我却不喜欢城里的生活，看不惯城里同学那种居高临下的傲慢和追求新潮的潇洒。尽管我读书的成绩远远超出他们，却仍然要被他们嘲笑，嘲笑我的笨嘴拙舌和土气。每逢这个时候，我就很想念我的山寨和雨林，想念阿云和象耳朵。

我那小妖精妹妹却和我相反，她永远喜欢城市，喜欢城市里的一切，身上永远体现着城市的新潮。父亲调到乡（那时叫公社）完小时，不经意间发现住在县城的母亲身边有了一个不该出现的男人，就在父母大闹分手的时候，妖精妹妹坚决地站在母亲一边，原因就是她可以和母亲一同留在城里，但是当后来父亲的政治问题尘埃落定，改调到一个大城市任职时，妖精妹妹却又以亲生女儿的身份找到了父亲门上，原因就是她想留在那大城市生活。

她的目的达到了，也活得有声有色，生活总是充斥着那没完没了的时装、派对、歌厅和酒宴，以及股票房地产之类的话题，接着又是传呼机、大哥大、私家车……

我却终于留在了这边地小城市，该市地处亚热带，我因此可以不时地感受到那雨林中发来的信息。我后来选择的妻子，也就是因为她是学林业的，而且搞的是野生动物保护，对猎杀穿山甲、懒猴之类的行为恨之入骨，这一点使我对她特别欣赏。

山寨里的人后来是以一种平静的态度对待了猎人阿二的失踪，尽管这期间不可能发生谋财害命的凶杀，而猎人阿二也不可能在林间走失或被野兽所害,唯一的解释是他老了,老了,也就去了他该去的地方,回到绿色雨林中去了。

这时的象耳朵已经长大了很多,长大到足以参加寨里的集体劳动,(那时叫生产队)于是因材施用,经常分配他去看山地,驱赶山猪野猴,很是尽职。到了秋天,队长想起了象滚塘那儿阿二种下的那片苞谷,多少也许会有点收成,就派了十几个汉子去收一收,到那儿一看,那片苞谷虽然没有人管,却长得出奇的好,被野物吃掉的也不多,而且阿二套种在其间的一些南瓜,也大个大个黄澄澄地隐藏在干枯的苞谷秆之间,那十几个汉子只好把收下的苞谷、南瓜等堆在我和阿云避过雨的那块巨石下面,分了好几趟才把他们都运回寨里。

这些收成当然是视为集体的,因为那时象耳朵的粮食已由寨里分配给他,并且寨里不时派些老人去教他加工苞谷或喂养小鸡,并给他配了些生活用具。

我要说的是我那时弄不明白的一个问题,即为什么农民的粮食老是不够吃,以致寨里的人总要去采山菜、挖各种好吃或不好吃的野生块茎来掺饭吃,这样,当那十几个汉子背负着猎人阿二种下的那些苞谷、南瓜回到山寨后,寨子里很多人便有了一些新的想法。于是,在经过一番密谋之后,他们决定开春后去阿二住过的那个地方,把一整座山都开成苞谷地,让寨子里多增加一些粮食。

这项密谋是很危险的,因为即使在当时对毁林开荒还是处罚严重的,并且进象滚塘毁林,还违背了祖宗训示,说是那样会得罪天神或者山神。但是,对饥饿的恐惧和对丰获收成的热望,使寨里的人忘掉了其他利害,不久就派了人砍出了一条通向象滚塘方向的山路。

象耳朵并不知道寨里有这么一个计划。

象耳朵居住的是寨头距别人很远的一间小苫片房。和寨里其他房子不同之处是,寨里的人的房子都是掌楼,人住楼上,楼下是关牛或养猪的地方,这种掌楼很合适当地潮湿炎热的气候。而象耳朵的房子则是盖在地上的,用糊了泥巴的竹篱笆为墙,因为猎人阿二没有能力为象耳朵盖一间像样的掌楼了。

虽然分给象耳朵的苞谷和别人一样少,但象耳朵却永远也饿不着。他永远能在山林中找到可以吃的东西:蜂蜜、蜂蛹、竹虫、知了、石蚌。更不用说那些不会跑的山笋、木耳、菌子、刺五加、树头菜等,比如说菌子,虽说到雨季菌子随处可见,但真正好吃又无毒的种类却不多,最上等的菌类在当地要数鸡棕,但鸡棕这东西也奇怪,你成心去找它偏找不到,无意中走走却会在苞谷地头或水沟边,有时竟会在距你住的掌楼边的草地上发现那么一大片。象耳朵则不同,他在山路上或钻进树丛中,只要有鸡棕的地方,他只用鼻子使劲嗅几下就能说出它在哪儿,百无一错。

还有那些各式各样的野果。

雨林中野果大多是酸的,要熟透了才带甜味,所以好吃的果子实际不多,只有象耳朵一年四季都可以采到好吃的野果,寨里头的其他小孩不服气,偷偷跟在他后面走,但只要过一个山箐或转一个弯他就不见了,连这些能在老林中跟踪野兽的孩子也找不见他到底躲在哪里。

这些野菜野果他吃不完，或者他没法吃，（因为象耳朵没有食油）就送给我和阿云，后来我家走了，就只有阿云一直在接受着象耳朵送来的这些野味了。

正如前面说过的，寨里人虽然宽厚地接纳了象耳朵，并分给他珍贵的口粮，但因为有麻风病阴影，人们仍然有意识地隔离他，所以他的朋友只有我和阿云。因为当初王医生还未被流弹打中，正辛辛苦苦地在这一带搞麻风病普查，建立麻风医院时，同类相聚吧，他也是我家的常客，有一回父亲问及象耳朵会不会潜伏有麻风杆菌，长大后像阿二的妻子一样复发？王医生突然停下举到嘴边的酒杯，认真地看着父亲说："什么人，包括我和你都可能会传染上麻风，但象耳朵永远不会。"

我和阿云当时也在场，所以我们一直就很放心地和他一同玩，一同去找木耳、摘野芒果和杨梅，一直到我们长大。

那时候阿云的父亲已经病得不轻了。我父亲走后，学校就只剩下他一个人。公社就又先后派了几个年轻教师来，但每来一个都似乎被这山寨的原始和雨林的深暗吓坏了，不几天就如麂子一般逃回公社，宁愿不要工作和接受处分，这样，无法可想之下，寨里只好叫阿云去当代课教师，反正寨里的娃娃读书都不成器，最多到公社的完全小学好歹混到小学毕业又回山寨种苞谷和种山谷，教学水平高不高无所谓。

阿云和她父亲一样，不懂拼音字母，永远也弄不清儿化韵母或开口撮口的区别。由于多年的交往，我父亲已视阿云一家为自家骨肉，便让我假期间回山寨教阿云学习拼音，好让她将来有个转为公办教师的奔头。

螃蟹脚

父亲不知道他这样的安排对我具有如何的危险性，因为其时阿云已经是一个标致的大姑娘了，已经有人上门提亲但都给他父亲回绝了，我虽然比她小，但对女性已有了一种朦胧的爱慕倾向，更要命的是她身上总会散发着的那种粉团花或山姜花的芳香。后来我从古书上知道，有的女人身上流的是香汗，我相信。因为阿云也是这样，越到天热或干活干到大汗淋淋时，她身上的那股香味就越浓烈。

我妻子听我说了这件事后大为光火，根本不相信世上有此类现象，并在找了我家务上的几处失误唠叨了一番后，还残酷地告诉我，说我写的那些亚热带雨林其实只有一小部分可以算雨林，其余的只能算是亚热带季风阔叶林。最后又很专业地补充了一句："湿性的。"

回到山寨时天已傍晚，我熟门熟路地来到阿云家，送上了我父亲的几件小礼物，就前去学校后面山箐里的竹笕下冲了个澡，然后回到阿云家火塘边吃饭。这时阿云的父亲身体不好早睡了。在我被阿云身上的香味弄得昏头昏脑不知所措时，阿云及时告诉了我象耳朵的事。

那天是寨里的人带上了饭团、牛肉干巴，准备出发到象滚塘去砍山火地，地点就是当年阿二和他的麻风女人居住过的地方。当人们吵着嚷着乱哄哄地上了路，走到一片长满荒草的轮歇地时，却看见象耳朵赤着脚、裸着上身，手里横拿着一根木棍，正挡在路中间。

他的样子看去很是可笑的，于是几个汉子和婆娘人就笑着叫他让开，并比画着告诉他，不去开荒是会饿肚皮的。但象耳朵却顽固地不让路。一个汉子不耐烦了,就像拨一只蚂蚱一般一下子就把他拨到一边。

当人们走出很远,领头的叫歇歇气准备等等人时,却发现象耳朵依然顽强地跟在后边。接着就看见他突然着了魔一般拍着手,又跳起了那种奇怪的舞蹈。

"碌……鲁……路……"

"碌……鲁……路……"

他边唱边舞。奇怪的是,随着他的歌舞,林中突然出现了很多蚂蚁、山蟑螂之类的昆虫向人们袭来,弄得砍山火地的人们也一个个手舞足蹈般跳起来,拍打那些不顾死活袭来的虫豸,另一边则有几个婆娘人又笑又叫,说是有山蚂蟥钻进了一个婆娘的胯间……

还是在那回象耳朵驱散了蚂蚁的斗殴后,寨里的人便知道了象耳朵是有些说不清的特异功能的,因他的来历本来就不甚明了,所以人们也不对此事感到多大的怪异,就默默接受了这个事实,而没有像今日对有些人耳朵认字、空瓶取物之类的特异功能般去大肆渲染。这样,领头人认为这件事肯定和象耳朵有关,便叫了几个汉子硬把象耳朵按翻,找藤条捆了送回寨子,关在寨子的公房里。

象耳朵静静地坐在公房中,不吃也不动。

夜里,他闻到了阿云身上那股野花的香味,正是阿云进来放开象耳朵。当然寨里的人其实也不想把象耳朵怎样,放了也就放了,但象耳朵后来却失踪了好几天,等到后来他出现在寨子里时,身上却布满了一条条划破的伤痕,真不知他是去了哪里。

螃蟹脚

那一座山的树木终于被从头到尾放翻了,经过个把月的风吹日晒后,人们终于在一个傍晚点燃了山火,雄壮的火光冲天,映红了数里之外的天空。当然,这样大规模的烧山,寨里的人还是心虚的,也怕山火扩开,所以寨里的男人都出动了,砍出了火道,尽量把火控制在他们预定开荒的范围内。但即使这样,他们还是给这片茫茫的绿色山林造成了一道难以愈合的黑色伤口。

那天夜里,守护山火的人们都听到了一种震撼山林的怒吼。

野象?

阿云讲到这儿时,我和她都同时想起了那回在象滚塘看见象耳朵和野象在一块的类似幻觉的情景,两人都沉默着不说话了。

"象耳朵呢?"许久后,我问。

阿云说他现在更奇怪了,和寨里的人交往越来越少,有时候连夜里也都会留在山林里,而且很多没有发生的事他也会知道。比如他说寨头的大麻栗果树今年要死了、蟒蛇箐今年会淌出红色的山水,还有今年羊屎果不结,总之后来都说准了。于是寨里最有威望的、很多年前当过"魔巴"的一个老人就警告寨里的人不准把关于象耳朵的事告诉外寨人,更不准告诉公社上那些领国家工资的工作同志……

我问阿云:"找他会在吗?"

阿云说是寨里好像是叫他去看守旱谷地,就住在地边棚子里,很远的,在靠近汉话叫蚂蟥箐的那片林子,不过,他肯定会知道你回来了。阿云想了想又说。

果然,第二天我一走出了掌楼,就看见晒台上放着一把新鲜的刺苞菜,这是一种不好采集的长在山箐中的带刺植物的芽苞,苦凉苦凉的,过去我很喜欢吃,无疑是象耳朵昨晚送来的礼物了。奇怪的是阿云家那只凶猛的四眼狗整夜都一声不吭。

太阳高高照耀着茫茫山野,山寨里忙碌的一天又开始了。

五

我最后一次见到象耳朵就是我回山寨教阿云学拼音字母的第十天头上,那天也刚好是我对阿云进行了一次测验,认为她已经可以马马虎虎地承担小学一年级教学,我决定撤出山寨。

也正好是那天,父亲托了一个寨里去赶街买盐巴辣子的汉子捎来口信,也就是要我赶紧回去。后来我才知道,那个出现在母亲身边的男人的政治观点和我父亲是反着的,所以当那个男人是正确的时候,我父亲是错误的;后来当我父亲又被证实是正确时,那个男人便被认为是错误的。于是两人的命运也作了一个交换。

父亲不愿意见到母亲,这样,他的老上司老战友有感于他多年蒙冤,就把他安顿到了一个不小的城市里工作。不过,直到我的妖精妹妹找到他之前,他身边一直没有其他女人。

在山寨里的那几天中,我和寨里的领头人闲聊也谈到了象耳朵。领头人告诉我说,象耳朵看管的那片山谷,原来寨子里要好几个汉子带着猎枪猎狗巡逻,才能保证山谷不受野猪的损害,但象耳朵虽然没有猎枪没有狗,却能把那地看得几乎不受野物侵犯,看来这个人身上怕是会发出什么味道,连豹子老虎都会害怕呢。领头人说完，看着我已经呈现出的小伙子体型，问起我父亲的身体，同时告诉我说，阿云妈妈虽然是他们民族的，但阿云说话、穿衣却和你们汉家人一样，要我二天还是把阿云带去城里边算了，这个寨子不适合她。

话的含义是明确无误的，倒把我弄得脸红了半天。

到了第十一天头上了，我知道象耳朵已经知道我要离开山寨了，同时我看见阿云家掌楼后面的那棵大青树在山风不大的情况下突然大幅度地舞动着枝子，我立时意识到这是象耳朵传来的信息，他在等我。

象耳朵的语汇是很贫乏的，他很少说话，说也是简单的几个词，几句话。要说清楚一件什么事对他来说很费力，所以我们在一起其实很少交谈，维系我们友情的便是对那片雨林的认识，而他总能把一些我和阿云不知道的东西指给我们看。

那次在象滚塘，遭遇了狂暴风雨之后，我们已经不能返回山寨，当天夜里，我们就露宿在那块巨石之下。象耳朵用他的小挖斧掘了些枯树桩，外面被雨水淋湿了，里头却是干的。然后点上一堆能慢慢燃烧不用经常添柴的野火，在火灰上烤着野生山药，天完全黑定后，他拿出几株新鲜药草让我和阿云搓出汁液擦在手脚脸上，果然就没有蚊虫侵袭我们了。天亮后，象耳朵没有带我们原路返回，却带我们走进了一个山谷，一个美丽得至今一想就心跳不止的山谷，像仙境一般的山谷。那儿茂密的树上开满了美丽的吊兰花，山谷中的沼泽四处长满各种形状奇异的植物，空气中弥漫着各种香味，有一片巨大的榕树林，露在地面的树根纵横交错，像人类电影院中的排排座位，树上垂下的气根有的比象腿还粗,成了新的树干,有的只有一枝自来水笔那么细,而且排列整齐,宛若一具神奇的竖琴。后来我常想,如果当时我有照相机并摄下了这美景的话,我一定要将它命名为"雨林之弦",肯定合适。

在那里,我第一次认识了块根含淀粉的、人称长粮食的"西米"树,和花柄里储满了糖浆的糖棕树,以及高大的树蕨。当然,这些树的名称是后来才知道的,如树蕨,我妻子就告诉我说这是世界上最古老的植物,也因而非常稀少和珍贵。

后来我的妖精妹妹听我讲述了这件事之后,也兴奋不止,说她打算搞一个电视摄制组,就以这个山谷为背景,拍摄一部热带丛林的爱情故事片,一定会有人出资,也一定会让那些北方人或者老外把眼睛都看直了。说完她找来我妻子的地图,要我大致判断一下方位。

其时我妹妹已经正好玩腻了房地产开发,搞起了影视摄制,一说开支就是几百万元上千万元听得我咋舌。而且杂志上还有撰文称她是亚热带丛林的女儿,也不知她是怎样把那些听我讲的事去唬外边人的,真让我哭笑不得。

我说那地方也许我永远找不到了,不过,即使找到了那地方,像你这样的人还是去得越少越好,就让她静静地存在那儿吧。气得妖精妹妹把手中的地图向我甩来。

由于象耳朵吃不来人类精加工的食品,有一次我给了他一块饼干,他吃后呕吐了半天。所以我去看他时,带给他的礼物是一把牛角柄的小折刀,见面时也没有问候,我们静静地坐在寨后一个牛圈旁,面对着远处那片我们的绿色雨林的连绵不断的树冠。

唯一的话题也是我谈起来的，我要问他，这片雨林中还有没有野象？因为我听那个当过"魔巴"的老人说，老林中是有野象的，但一般人无法看到，因为它是天神的使者，只有心地善良的人才看得见它的真身……

听完这话，象耳朵那温顺的眼睛突然亮了，他凝视着远方好一阵后，预言一般地告诉我："你，会见着大象的，不是，是大象会去找你的。"

他的话中有一种令人不能不信的力量，我就没有继续再问什么。

后来，我从资料中得知，我和象耳朵、阿云生活过的这片雨林，是一片横跨数县并和国境线相连的，面积三十多万亩的自然保护区，动、植物种类复杂繁多，主要植被类型就有热带季雨林、落叶季雨林、季风常绿阔叶林、落叶阔叶林、暖热性常绿针叶林等，难怪要被学林业出身的妻子不时嘲笑我的无知了。

就在我堂而皇之地走进大学课堂的那几年，山寨也终于搞起承包到户，不吃大锅饭了。但有那么一两年中，似乎是原来叫生产队的村、社政权失控了，山民们纷纷搞起了毁林开荒，旱季里成天山火不断。又后来，山民们知道野生动物、珍稀植物可以拿到山外卖大钱的，于是林中的动、植物又一次遭劫，那雨林边沿地带的兰花竟被挖掘一空……

我们的山寨也因此遭到了自然界的报复，就在一个夜里整个寨子都消失在滑坡和泥石流之中，只剩下一部分幸存者后来又在另一个地方建了一个新的山寨，就是后来我去收购黑蚂蚁的那个地方。

据说那天夜里下的雨其实不算大,比几天前的几次暴雨小多了,所以很多人都不以为然,还有的年轻人甚至冒雨外出约会,大约是晚上十一点左右,人们听见象耳朵在寨头发出了动物般的号叫,接着全寨的狗也都叫了起来。我说过象耳朵的语汇是很贫乏的,即使在这样大难临头之时他也只会号叫着跑进寨内,不过他的叫声却让人惊醒,很多人因此幸免于难。

最先醒悟过来的是那个当过"魔巴"的老人,他说"怕是山要坍了"。话说完,他脚下的土地就开始移动了。

人们告诉我,说阿云是把父亲送到安全地带,又回来救人时失踪的,她听说有个家长不在家的学生被困在一间掌楼上,就不顾一切地冲向那里,后来人们就看见这间掌楼在泥石流中缓缓流动,宛若一条小船。有人说他们看见阿云和孩子都在上面,还有象耳朵也在。还说象耳朵是用一根竹竿撑着飞上那漂浮的掌楼上的。

第二天天亮时,人们在距寨子几里外的一片树林中发现了那孩子,可就是没有看见象耳朵和阿云,询问那孩子,那孩子的记忆似乎是发生了一点问题,怎么也说不清他获救的经过和阿云、象耳朵的去向,以至很长时间人们一直没有把他俩列入死亡者的名单中。

阿云的父亲至死还坚信阿云还在人间,所以让我去找她。那时我把他接到我住的那个小城市住院,当然医药费是公家出的,因为阿云父亲终于还是获得了公办教师的身份。

我也一直认为他们活着,或者是以某种我不能理解的方式生存着，所以我一直等待着他们的消息，直到那头野象出现在我们教研室之外。

正好那天我接到了父亲的电话，说他准备和我母亲和好如初。因为她毕竟是我兄妹的亲生母亲，当年也同他吃过不少苦头……

我知道那个曾经出现在母亲身边的男人好几年前就自杀了，而母亲这些年来的自责我也很清楚，所以我简单地说了一句同意，就放下了话机，然后拍拍脑袋，想了一下该怎样由我和妻子出面，把母亲接到父亲那儿……

野象就是在这时候出现的。

也许是我的同事打的电话吧，很快就有警察赶来，接着是电视台，还有我妻子的那一帮保护野生动物的同事也赶来了。

野象在校园外转了转，慢慢地回过身，从容不迫地沿着水泥路面向学校后面的山林走去了。电视台记者保持着距离跟在后面，播音员在做现场报道，后来我从中央电视台上再次看到这个镜头。报道中说野象返回当地，并出现在城市郊区，是因为该地多年来注意保护森林，生态环境得到了保护和群众爱护野生动物的意识有了提高的缘故。

当地的新闻报道往往会有一些夸大事实或虚假的成分，但这次的报道我却认为是实事求是的。还是自打人们给我那片雨林造成了惨痛蚕食之时起，有关部门便开始了他们的保护工作，荒火很快止住，接着又成立了保护区管理所，禁猎禁伐。近十年的苦心，不仅保护了那葱郁的雨林，连城郊的杂木林、思茅松林，也都是一片片恢复了她应有的绿色。也许正因为是这样，野象才不知不觉走向了城市。

终于,野象慢慢踏入了山林。远远跟在后面的人群也都止住了脚步,渐渐地,野象的下半身已被矮灌木遮住,这时,就如人类的告别一般,野象突然转过头,我分明看见了它那双酷似我朋友象耳朵的眼睛明白无误地看定了我,粗大的鼻子似乎轻微地点了一点,接着我闻到了一股熟悉的像野生粉团花又像山姜花的香味。

象耳朵、阿云!

我突然一下子有所醒悟,记起了象耳朵说过的会有大象来找我的预言,望着野象在我视野中逐渐消失,我忍不住落下了泪水,不知是为怀念我的童年、我的朋友,还是为了那又恢复了蓬勃生机的雨林?

野象消失的那阔叶林中,正好吹过了一阵我早已熟悉的那种如巨蟒穿过一般的穿山风……

螃蟹脚

老艾奶去世的消息，刀正良一大清早就从小区练太极拳的老人们那儿知悉了。尽管到了他这个年龄上的人，对死亡的来临都抱着一种顺其自然的态度，甚至还带有一种超脱的冷漠；但在得知这一消息后，刀正良依然还是独坐在客厅里怅然良久，连那杯花了不少工夫才泡好的大白茶，也被他孤独地晾在了茶几上。

和在这片茶乡土地上生活的大多数人一样，刀正良非常爱好喝茶，离开了茶就没法工作也没有办法生活。作为一个在本地土生土长又在滇南这片土地上滚爬了一辈子的老茶客，他对"茶"的理解不仅要比一般人高出一个层次，而且口味已经精到能准确地品出本地不同产茶区茶叶的味道，令人叫绝。

一般地说，在滇南这片土地上生长的茶叶都被人泛泛地按地域不那么准确地称为普洱茶，但刀正良却不喜欢那种后发酵的普洱茶，他只喜欢普洱出产的绿茶，而且还能品出其中的细微差别：景东、镇沅等地"高山云雾出好茶"，那儿的茶叶生长缓慢，所以内含物丰富，得了云雾之气的茶叶汤色美若凝汁；靠近老挝、越南的江城一带，茶叶与尚不知污染为何物的亚热带丛林连为一体，故香味极其纯正；而地势较低的景谷县——就说说它的名品，过去曾经是贡品的秧塔大白茶吧，那加工后呈白色的茶叶片片如矛，茶芽肥硕略带绒毛，如若那传说中体态丰满的美人杨贵妃，饮用时不需要什么烦琐的"茶道"，只要沏在杯中，片刻后揭开杯盖，那色、那味、那香，唉，没法说了……

今天因为老艾奶的事，那杯大白茶被晾到了一边，已经错过了饮用的最佳时间，这对刀正良这样的老茶客来说简直是不可原谅的过失。但今天的他已经不可能再如往常一样静静地品茗了，长时间的怅然之后，他颤巍巍地起身，从他收藏的那些茶叶中挑出了一盒，换了一个瓷杯，又重新沏了一杯茶。

这回他沏的是产自澜沧江以南一个叫景迈的地方的茶叶，那儿有一片近万亩的说不清确切年代的千年古茶园，如此规模如此古老的人工种植茶园在这个星球上恐怕是唯一独存的硕果了，所以它的牌子就叫作"古茶"。这些采自古茶树上的茶叶喝起来有一种历史般的凝重感，乍喝略感苦涩，但喝过之后则慢慢会有满口的甘醇回味，久久不散。

"喝了这杯茶，你一个人慢慢地先走吧。"他对着茶杯自言自语般喃喃地说着。然后抬起了头，看着窗外的远方，仿佛又看见了多年前的那片蓝天，那片白云……

那是五十多年前的一个春天，地点是距离普洱县城一个马站的艾家寨，在没有公路的年代，离县城十几公里的地方已经是很乡村了。不过艾家寨也并不那么偏僻，因为那条不知有多长的用条石和毛石铺成的茶马古道正好从寨中穿过，所以艾家寨也有了些名气，寨中有好几家马店，最大的寨前李家马店老板开店发了财之后，还托人从省城昆明买来了留声机，住店人多时就放京戏或者"洋人大笑"一类的唱片给那些马锅头和客商听，把本寨的小孩也吸引去了不少。

当然艾家寨也并不是家家都富足，老艾奶家就很贫穷。

老艾奶家在比较偏僻的南坡，房子是那种以土夯墙和用木片作顶的"苦片房"，家中除了一点坡地和几亩茶地外没有一分水田，平常就靠他父母割草、砍烧柴卖给马店来维持着家计。

老艾奶还是个不知世事艰难的小女孩时，她家的日子还算过得下去，她没事时常和伙伴们在古道边玩耍，有时还趴在古道上，抚摸那些光滑石板上一个接一个的马蹄坑学马走路，听到马铃或者芒锣声就赶紧站到路边，看那些披红挂彩的马帮走过。好些年以后她一直还记得那些西藏大马帮过路的情形，从母亲开始烧早饭时那马帮就过来了，到烧好了饭她又端了碗站在路边看，那马帮还没完没了地过。从大人口中，她知道那些马帮是要下普洱、思茅去的，那儿有人从更远的车里、澜沧和易武等地驮了茶叶来卖给他们，然后他们又把这些茶叶驮到那遥远得说不出里数的西藏去。那时她想，这么多马驮的茶，不知要有多大的茶山啊，因为在她眼中，她家的那块茶地也不小了，但每年也就才能采那么几簸箕茶叶呢。

不过，到了老艾奶长成大姑娘的时候，说是因为思茅那地方着了"瘴气",还有是和日本人打仗,西藏的大马帮好几年没有来,所以不但本地的茶山,连远方坝子里那些有名的大茶山也萧条荒芜了,而且除了茶叶外,其他生意也同样不景气,过往的马帮日渐稀少,艾家寨本来就不是什么大马站,这下就更其冷落,连李家马店的"洋人大笑"也笑不起来了。但不管怎样,老艾奶家的那几亩茶地倒没有受多大的影响,这一是因为收不了几斤茶叶,在本地草皮街上就可以卖掉;二来她家这几亩茶地也是有了些年头的,大概是因为得了这块红土地的滋润和主人的精心照管,味道是出奇地好,每年刚采春茶,就会有人早早地打好招呼叫给留上斤把,反正茶乡的人自己也是要喝茶的,而且比别人更懂得喝好茶。

　　这样,在五十多年前的春季,春茶吐芽的一个早晨,少女老艾奶一大早就背起了背篓往自家茶地走去。——当地的风俗:待嫁的大姑娘自己采春茶,自己加工出售后得到的钱不用交给父母,可以自己攒下来留着做嫁妆,这种茶叶有人把它叫作"女儿茶"。顺便说一下,关于女儿茶的解释是有很多种的,但这一种解释显然更具有合理性。你想,花样年华的少女,怀着对未来幸福的憧憬精心采集加工的茶叶,并且在加工过程中也把这些憧憬和希望融进了其中,所以绝不会马马虎虎地偷工减料。很多人不知道,手工加工的青毛茶要揉得透,一直要揉到那青茶可以用手捏得出水来。如果只随便揉两下,表面看不出什么,但泡出茶汤来色味可就是两码事了。所以那些讲究喝茶的行家见了这种茶愿意出高价购买也不是没有原因的,况且她们采的本来就是上品的春尖,那初生茶芽也恰若少女,要是再过一久,

螃蟹脚

等到雨水下地,那时任你怎么加工也只是"雨水茶",出不了女儿茶的效果来了。

早春的清晨是有一点雾的,所以当少女老艾奶走到寨后竹林中,见到竹蓬树后盯着她看的那匹花脚马时,差一点吓得叫出声来。不过,她毕竟是古道边长大的人,马上就判断出这是夜宿艾家寨马帮脱缰的马匹,没什么可怕的。本来她想接下来走自己的路不去管那匹脚杆上有些花斑的马,但想到附近有她家的豌豆地和邻居家的菜地,觉得还是把马赶回寨子里去比较好。当然她有些怕马,于是就走近些和马说话,要马听话,乖乖回去,不然要被主人拴在石锁上痛打的。(这是她见过的一次马锅头惩罚牲口的情形)不知是花脚马发觉了自己的不对还是听懂了她的话,就那么乖乖地让她赶着往寨里走,在寨前坡头也就正好遇上了前来找马的马帮小伙计刀正良。

严格地说,艾家寨有的马店还算不上真正的马店,充其量也就是给马帮提供放驮子和落脚的地点,马匹大多拴在外面。但这样的"马店"很便宜,马帮出发时马锅头随便给上几文"火钱"就可以了。那天刀正良他们马帮是驮茶叶到内地投宿在艾家寨,那匹花脚马是匹生马,本来是拴在一只钉在木柱上的旧马掌上的,因为那木柱有些朽了,被不听话的花脚马把马掌给生生拉脱了,花脚马乘机就边吃草边往寨外开溜,等发现时天已经大亮。虽说这一带偷马贼不多,但这种生马会自己跟着别的马帮走掉,这种事以前也发生过,所以马锅头就赶紧叫人分头找了去。

那时候的刀正良只是个十七八岁的马帮小伙计,不过跟着马帮上北下南地也算见过些世面,所以见了那个赶着花脚马的少女也敢开几句玩笑。

"嘿,你咋个偷了我们的马?"

这就是他们两个人第一次见面说的第一句话。

少女老艾奶大感委屈:"帮你们吆马还要赖我偷?要不是这死慢症(骂马的话)耽搁,我茶叶都掐得一箩了。"

那个叫老王叔的马锅头也尾着脚迹找到了这里,见马好好的没有事,很是高兴,就接口说你那点茶叶不算什么,我们驮的那才叫好茶。随即就叫刀正良拿一包给这小丫头家送去。

五十年后,垂垂老矣的刀正良面对着茶几上的那杯古茶,还清清楚楚地记得他与老艾奶的第一次会面。——她家的小院子因为养着有鸡、猪,所以不那么干净,但父母对这马帮小伙计还是很客气,用火塘上现烧的开水为他沏了一壶自家茶地的好茶,她家没有茶杯,那茶是倒在土碗里的,但那香和那味他却死死地记了一辈子。

话题就是从茶叶开始的。刀正良告诉少女老艾奶,说他家要过了澜沧江,在一个布朗族和傣族居住的地方,不过他父亲是汉族,年轻时赶马到边地,就娶了个傣族女子在当地安下了家。他们那里有一片叫景迈的大茶山,茶树都是大棵的古茶,要采茶得爬上树去采。过去这片茶山的茶叶都是通过英国地(缅甸)出口的,后来日本人来了,茶叶也就卖不出去了,所以才会往内地驮。接下来刀正良就拿出了他们的茶叶也请老艾奶一家品尝,品尝之后艾家父母都礼节性夸奖说是好茶,但少女老艾奶却不买账,皱着眉头说太苦。刀正良解释说是茶叶放多了,不

螃蟹脚

过没关系,过了一会儿就会有回甜,像吃橄榄一样呢。

其实不等他说完,会品茶的少女老艾奶口里已经有了这种感觉,于是刀正良生平第一次饶舌地向少女老艾奶谈起了他们的景迈古茶,谈起了布朗族、傣族的一些风俗习惯,把那没出过远门的少女听得差不多晕了过去。最后,少女老艾奶又把刀正良带来的茶叶和自家的茶叶各抓了点对比了一会儿,觉得从外形上看不出多大的区别,就说她也可以把自家的茶叶说成是景迈的古茶,人家也还不是分不出来。

刀正良认真地说这可假不得,是真是假行家一喝就知,而且他们驮的景迈古茶都有标记,每包里都放有一枝螃蟹脚。

螃蟹脚?螃蟹的脚?

少女老艾奶听得一头雾水。

螃蟹脚其实不是螃蟹的脚,而是古茶树上的特有的一种寄生植物,其形状一节一节的有如螃蟹的脚,所以当地人就很形象地称其为螃蟹脚。螃蟹脚因为寄身茶树,得到了茶树的滋润,因此新鲜时如茶叶一般青翠,晒干后也如同加工后的茶叶一般颜色,并且本身就是具有清热解毒功能的草药,可以与茶一同饮用。最使人称绝的是,这种寄生植物只有百年以上的老茶树上才有,一般的茶园中找不到它的踪迹,这样景迈的万亩古茶林就成了它们得天独厚的生长地。

严格地说,螃蟹脚的寄生对茶树并非是一件好事,但好在它本身可以入药,所以茶农在采茶时也会把它采下晒干留起,更重要的是在这一片茶区中只是景迈茶山才有,无形中也就成了景迈古茶天然的"注册商标"。在普洱茶交易鼎盛的年代,茶商往往在景迈出产的茶叶中包装上一枝半枝螃蟹脚用以证明身份，而懂行的人也会专门找着螃蟹脚来购买出自景迈的古茶。

原来这就是螃蟹脚啊。少女老艾奶在刀正良送的那包用笋叶包装的茶叶中找出了一枝螃蟹脚，认真地看了又看，最后告诉刀正良，说是茶叶她家也有，而且不会比你们景迈的差。不过这螃蟹脚倒真的有些稀奇，下回方便带一点给她，留起来做药。

这样他们之间又有了第二次、第三次的见面机会。

这就是刀正良的初恋，他永远也无法忘记的初恋，其味道就恰似老艾奶家给他沏的那一壶茶——苦中有一缕淡淡的清香，一种回甜。

那个年头正是国民党政权风雨飘摇的年代，老百姓的日子越过越艰难，但艰难的日子也还是要过，所以刀正良他们的小马帮不得不一次又一次地来回走在茶马古道上寻找着生路，这样也就给了两个年轻人多次见面的机会。好在马锅头老王叔是刀正良父亲的老搭档，就很善解人意地将行程安排在艾家寨歇脚，而且还告诉了刀正良一些当地汉族人家说亲的规矩，并且还以过来人的身份给刀正良出了一些怎样和汉族姑娘打交道的实际上并不高明的主意。

应该说，在那条古道沿途的艾家寨一带，由于受少数民族男女青年可以自由恋爱的民风的影响，封建礼教的气氛并不很浓厚。所以少女老艾奶可以跟了马帮小伙计刀正良去李家马店听留声机、去外面玩，她父母也不怎么反对，只是要她"早一些回来"。这样有一天他们出了门并没有去听留声机，也没有去和王大叔他们围着火塘聊天，而是像天底下所有的年轻恋人一样自然而然地走向了没有人打扰他们的去处，在寨后山坡的一块草坪上坐了下来。

刀正良忘记了那天到底有没有出月亮，但记得他向少女老艾奶谈起了傣族寨子的风俗，说傣家小伙子看上了谁家的姑娘，晚上可以拿了乐器去姑娘家竹楼下吹响，也可以约姑娘去寨子外面的田坝、竹林里玩，大人是不会干涉的，不像你们汉家，姑娘大了门都不准随便出。少女老艾奶说汉族也不全是这样，我不就和你出来了嘛。即而她发现这样说有些不妥，就生气地说你不是要领我去听留声机唱洋戏，咋个把我领到山上？我又不吃草。

刀正良赶紧说洋戏他也听不懂，不如我吹一个傣族调子给你听，说完就地找了一片红毛树叶吹起了一支悠扬的小调，在夜色中非常悦耳。——那天他们俩说了很多话，包括艾家寨前天有一只麂子跑进了寨子，这事是不是不吉利等等，但就是没有说到马锅头老王叔向他交代过的正题，直到临起身回寨子时，刀正良才结结巴巴地告诉少女老艾奶，下一转他们回来时，王大叔说要带着礼上她家来说亲……少女老艾奶听见这句话就嗷的一声跑了，跑得很快很突然，所以刀正良连追的念头都没有来得及想。

正当刀正良独自站在坡头不知所措地发呆的时候，夜色中传来了少女老艾奶的歌声：

　　要来要来快快来
　　我家山茶花正开

莫等五月雨水下

花败只剩空枝枝……

　　马帮小伙计刀正良和他们的小马帮第二天一大早就往南出发了。当时刀正良心中想的就是怎样赶紧早一点返回艾家寨，所以他临走时还不停地回头看看那清晨中的艾家寨。他不知道的是此时少女老艾奶已悄悄地站在了寨前坡头的一片刺蓬后，远远地看着他们南行，她看见刀正良那一步一回头的样子，忍不住独自咕咕咕笑了，还小声地骂了一句："憨包。"

　　但是，刀正良这一去却再没有同马帮一起返回。以至五十多年后，他还在为这刻骨铭心的失约而后悔，也许，要是没有发生那一次意外的话，他的一生应该完全是另外一个样子。

　　前面已经说过，那个年代是国民党统治中国大陆的最后年头，在这片出产普洱茶的地区活动了多年的中共地下党此时也有了自己的武装力量，为了配合北边的中国人民解放军，他们决定进一步扩大反蒋武装，迎接全国解放。这样就有一支共产党的武装工作队来到了刀正良的家乡一带，为了动员一切可以团结的力量，他们决定争取当地一个姓刘的富豪，要他认清形势，和蒋家王朝划清界限，出钱出枪帮助武工队组建一支游击队。

　　几经接触后，拥有一支私人武装的刘姓富豪给他们回复了一封文绉绉的信，答应与武工队合作，愿意交出一部分枪支和半开（近代云南流通的一种货币），要武工队来取。这样老王叔和刀正良就受雇于武工队，赶了几匹马跟着武工队走向刘家山庄。

事后人们得知，这刘姓富豪是个国民党政权的顽固支持者，交枪的事实际上是一个诱敌的阴谋，所幸是武工队没有丧失警惕，看到情况有异马上挥枪反击，所以除了有两人受伤外，没有人阵亡，只是队伍给打散了。老王叔和他的马匹也被对方提了去。

刀正良听到枪响后就跟着武工队员往外冲，最后同另外两个队员顺一条山箐冲出了包围，这两个队员中有一个是武工队的负责人。黄昏时他们来到一个拉祜寨子向老乡买到了一点苞谷粒充饥。因为找不到盐巴，只能烧了点青茶叶水洗洗伤口，晚上也不敢住在寨里，乘着夜色又进了山林露宿。

那位负责人分析说刘姓富豪这回是公开与共产党为敌，下一步是要对当地支持过武工队的群众下手，所以只能回去找主力，这个赶马的小兄弟也不能回家了，就跟着我们一块走吧。

那天夜里，他们三人轮流睡觉轮流站岗，连刀正良也派上了场。回想起白天发生的一切，他觉得就像是做了一场噩梦，当然这一天对他来说是有特殊意义的，后来的岁月里刀正良填写过不少表格，在"何时何地参加工作"一栏里，他填写的就是这个地方这个日子，证明人也就是另外那两位武工队队员。不过当时他的感受是又饿又累又冷又怕，根本顾不上去想别的什么。直到第二天，他们走在一条小路上，刀正良在一道悬崖边看见了一枝晚开的山茶花时，才一下子想起了艾家寨的那个少女，他意识到这样一来短时间内是见不到她了，于是停了停脚，发出了一声叹息。

刀正良他们辗转几天后，找到了游击队的主力，算是正式参

螃蟹脚

加了革命，和其他队员一样也出操、上课、训练，但正式分配的任务却是叫他去管马、放马。因为他赶过马、懂马，在这茫茫边地，马在当时确实是很重要的交通工具。另外因为他跑得快，游击队还交给他一个特殊任务，每次行军前要他跑在前面，看见路边有清水坑什么的就用竹棍把它搅浑，让那些后面想喝冷水的战士喝不成。那时普洱茶的贸易已经等于没有了，所以沿途经常可以看到荒芜了的茶山，刀正良知道战士中有不少人是喜欢喝茶的，就经常采些青叶揉透后装进新鲜竹筒里，放在火上烤，最后用大锅煮成茶汤，走得又累又乏的队员看到这飘香的竹筒茶，一个个眼睛都亮了。若干年之后老战友们见了面，还有人指着骂他当年搅浑水，但同时也要夸一下他的竹筒烤茶，并回味说那才叫喝茶。

刘姓富豪知道游击队迟早要找他算账，就加强了戒备，又和国民党的保安团联起了手，所以当时势力还单薄的游击队也拿他没办法。好长时间后，游击队才在群众的支持下集结了力量，闪电般一举打掉了这股恶势力和他盘踞的山庄。这一次战斗中刀正良只是在后边管马和送给养，但战斗的胜利也使他高兴得直跳，他当时想的是刘姓富豪一倒，他也总算是可以平安回家了，然后不管怎样也要前往艾家寨，找到那个会唱山歌的美丽少女。

艾家寨的少女老艾奶自然无法知道刀正良身上发生的一切。本来按她计算他们应该是个把月后会回转来的，但直等到雨水落了地还没见到他们的踪影。少女老艾奶忍不住向过路的马帮打听，都说是好久没有见着这一伙人了。于是她开始怀疑是不是出了什么意外，被土匪抢了杀了，还是遇上了豹子老虎？也许那个马帮小伙计根本就没有听懂她唱的山歌？

戴着笋叶帽，披着蓑衣的少女老艾奶站在茶地里，望着远处那条因雨季的来临而更显沉寂的茶马古道，眼神一天天暗淡……

雨水挡住了商旅的足迹，却挡不住债主上门。

好几年前，老艾奶家在她爷爷、奶奶过世时，为了安埋老人，不得不在山背后老盐井镇的一个大富豪家借了一笔利息很高的债。这笔债一直压得她家喘不过气来，这些年来省吃俭用，还加上割马草、砍柴卖的收入都不够还当年的利息。近几年来马帮少了，烧柴和马草也卖不掉，而那笔债却越滚越多。就在她家一筹莫展的时候，债主的家人却登门要债来了。

这个富豪是称霸一方的恶霸，连县太爷也要让他三分，本来这条茶马古道是官道，但他就有本事在路上设卡收费，谁也惹不起。尽管他家的钱多得自己都说不清，但谁欠了他的债却记得一清二楚。见艾家没有来交利钱，就叫了几个打手上门，不说红不说白就把她家养的小猪和鸡抓起，并留下一句话，限他下一个赶街天（十天）来还钱，不然就赶全家出门，把地和房子留下，或者把姑娘送来抵债。

没有了房子和地，明着就是要他们去讨饭，在这兵荒马乱的年头，讨饭都没处讨！如果送姑娘去抵债，那简直是羊入虎口，临了还要被卖去做窑姐，这在那富豪家已经不是一个半个了。祸不单行的是老艾奶的母亲一急一气就倒下了，几天水米不进，最后连草药汤也灌不进去了。

　　这个时候李家马店的老板也来了,本来艾家也欠了李老板的一点钱,但李老板知道现在提也没有用,反而送过来了一块红糖几个鸡蛋。他四下看了看空空如也的艾家,叹了口气说他家店里有一个常来往的做大烟生意的老板,外号叫五哥,这两天下普洱城去了,他见过你们姑娘,说是你家现在成这份样子了,他想带你们姑娘走,明说是做小,你家差的钱由他来还,看看格整得成?

　　老艾奶的父亲只是不停地叹气,好像什么都不会说了。

　　少女老艾奶是一直在房里侍候着母亲的,但她的耳朵却细心地在听着外面的说话,这时就自己走出来和李老板打招呼,说请李老板带信去叫五哥来,她愿意跟他,但要答应两件事,一是送她母亲去普洱城看一回官医吃一回西药;二就是赔清债。——五哥第三天就真的来了,这是一个五大三粗的汉子,年纪和老艾奶的父亲差不多,一望即知是个能赚钱也能吃喝嫖赌的角色,但也有几分江湖人的豪爽。他当即请人扎了担架把老艾奶的母亲抬到城里,在他常去的"悦来客栈"住了两天,看了西医打了针。这些西药对一辈子只吃过草药的这个农妇还真见效,到第三天回去时老艾奶的母亲就可以坐起来吃东西了。然后就在第九天头上,五哥请马店李老板和他的伙计陪着去了老盐井镇还债,一面也就雇了一匹骡子带着少女老艾奶上了路。

　　少女老艾奶走的时候除了穿在身上的衣服外只带走了一个小木盒,连她卖"女儿茶"攒的那几文钱也留给了母亲,同时也给马帮小伙计刀正良留下了一双布鞋。这是一双手工纳底的鞋,鞋底留有半寸宽的毛茸茸的边,俗称"毛边底",这种鞋一般只是在过年或者做客走亲戚的时候才穿,现在已经见不着了。

五哥对她手中的小木盒很感兴趣,就说我瞧瞧是什么,不消带的就别带了。这个见多识广的人还是识货的——原来是螃蟹脚,我们那边没有,带一点过去做药也好。他宽容地说。

直到最后一刻,少女老艾奶还把目光投向了那条通向南方的茶马古道,但最后还是失望地跟了五哥沿着茶马古道北上了,忍着眼泪的她一次也不敢回头……

那年冬季,一身小伙计打扮的刀正良又出现在了茶马古道上,和以前不同的是他身上带有了武器。不过那时候的赶马人也大多是带武器的,一防野兽二防土匪,不算什么稀奇。

游击队的新战士刀正良在打垮了刘姓富豪后,并没有按照他想象的那样就解甲归田,那个带他参加革命的前武工队负责人教导他,说他已经是个革命战士了,要有革命到底的决心,还要服从和遵守纪律,不能说走就走,好日子谁都想过,但不推翻蒋家王朝老百姓就不会有好日子过……上完了政治课后,又向他交代了一项新任务,叫他和几个战士组成一个马帮,而且要和真正的马帮一模一样。——因为这块盛产普洱茶的边地也太大了,比今天的台湾省还要大得多,而且当时的情况很复杂,有几个县是共产党的游击队占了优势,建立了自己的新政权,有几个县却还是国民党政权和保安团的天下,而且各地的一些地霸武装也乘机蜂起,有的还打出了共产党的旗号。还有的地霸武装表面上与共产党领导的游击队合作,但一有风吹草动就翻脸对你下毒手。所以游击队决定搞一支这样的马帮,让他们以赶马人的身份在各县间走动,既收集情报也传递消息,当然也驮运游击队自己需要的粮食之类的物品。

冬日的艾家寨更冷清了,但刀正良的心却激烈地跳动起来,进到寨子后,他向"马锅头"请了假,带着他事先准备好的一点礼物走进了艾家。艾家的小院也同样冷冷清清,猪和鸡不见了,只有少女老艾奶的母亲病歪歪地在院中晒太阳。当她终于认出了来人之后,眼泪一下子就掉下来了。"妹啊,你来疲了。"她说。

在当地方言中,老人对晚辈,不论男女都昵称为妹,来疲了则是来晚了的同义词。听完她的话,刀正良的心一下子就往一个很深的地方落下去……

游击队的新战士刀正良再次离开艾家寨,赶着马帮走在这条茶马古道上时,他变得沉默了,人也似乎就在这一瞬间突然长大了许多。他心里充满的不仅仅是失去了爱人的痛苦,也充满了对这个不平等社会的仇恨。他觉得自己现在是没有什么可牵挂的了,唯一的道路就是要跟着革命队伍干到底,所以他一次又一次地以赶马人的身份行走在这片土地上,一回又一回出色地完成了上级交给他的各种秘密或者半公开的任务。

这一片边地当时划为十五个县,十五个县中有八个在边疆、七个靠内地,所以有"外八县、内七县"的说法。内地县由于更接近省城,旧政权的势力要更强,但随着国民党政权的土崩瓦解,这些内地县也开始有了动摇。这其中有一个县原国民党县大队的一些人想发动起义、弃暗投明,就暗中找到了游击队,想了解一下共产党对他们这些人的政策。于是刀正良的马帮带着一个也化装成赶马人的支队干部来到这个县所属的一个镇,约好和对方在一个小学校里见面。这是因为那个镇上没有国民党驻军,学校里的校长、教师大都是进步人士,相对比较安全。那回他们的马帮还驮了一些棉花和茶叶,在小镇马店住下之后,那些棉花倒真的有人买下了,茶叶却无人问津。

傍晚,他们如约来到学校。按事先安排,"马锅头"和另一个队员装成看热闹的人在街头望风,刀正良则在学校操场边负责警卫,表面却是在看小学生打篮球。

后来发生的事情在当地的党史资料上有记载,说是因为对方的人当中出了叛徒,所以会面才开始,镇公所那边就冲出来了穿便衣的保安团士兵和镇丁,幸好叛徒不知道具体的会面地点,所以才有了一个时间差。街头的"马锅头"及时开枪报了警。那时天刚黑,操场上的学生抱着篮球和衣服也要回家,刀正良听到枪声时保安团的人已经冲进了学校,因为学校里学生一片大乱,双方都无法开枪,那些从会议室冲出来的人则朝着事先看好的一排矮墙翻墙突围,刀正良是最后一个翻出矮墙的人,追来的士兵朝他开了枪,子弹就从他身边飞过,他跳下墙时感觉手臂上着了一下。

这个小镇虽小,却也是历史上茶马古道上的古镇,比县城还古老,所以镇上有好几条很狭隘的巷道,不熟悉地形的人很难跑出去。因为事前已经考虑到了类似的情况,他们就按原先的约定分头设法冲出镇外,再设法去指定地点会合。

刀正良是往北跑的,没想到迎面遇上了追兵,于是又折头向南。这时候天已经基本黑了,因为听到枪响和人跑,小巷里家家户户都急忙关紧了门，就在小巷转弯追兵看不见的地方，刀正良看到旁边有一家人的院墙不怎么高，不及多想就一把翻了进去。

刀正良翻进墙后是跌坐在地上的，但很快又弹跳起来做出战斗的姿态，这一起身却和一个站在院中听外面动静的女人打了一个照面，这个突然飞进来的人显然把那个女人吓住了，所以连叫都叫不出来。可是、可是——尽管眼前的这个女人已经是一身小媳妇的打扮，但借着一天里最后的微光，他还是一眼就认出了对方，而几乎在同时，小媳妇老艾奶也认出了这个不知在她梦中出现过多少次的马帮小伙计。

这时候，那些追兵也哗哗地跑过来了，有人往前追，有人则在后借着微光查看着地上的血痕，并且大声地喊叫说这地方有血，看看会不会躲在人家中。这声音把呆住了的小媳妇老艾奶叫醒了，也看见了刀正良手膀子上的血痕和他手中的枪，于是急忙把刀正良往房里推，一面飞快地拿了一块抹布清理着地上的痕迹。刚清完血迹就有人乒乒乓乓地用力敲门。小媳妇老艾奶答应说来了来了，然后又回屋看了看刀正良一眼，才端了一盏带玻璃罩的煤油灯前去开门。

涌进门来的人当中显然有人是认识这个小媳妇的，就说是五哥家，不用查了吧。小媳妇老艾奶就说还是看一看，你们放心我也不消害怕，于是就有人踏进了堂屋随便看了看。这个时候镇子的另一头传来了几声枪响，外面有人大喊说共产党在那边，于是院子里的人也就稀里哗啦地一齐追了出去。小媳妇老艾奶长出了一口气，赶紧关上门后还在门上靠了半天心跳才平缓下来。

刀正良被推进房时什么也看不见，在家具上碰了几下才知道这是卧室，就摸索着在衣柜后蹲下，当然蹲下后还是紧握着那打开了枪机的手枪，警惕地听着外面的响动。待听到追兵走后，才松了一口气，也才感到伤口处火辣辣地疼了起来。

小媳妇老艾奶关上了大门、二门后，急忙来看刀正良的伤势。那伤只是擦伤，不怎么重，她找了一点盐巴水为他洗了洗，疼得刀正良直抽冷气。完了之后她又调了一些黑绿黑绿的粉末敷在伤口上包扎起来。刀正良奇怪地问是什么药？小媳妇老艾奶就说你怎么连螃蟹脚也不认得了？即而她说是有一回她被菜刀伤了手，一时没有刀口药，就把干了的螃蟹脚弄成了粉末来敷上，结果还是很管用的。

刀正良说，你还带着那些螃蟹脚呀？

这一个问题一下子勾起了小媳妇老艾奶的满腹苦水和一肚子的辛酸，要不是当时的情况不允许，此刻的她是一定要大放悲声的了。

五哥并没有把她带回自己的老家，因为他的大老婆是一个非常阴毒的女人，他知道两个女人在一块的话，不出三天老艾奶就要栽甚至丢了命——后来发生的情况也果然如他所料，他大老婆在这块土地即将全部解放前夕，带着五哥的财产同一个相好的国民党军官辗转去了台湾。所以五哥就在这个小镇租了房子做生意。因为五哥有些钱也有些江湖朋友，同国民党的县长、镇长都有些交情，前几天为了对付日益壮大的共产党游击队，县里就纠集了乡里的地霸武装进城扩充县大队，也给五哥委了一个中队长的头衔，这个没有多少头脑的人还真的去上了任,所以今天院里就只有老艾奶一个人在看家。

在整个诉说别后过程的时间中,小媳妇老艾奶一直在不停地流泪,泪水打湿了刀正良胸前的衣裳。在刀正良与老艾奶的全部交往中,只有这么一次是零距离的接触。不过在流泪与倾诉的同时,他们没有忘记身边潜在的危险,在天亮之前刀正良无论如何也要离开这个小镇,跑出这个坝子。这样小媳妇老艾奶又大着胆子独自在空无一人的小镇巷上走了一遭,确认保安团已经撤走之后,她才打开门,看着刀正良悄悄地消失在夜色之中。

这个事件最后促使游击队做出了攻打这个县城的决定。在打县城之前,部队在没有抵抗的情况下先占领了刀正良他们遇险的那个小镇,当日刀正良他们的马匹和茶叶还好好地在马店里,因为马店主包括镇里的镇丁都知道这是共产党游击队的东西,没敢乱动,还让人好好地喂养着马匹,说是日后见了共产党的人才好交代。但老艾奶住的那个小院却已经是人去楼空,谁也说不清她是去了哪儿,打下县城后俘虏及击毙的人员中也不见五哥的姓名,那个空荡荡的院落里仿佛从来没有人住过。

第一次穿上游击队灰布军装的刀正良站在小院里发了一会儿呆,正准备转身离开时,却意外地发现院中一棵紫薇花树上用细细的红线拴着一小束螃蟹脚,随着风在轻轻地摇晃。

刀正良知道了,那是小媳妇老艾奶留给他的信息,她知道他还会来这儿找她。

这些螃蟹脚是早就干透了的,轻轻一用力就一节一节地断了。他从身上找到了点纸,把这束螃蟹脚连同红线包了起来,小心地收在衣袋里。

螃蟹脚

对刀正良来说，五十年代是他这一生中一个充满了干劲充满了热情的年代，尽管那一项接一项的任务、一个接一个的运动中有很多是他所不理解的，但一切都是全新的事物，不管理解不理解，只要上级一号召他依然会全身心地投入其中，去努力完成任务。

也许就是因为当年赶过马的那一段经历，他后来的工作就一直与马匹、运输什么的分不开。当然，后来的他就不仅仅是个赶马人，更多的是组织运输的管理干部，在修筑那条从省城通往边地的大通道时，他管辖的马帮运输队一度达到几十支，成了名副其实的"大马锅头"。

他没有想到的是，自上一次分手后的十几年中，他一次也没见到老艾奶，也完全不知道她的下落。

不久，云南全省宣布了和平解放。刀正良当时以为这以后他会很容易就找到老艾奶的。当然，找到了又怎样，他倒没有想过，但心里总是有一个想找到她看到她的愿望。所以，他不仅自己寻找过，也托人打听过，当公路修到艾家寨，把那条古老的茶马古道拦腰切断时，他还特意去过老艾奶的家，遗憾的是两个老人都已病逝，邻居也说不清老艾奶的下落，唯一的线索是有一年她曾经回来给老人上过一次坟。

不过，随着工作的增多，他需要学习和掌握的东西也日渐增多，对年轻时的恋人的思念也慢慢地淡了下去。当那条工程浩大的公路终于全线通车之后，和那条历尽沧桑的茶马古道一样，用马帮搞运输的历史也渐渐地退到了次要的地位，一直和马帮打交道的刀正良也就分回了他的老家，那片景迈古茶园的所在地工作，先在区政府，后又调到县上。以后，通过人介绍，他和县政府的一个女干部结了婚。

妻子叫忆红，但这是她参加革命工作后改的名字，是来自内地的青年学生。也许是由于那个年代对工农出身的干部的敬慕，还是因为领导出面做媒的原因，这桩婚事一提她也就首肯了。结婚也很简单，基本上就是把两个人的行李搬在一块就算是成了家。

对于妻子，刀正良认为她各方面都比自己强，有文化，人也长得不错，但总觉得他和她就像是隔着一层什么东西似的热不起来。婚礼——当然那是革命化的婚礼，在县政府会议室里举行，准备了一点糖果、茶水和切成了一段一段的芭蕉、甘蔗。领导主持婚礼，客人是天天在一块的同事。但就是在婚礼前一天，刀正良突然又一次强烈地想起了艾家寨茶马古道旁会唱山歌的那个少女，后来又在小古镇掩护过他的那个小媳妇。以致无法静心看忆红布置新房，一个人悄悄地走出了家门。

在实行供给制的那些年代，刀正良的背包里总包扎着那一双带毛边的布鞋。但有一次他病倒在一个山寨，唯一的鞋又在过河时被山洪冲走，只好把那双毛边底拿出来穿，没穿几天那些毛边就给山路磨得一点不剩。螃蟹脚是还在身边，不过早已碎成了粉末，就是这一小点碎末，刀正良也在这一天晚上洒进了县城旁边的那条不大不小的河流里了。这动作代表什么？他自己也说不明白。

结婚后好久，刀正良才知道，忆红家其实是资本家，地道的剥削阶级。忆红为了表示与家庭划清界限，改了名字、积极主动要求到边疆工作，并宣布不与父母来往。所以，嫁给刀正良这样出身清白又有少数民族血统的工农干部也正符合她的选择。那时候的刀正良已经不是那个单纯的马帮小伙计，对人对事也有很多自己的见解，他觉得这个女人的心其实也是够狠的，所以有很多本来他想对妻子说的话，到了嘴边又悄悄地缩了回去。

　　忆红不愧是大地方来的见过世面的人，结婚以后她就开始按照自己的方案设计起刀正良的未来。忆红善交际，又会唱歌跳舞，联欢会上她经常陪着领导，尤其是更上一级的首长们翩翩起舞。那个时候领导下到县里一般也就在公共食堂就餐，没有多少特殊的招待，忆红便会自己设法搞一点好菜，大大方方地给领导们端去。刀正良劝她不要这样，让别人说闲话不好，但忆红不容置疑地叫他闭嘴一边去。这样几年后，也不知是忆红的活动起了作用，还是刀正良的工作确有实绩，反正就来了一纸调令让他前往专署工作。

　　平心而论，刀正良并不想离开家乡。这些年他在政治上也有了一些成熟，尤其是当他身边的干部、当年的战友在一些运动中突然变成了这样那样的分子被从革命队伍清除出去之后，很多问题逼得他不得不去思考。他隐隐地觉得，照这样下去他也完全可能在某次运动中被列为对立面，这样他不如留在家乡还更有一些安全感。因为他尽管只有母亲是傣族，但从小生活在傣家，傣家人也视他为同胞，同胞间的亲情是很浓很难割舍的。另外刀正良对家乡的山水也一直怀着深深的热爱，尤其是那一片寄生着螃蟹脚的古茶园，更是令他梦绕魂牵。

　　为了这片古茶园，他差点就被领导拉出来批判。

螃蟹脚

那还是他在区政府工作时,尽管那片古茶园距离区政府很远,也不通公路,但走惯山路的刀正良还是不时回到那儿,抽个空到茶园里转转,采茶、采螃蟹脚,或者就只是在古茶树下静静地躺一会儿,透过那些古茶树的枝叶看看蓝天白云。有时也到附近布朗族或者傣族寨子里自己动手加工一些茶叶。那一回也不知是什么领导发了话,说那么多老茶树当不得饭吃,不如砍掉开荒种苞谷。——在那个年代,类似的荒唐事很多,刀正良知道后很着急。他一方面向上级力陈这片古茶园在当地少数民族心目中的神圣地位,一面又给寨子里带话,不准砍古茶树。虽然他不是区政府领导,但他的话在寨里倒还管用。

这件事最终没什么下文,也那么说说就平安过去了。但后来不知谁加油添醋地在上级面前告了他一状,要不是因为他是少数民族干部,差一点就给扣上"破坏粮食生产"的帽子被批判。

知道刀正良不愿意去专署工作的想法后,忆红发火了,两口子第一次吵了架。忆红甚至骂他真是"老摆夷"上不了台面。刀正良也火了,说自己从小是帮工,吃过苦,多少打过几次仗,讲革命比你懂,在边疆少数民族地区工作,这种话是你能随便骂的?面对怒气冲冲的刀正良,忆红自知失言,于是缓和了口气自我检讨,但接下来依然不软不硬地加上了一句:"既然你是老革命老资格,组织纪律性你总应该有吧?"

说到组织纪律,刀正良不言语了。对组织安排的工作,个人没有什么价钱可讲,这是他们那个年代干部的特点和传统。于是,年过三十的刀正良奉命来到专署,在一个部门里任科长,几年后又提拔成了副县级干部。

螃蟹脚

　　专署所在地曾经是云南的商贸重镇，也是当年那条茶马古道上首屈一指的大地方，只是后来因为疟疾大流行，弄得十室九空才萧条下去的。新中国成立后这个城镇也获得了新生，这样城镇的格局也明显地分成了新城老城两块。老城的房子依然保留着过去年代里的那种面貌，窄窄的石板街道，古旧的老房子和一家接一家的铺面。这一切是刀正良当年做马帮小伙计时就熟悉的，所以周末没有事的时候，他也常常一个人来老城区走走看看。

　　有一天他也是这样没有什么明确目的地在老街子上走着，天快黑时突然想起这几天供电不足老是停电的事，就拐进了一家不怎么起眼的小铺子，想问问有没有蜡烛卖，可是嘴刚张开却再也合不下去了。

　　那铺子里在擦柜台的老板娘正是老艾奶。不过此时的她已经是一个成熟的妇人了，眼角和脑门上也有了一些细小的皱纹，唯一不变的是整个人看去还是那么俊俏和整洁。

　　老艾奶显然也被这意外的重逢弄得一下子不知所措，好一会儿才说："你进来吧。"她给刀正良拉了一把竹椅，然后拿出一个有盖的瓷杯为他沏茶，不过不是一次就在杯子里冲满了水，而是先稍许冲上些开水，轻轻地摇晃杯子，涮洗和浸润着杯中的茶叶，因为激动，她手一直在微微地发抖，差不多后又倒掉杯中的水，重新再冲开水后才递给刀正良。刀正良自然知道这是茶乡人给客人泡茶的最普遍的规矩，这样泡出的茶可以让客人更好地品出茶叶的色香味。

　　揭开杯盖，一股久违了的茶香飘出。刀正良不禁脱口说：

"是艾家寨的春茶。"

这时候有一个十来岁的小男孩从外面回来,小妇人老艾奶就说是她儿子,一面要儿子叫叔叔。小男孩警惕地看了看刀正良,生硬地叫了声叔叔就跑进了铺子后面。刀正良看着小男孩的背影,试探地问:"你现在——"

他最迫切想知道的是那次小镇相遇之后老艾奶的情况,又怎么会到了这里,现在又和谁一块生活等等问题。由于他们的谈话不时会被来买东西的顾客打断,所以直到这次见面的好多天以后,他们才各自弄清楚了对方分手后的一切。

就在刀正良带伤出了小镇后的第二天,五哥也从县城回来了。老艾奶想照刀正良给她说过的那样,叫他不要去为反动政权陪葬了,但她知道五哥这样的人没有政治头脑,是那种过一天算一天的家伙,也不爱听人劝。所以她就把自己怀孕的事告诉了五哥,要五哥多为孩子想想,多留条路,不要再和那些人搅和在一块。

五哥对这个花钱买来的女人倒不怎么看重,但对她肚子里的孩子却很在意。加之他也发现委给他的那个所谓中队长是个空头衔没有搞头。所以当即决定带着老艾奶回他老家去,这样正好使他逃过了一劫。回到老家得知那个县城已被游击队打下,那些什么大队长、中队长的匪首多数被击毙的消息后,五哥后怕之余在老家规矩了一段时间,但本性难移的他没过多久又和当地的地霸头目混到了一起,他家里成了这些人的聚会地,常常私下里密谋些什么,连老艾奶也不让知道。

这是一只吃屎的狗。老艾奶心想,自己不能跟着他找蜂子叮，但肚子里的孩子怎么办呢？后来老艾奶想起了五哥领她去见过的住在城郊的一个姑妈，那是个心地善良的单身女人。这样就在五哥那些人在县城发动叛乱的前夕，小媳妇老艾奶悄悄来到了那个姑妈家，求姑妈把她收留下。

五哥他们叛乱一度得手，为此有好几个共产党的工作队员、民兵在叛乱中牺牲。在发现老艾奶逃走了之后，五哥暴跳如雷，说是要亲手一刀宰了这个臭女人。不过，他还没来得及采取行动，他们那一伙人就让迅速赶来平叛的正规部队镇压了下去，五哥和少数匪首逃进了深山，后来不知所终，估计是被剿匪的部队在接下来的清匪斗争中击毙了，只是没有弄清确切的身份而已。

善良的姑妈留下了老艾奶，并侍候她生了孩子到孩子断奶。尔后她推心置腹地告诉老艾奶：虽然她与五哥不是一路人，但她是五哥的女人，儿子也是五哥的，现在五哥已经成那个样了，你留在这儿是没有办法过日子的，不如还是回老家，听讲起来你爹妈也是苦人，如果爹妈那儿还落不下脚，她说老艾奶还可以去，就是刀正良现在见到她开小铺子的地方，那房主是个一辈子吃斋念佛的单身斋婆，也是五哥姑妈的老姐妹，是个善人，可以找她。

那时公路还没有修通，老艾奶带着儿子回到艾家寨，才知道父母已经不在了，不由得悲从中来，她在父母坟前放声痛哭了一场后，就又沿着茶马古道南下，到了这个城里找到姑妈说的那位斋婆。这个慈眉善目的老斋婆很同情她们母子，就让她们住了下来。老艾奶后来也把老斋婆认作义母并尽心照料她。斋婆是去年才过世的，活了八十岁，现在这房子和铺子都是斋婆留给她们母子的。

当天晚上，刀正良从小铺子离开的时候，带走了一包艾家寨那边的春茶，第二天他就又专门拿了一包带有螃蟹脚的景迈古茶送给老艾奶。那是一个阳光灿烂的上午，学校不上课，老艾奶就让儿子看守着小铺子，请刀正良到铺子后的小院里坐。这些老街上的房子为了争临街的铺面，所以都挤成了长方形的格局。后面的院子很小但很整洁，而且还有一张小小的条形石茶几。那天，在清新的空气中，成熟的妇人老艾奶拿出了一套瓷质的茶具和一把很有了些年头的紫砂壶，为刀正良表演了一套仅有一个客人的茶艺。

刀正良是从小就会喝茶的，也见识过傣族的竹筒茶、彝族的土罐烤茶等少数民族的茶艺，但像这样精美的整套茶具，有条不紊的程序和细腻到位的茶道功夫，他的确还是第一次见识。当那些貌似普通的茶叶在老艾奶的手下散发出了原先深藏的奇香，刀正良简直惊呆了。惊奇中他几乎是下意识地接过老艾奶递过的茶杯饮下了那芳香的茶汁，一种说不出的舒坦顿时传遍了他的整个身心。——原来，茶还可以这么喝的，自己真是白白做一回茶乡人了。

老艾奶告诉刀正良，说这一切都是义母斋婆所教。斋婆实际上读过不少古书，也精于茶道，不知是什么原因立誓不嫁，一辈子就与茶为伴，每天早起必饮清茶一杯，遇到身体不舒服时就用改变茶叶浓、淡，或者在其间加入一些草药的方式来调节，到了晚年时更是成了茶精，饮茶时细观杯中茶沫的聚散就能预言天时人事，而且非常准确。后来她高寿八十，无疾而终，恐怕就得益于饮茶了。——不过现在的人，连吃饭都困难，谁还会有心情来这么慢慢地坐着品茶呢。老艾奶最后不无悲哀地说。

后来，专署干部刀正良在繁忙工作之余走在老街上时，就不再是漫无目的的了。那时他的工资是行政十六级，比一般人的工资要高出一截，他想在经济上帮助老艾奶母子，但老艾奶不接受，说她现在有房子和小铺子，还可以过得下去。刀正良能做的，就是替她修理了一扇朽坏的门，把小铺子的柜台重新摆放了一下，并给正在上小学的那个男孩买了几件学习用具。不过那男孩始终对他带着一种不友好的敌意，很生硬。

他们这段时间的交往后来中止于妻子忆红的出面干涉。

忆红随同调往专署后，在一个直属部门做科员，依然还是那样善于交际，而且很注意走上层关系。刀正良后来也无可奈何地意识到了，自己的提拔与忆红的奔走是有关系的。不过忆红本人在单位的群众中却不那么得人心，几次申请入党都没能在基层支部通过。因为她们的支部书记与刀正良当年同在一支游击队，忆红想让刀正良出面说情，但刀正良一口拒绝了，说这事他不能办，你够不够条件大家看得明白，气得忆红和他大吵了一架。

忆红是听说了刀正良常去光顾那个寡妇老艾奶开的铺子一事之后，不动声色地作了一番调查，甚至还以顾客身份去了一趟铺子，看到那个俊俏成熟的妇人老艾奶后才回来和刀正良摊牌的。刀正良也爽快地承认有这事，并说她是他当赶马小伙计时就认识的，交往很正常，身正不怕影子歪。——他本来想说老艾奶曾经救过他那件事，但想想这事到了忆红嘴里会越描越黑，就没有吭声。

他的坦率激怒了忆红，她直呼着刀正良的名字，说他能有今天的地位，还不是完全靠她，不要忘记她同样也有本事让他倒下去。

"你知道那个是什么女人？寡妇、叛匪家属，弄不好还是特务。你一个革命干部这样同她混在一起，你的阶级觉悟哪里去了？群众影响还要不要注意……"

刀正良知道老艾奶不可能是特务，也不怕忆红要让他倒下去的威胁，但忆红的话有些地方的确打中了要害，让他不得不冷静地思索起和老艾奶交往一事的后果。思索的结果是他慢慢也就减少了前往老街的次数和时间，又后来，久不怀孕的忆红也怀上了孩子，他自然更忙了，想去老街看看也实在顾不上了。

不过，每年逢年过节，他还是不管忆红的白眼，要去看一看老艾奶母子，每年景迈茶山的春茶下来了，他也要搞一点，连同托人带来的螃蟹脚一同送去给老艾奶。当然，去的时候他会选择没有人注意的时候去，尽量不在她那里耽搁，就像当年他在游击队搞秘密工作时一样，随时保持着警惕性。——本来是好端端的正常来往，怎么偏偏成了这个样。刀正良心里很不是味，就像喝了隔夜的冷茶一样，为老艾奶母子，也为他自己感到了一种悲哀。

倒是老艾奶很爽快地安慰他，说是共产党的规矩她也懂，她母子两个好好的就不用挂牵了，免得影响了他。她还希望刀正良以后进步做个大领导，儿子长大才有个依靠。

可是，后来发生的事正好与老艾奶的希望相反，刀正良不仅没有做什么大领导，就连小领导也终于做不成了。

人生确实是有逆境和顺境的时候，有高潮也有低潮。七十岁的刀正良在回顾自己的一生时不得不承认，"文化大革命"第二年的那个春节前夕，他和几个"牛鬼蛇神"被押送到那个小茶场管制劳动的日子，是他一生中一个不能再低的最低点。

那时候运动初期的批斗、游街、踢打的暴力形式已经过去，在茶场劳动的他们实际上境况比成天挨批斗时要好得多。但或许是挨打伤了身体，还是思想上的压力太重，刀正良的精神糟糕到了极点。

因为对他们这批前领导干部的看管逐渐放宽，春节就允许他们可以回家去与家人团聚几天。但刀正良在运动一开始时妻子忆红就宣布了和他划清界限，所以他实际上已经是有家难归。也正是忆红在运动初期揭发了他的许多"反党言行"，才使得他一开始就很不利地变成了运动的重点对象。难咽下这口气的他自然也不想再回这个家，这样，他自愿一个人留在茶场照看着那几间其实并不值钱的房子。

茶场离专署所在地不远，也就是十五六公里的样子，并有公路相通，过去是专署搞的一个生产基地，所以很小，加上周围没有人家，冬日中更显得荒凉。留守的刀正良独自在茶山周围转了转，感到自己的心也如周围的这些山坡一样荒凉、寒冷。这时候，送饲料来茶场的汽车又给他带来了一个他最不想听到的消息，当年那个带他走上革命道路的武工队负责人，在专署

螃蟹脚

又成了他上级的那个老干部昨天自杀了。

这个前武工队干部是个办事干脆脾气也火暴的人,战争年代是个敢带头冲杀的角色。就在造反派批斗要他低头认罪时,他竟然敢说"老子要是现在有枪非要把你们几个当反革命干掉"的话,所以运动初期他吃的苦头最多,但造反派也拿他没办法。可是,两天前他第一次得到机会回家时,看到那些过去的同事见了面都不敢同他打招呼,而且打开家门后,才发现家中空空如也。他的妻子已经向组织申请离婚并提前把家中值点钱的东西都搬走了。——没想到半生投身革命,最后却落得这样一个下场,连想喝口开水也找不到。这个刚烈的汉子实在想不开,就上吊自杀了。

这个消息给了刀正良重重一击,因为几天前正是他劝说这个老领导还是回去看一看,而且他在茶场就与刀正良同住一个大宿舍,此刻他的行李还好好地铺在床上卷都没有卷起来。联想到自己的遭际和妻子带着儿子与自己决裂的事,他心中不由得也涌上一种万念俱灰的感觉。

那天他不想吃饭,浑身不得劲地早早睡下,半夜里感觉是发起了烧。到天亮时他还吃力地起床,给茶场饲养着的那几只小猪喂了几瓢冷猪食,再回到床上后却怎么也起不来了。尽管床头的书桌就有一些退烧、消炎的药片,但刀正良却不想也没力气寻找和服用了。算了,就这样过去也好。在半昏迷状况中他迷迷糊糊地想,眼前却不停地像放电影一样闪过过去岁月的许多片段,一会儿在艾家寨、一会儿又在景迈茶山……

不知过了多少时间,他似乎看见那个在老街开铺子的成熟妇人老艾奶在床前抚摸着他的头,叹惜说是都烧成这个样了。也许,这就是临死前的幻觉吧,刀正良想。可是,他一下子猛然清醒了,没错,一点也没错,那守在他床前的正是老艾奶本人。

就在这次运动之前,全国还搞了一个叫作"四清"的运动,要搞更大的政治运动的风声是很紧的了。从那时起刀正良就基本不上老艾奶那儿,但老艾奶却一直关注着他的消息。后来听得他被揪斗游街的消息,她又不能去也不敢去看望,只有在家里悄悄地为他叹惜。由于受义母斋婆的影响,老艾奶也成了一个每天都要饮几杯茶的人,即使是在外面搞运动闹得乱七八糟的那段时间,她的这个习惯也没改变。

有一天,她把茶壶里的茶冲进小瓷杯,饮用前也像斋婆一样习惯地看看杯中茶沫的形状,但那天那些茶沫聚成的形状使她感到心惊。因为按义母斋婆的指点,那样的"花色"是预示自己的亲人中有人有了大难。在这个世界上除了儿子外老艾奶没有别的亲人了,如果那预言是真的话,那这个将有大难的人只会是刀正良了。

那天夜里,老艾奶总是感到心里发慌睡不好,联想到最近老听说有些被整的干部自杀或者被斗死的消息,她睡不住了,觉得无论背什么罪名也要去看他一眼,否则这辈子她会后悔。天一亮,老艾奶安排好了儿子,就一个人找着问着地朝着那个茶场走来,十五六公里的路她差不多走了五个小时,正好就碰上刀正良一个人半昏迷地躺在床上。

因为开铺子的需要,老艾奶后来识得了一些字,基本上也知道一些药品的名称,看得懂服法。她手脚麻利地烧开水,给刀正良服了药和洗了洗脸。然后喂饱了那些吱哇乱叫的小猪,又在伙房里找到米煮起了饭。还在刚进茶场时她就看好了水井和菜地的位置,煮好饭后就在菜地摘了些那种叫"春不老"的青菜拿到井边洗,顺便还采回一些草药,洗了一只口缸熬了起来。

不知是心理的因素还是药物的作用,昏昏沉沉的刀正良清醒了许多。虽然依旧是四肢无力,但那种像有一只鸡在啄自己的头的疼痛感觉到晚上基本消失了。

天完全黑下来后,老艾奶又煮了一大铁锅草药水,端到床前为刀正良烫脚,当过赶马人的刀正良知道这种足疗,也顺从地坐在床边让老艾奶给他治疗。老艾奶说她的义母斋婆懂的草药更多,她有一个方子是专门治疗像刀正良今天这样的病症的,可惜那些药她都不认识,只知道里边加的有螃蟹脚。烫过脚之后,恢复元气的刀正良才对老艾奶前来照看他的事表示了感谢。老艾奶笑了笑,说这有什么可谢,要谢我先谢你,一九五三年的时候你就帮过我一把。

刀正良怎么回想也想不起一九五三年前后他们见过面。

老艾奶说她刚到这个城里时,生活没有着落,为了不拖累义母斋婆,她替人洗衣、照顾婴儿什么事都干过,连烧的柴也自己上山砍。有一次借到一辆手推车去拉柴,想贪图多拉一点,结果在城边的那个坡半中不上不下地拉不动了。正好公路边的一辆大卡车旁边站着一些带行李背包的干部,有一个年轻的干部看见了她的困境就跑了过来,从后面推着把她送到了坡顶。正当老艾奶回过头要表示感谢时,远处有一个部队首长大声在喊"刀正良",那个帮她推车的干部急忙答应着往卡车边跑去了。

这个名字使老艾奶吃了一惊。而且从他答应的那一声"有"和小跑的背影判断，那人肯定就是"他"。于是她就放下车子，长时间地在坡头站着看他们整理东西，等另外一辆车，然后列队开走。

刀正良想起来了，那是他们一支准备开往佤山的民族工作队在集训。于是急忙责备老艾奶为什么不和他打招呼、见面？老艾奶说她看见刀正良那样精干，很成器，心里也高兴；但看看自己成了那个样子，再见面只会拖累你，所以就不敢上前相认了，还把破草帽压了压，怕被刀正良认出。那时她想过，刀正良应该找一个当干部的，至少没有什么拖累的好女人……

说到女人，刀正良气不打一处来。他说现在他完全明白了，当初忆红嫁给他，是希望从刀正良身上达到自己的目的；后来觉得没价值了，又赶紧把刀正良抛出来，同样也有她自己的目的，这种女人，他算是看透了。

老艾奶叹口气说，这也全怪不了她，做女人本来就难，你以前是人上人，一下子成了人下人，她心里也想不完，何况娃娃还得她领，以后能和好就和好，宽容一些，夫妻总是夫妻。

夜深了，刀正良突然想起还没有安排老艾奶的住处，隔壁倒还有宿舍，但他没有钥匙，就起身说他去伙房铺个床，让老艾奶在这边睡。老艾奶说算了，去伙房受冻病又要加重，她就在对面空床上睡睡，同床睡都还可以各盖被的嘛。然后她打整了一下刀正良对面的空床铺，护理刀正良睡下后她也在对面和衣躺下了。

今天是近一两年来刀正良唯一心头感到了放松和坦然的一

次，虽然与自己年轻时的恋人同居一室，但因为没有什么胡思乱想，所以他睡得很好。天亮后觉得烧已全退，就起床同老艾奶一起喂猪、做早饭。吃过早饭后老艾奶也就告辞回城。——这是他们俩单独相处最长的一次，整整二十四个小时，这二十四个小时中，老艾奶陪他度过了人生的一次艰难危机。就在这次相会之后，刀正良奇怪地发现自己竟然已经可以坦然面对现实，面对那些加在自己身上的不公平，甚至对忆红的所作所为也能抱了一种宽容的态度。

在送老艾奶出茶场路过茶山时，老艾奶看着那些尚未吐芽的茶树，说这茶树也知冷暖，天冷时就那么等着等着，像人一样盼着春天呢，怪不得老人总说人生要三穷三富、几起几落才过得到头。以后她不来了，要刀正良保重。

刀正良说他明白老艾奶的心意，前段时间被斗来斗去斗蒙了，自己也疑心自己真的是坏人，谢谢你这一回来看我，我算是自己又找到了自己，该怎么我会怎么。——因为那条路很少有过路的车或者拖拉机，老艾奶又那么翻山越岭地走着回去了。

慢慢地，就熬到了所谓的运动后期，要对他们这批被打倒的干部做出处理意见。刀正良虽然最后也没什么大问题，算是"人民内部矛盾"，但依然被安排到基层工作。他向那些处理他的人讲了点条件，要求回家乡工作，获准后从专署放到县上，又放到公社，最后安排在一个大队的基层供销社当销售员。地点正好距离那片万亩古茶园不远。忆红则留在城里，但也另换了一个单位，工作没有原来那么轻松了。据说她也向组织提出过要和刀正良离婚，但有一个被结合进"革命委员会"的和刀

螃蟹脚

正良熟悉的老干部知道后大发脾气,说她要离婚可以,先下去基层再说。这样吓得忆红没敢再继续申请。不过刀正良虽然人在基层,那行政十六级的工资还照领,每月也还寄钱给儿子,忆红也就这样不离不聚地两地分居过着日子。

刀正良这边暂时平静了下来,老艾奶那边却又有事了。

随着运动的深入,老艾奶这样的平民百姓也卷了进来,因为有人揭发她是叛乱分子的老婆,为此,她被在街道居民里组织批斗。后来有一个什么通知,说不准让这类人留在城里吃闲饭,就把这些所谓有问题的、阶级成分不好的城镇居民都遣送下乡劳动生产。老艾奶的小铺子于是关了门,同儿子一块被遣送到乡下。不过义母斋婆留给她的房子属于私房,还归她所有,只不过挂上了一把锁。

刀正良知道这个情况,但他对此既无能为力也无可奈何。

一年之后,政策又有了调整,这些遣送下乡的居民又陆续回到了城里。在基层供销社当销售员的刀正良就按照老艾奶铺子的地址,试着寄去了一包放着螃蟹脚的景迈古茶。不过,包裹被退回来了,说是原址查无此人。刀正良不死心,隔了几个月又试着寄了一次。半个月后,他收到了老艾奶给他寄来的一个小包裹,同样也是茶叶。连那个和他混熟了的乡邮员也感到奇怪,问什么人会倒着往茶山寄茶叶,是不是吃错了药?

刀正良没有答话,隔着那小包裹外面的旧布,他已经闻见了那来自艾家寨春茶的清香。

刀正良是在八十年代里重新又调回专署的,不过现在是叫行政公署,简称也改成了行署。而且这个城市也真正地成了一座城市,那些过去马帮走过的老街正在城市的扩建中一点一点地消失,更重要的是这个茶马古道上昔日的重镇也重新认识到了自己的特殊地位,那重振普洱茶雄风的呼声也成了当地人共同的目标。随着那些原来深藏山中的数百年、数千年树龄的野生或者野生到栽培过渡型的大茶树的相继被发现,人们开始意识到,这片飘着茶香的土地,原来就是我们这个星球上茶树起源的地方!怪不得老祖先们在这里修了那么长的古道。

那个"运动"终于结束,历史又回到正常的发展轨道,但刀正良又等待了好几年,才重新恢复了他的干部身份,在县里担任某个部门领导。他的家庭也跟着恢复了正常。也许是因为老艾奶要他宽容妻子的希望,还是这些年的磨炼改变了他的性格,刀正良对妻子非但没有什么责难,反而还难得地幽默起来。"欢迎归队。"他说。倒是忆红却板了个脸,很正式地对他说:"老刀,那运动是咱们没有经历过的东西,以后你也不用老是揪着我的不是,账都记在'四人帮'那儿好了。"

老艾奶当年遣送下乡的地方恰好离艾家寨不远,乡里乡亲的并没有吃多少苦,只可惜把儿子耽误了,上不了学也分不到好工作。回城以后老艾奶依然开她的铺子。后来因为大家都在谈打造茶乡品牌营造茶城气氛的话题,她就把铺子改成了茶叶店,替诸如艾家寨的村办茶厂这样的小茶厂代销产品。她的小店与众不同的是店里永远有现成的开水和杯、壶。顾客可以先品一番茶再决定买不买,高兴时老艾奶也会给客人亮上几招茶艺功夫。所以虽然是零售代销,但生意一直不错。后来有几家大茶厂也慕名将产品送来代销,有人还提议用"老艾奶"的名号办个大茶庄，但老艾奶没有答应，说这样就够好的了，别贪多嚼不烂。

这样，又是在时隔十多年以后，刀正良终于又和老艾奶在小茶店后面小院子的石茶几边对坐了下来。——这之前刀正良来行署开会时也匆匆和老艾奶见过几次面，但因为太忙只是说几句话互相问候一声就走了。老艾奶拿出了那套差一点被红卫兵们抄去砸烂的茶具，又细心地为刀正良表演了一套她自己琢磨出来的适合冲泡普洱所产绿茶的茶艺。在举杯品茗时，老艾奶告诉刀正良，这套茶具现在不太敢拿出来了，有一次有个懂行的人看过，说是古瓷，光这些盖碗、闻杯就要比她家房子什么的值钱得多，所以她也就很小心地收藏了起来。

两人谈着谈着也自然谈到了景迈茶山那寄生着螃蟹脚的万亩古茶林。刀正良告诉老艾奶，他在县里主持工作时曾经邀请专家去考察论证过，专家们都很惊叹，说这是祖宗留给的宝物啊，没有第二片了。老艾奶说她这辈子还真想亲自去看一看那长在树上的螃蟹脚。刀正良说现在那儿正在修旅游线路，路一通随时都可以去的……

话没说完老艾奶的儿子黑着脸从外面回来，这个好几年前就做了父亲的汉子看见母亲与刀正良坐在那儿品茶，心里一下子就火了。因为在"文革"中老艾奶与刀正良的关系是被人泼过许多污水的，这些污水同样也泼到了儿子身上。老艾奶的儿子对母亲特别孝顺，但因为刀正良的出现给他母子带来了那么多的麻烦，连累他后来上不了大学也没有找到个好工作，加上今日又在外面受了点气，所以指着刀正良就骂了起来："你做你的官就做你的官，和我妈有什么相干，以后你少进我家的门，不然我说不客气就不客气。"说完又怒气冲冲地往外走了。那气冲冲的样子，还真有几分像当年那个闯江湖的五哥。

小院子里气氛一下子就改变了，刀正良和老艾奶就这样静静地对坐着，谁也不说话。最后，两人同时抬起头看看对方，不约而同地都发现对方已经老了……

老艾奶轻轻地解释，说儿子是很乖的，今天是哪儿气不顺，过一会儿就没事了。她从刀正良带来的茶叶中拿出一枝螃蟹脚，在手中转动着说："其实我们两个都是茶树上的螃蟹脚，和茶叶结了缘，但我们两个的命怕是前生注定的，这辈子在不拢，那就等着下一世，也就用不着让孩子们不愉快了。"刀正良默默地点点头，拿起茶杯又品了一口茶，他觉得，今天的这茶叶是从来没有过的苦涩。

一年过去了。

又一年过去了。

刀正良渐渐地也感觉到自己是老了，根据组织安排，他先是退居二线，最后又完全地退休。退休前他在本市的茶苑小区买了一套房子，和老艾奶那个小茶叶店相距不远，路过时他也还会进去坐一坐，每年里那些家乡亲戚或者老部下送了那种带螃蟹脚的景迈古茶或者其他什么土产，他也会转送给老艾奶一点。

忆红是在刀正良之前好几年就提前退休的，前几年有通知说她父母的一些当年被没收的财产，按政策又发还了她家。这样，这个当年坚决地同父母划清界限的女儿又返回老家去继承财产去了，因为她的根在那儿，去了就不想回来了。儿子也喜欢内地城市的现代生活，跟着忆红留在了那里。刀正良则说自己是一棵老茶树，到北方去活不了，这样又开始了夫妻间的第二轮分居，不过忆红自己也发现连她都已经适应不了北方的寒冷了，因此像候鸟一样天一凉就又回到这个飘满茶香的南疆边城。

不久前，根据城市建设规划，老艾奶的小茶叶店一带也要拆迁了。原来的老住户可以选择集资建房等多种安排方式。刀正良问起老艾奶打算怎么办，老艾奶说让儿子去做主，小孙子眼看成大人了，他们自己看着办吧。她自己怕是看不见新房了。刀正良笑着说人家当年的那个斋婆都活了八十多，现在你条件比她好，非活过九十不可。老艾奶说她的义母是真正的心静如水，她哪学得来呢。

没想到这回她又预言成真了。

时钟已经指向了上午十点，七十多岁的刀正良收回迷茫的眼光，从回忆中回到了现实，熟知本地风俗的他知道，在那边，该是给老人入殓的时间了，他是否应该过去一下？

他很想去和老艾奶告别一声，但想到她儿子那不友好的眼神，又担心自己这么个七十多岁的老人会当众受到羞辱，反而还连累了死者不好。正在进退两难的时候，他听到了有人敲门，开门一看，来人正是老艾奶的儿子。这个壮年汉子戴着黑纱，一脸悲戚地给刀正良鞠了个躬，向刀叔报告了母亲的去世，也转达了母亲的遗言，说母亲在最后时刻交代，要他亲自去请刀叔，来送一送她……

刀正良再也忍不住了，终于大放悲声，发自心底地痛哭了起来，久久无法停止……

车马炮

在中国,即使是没上过学的人,也极少会把这三个字读错。不过,我在这儿说的只是一个爱象棋的人,确切说是他的外号。有人说:这三个字倒象征了他的半生经历呢。先是车,横冲直撞不拐弯,后来聪明了些,于是就"马踏斜日",最后终于起飞、升华、越过障碍"炮打隔山"。但这炮一直打下去会如何?笔者也难以断言,遂将他的故事细细演成这篇文字,请读者从旁"支个招",协助我来做出判断吧。

上 篇

如果要像原始人的图腾崇拜那样,给牙山煤矿选择一种崇拜对象的话(规定不限于动物),那么,大部分矿工都会毫不犹豫地把象棋当作他们的圣物。

建矿时间不长的牙山煤矿,弈棋之风大盛,细细考来,却大有原委。首先,那个率先带了一班子人来这里破土建矿的老矿长,后来作为"走资派"被打倒了的钟家,就是一个典型的老棋迷,在铁道部队未下地方前还得过什么赛的冠军呢。而他手下那班人至少一半是"好棋之徒"。再后来呢,军队代表、文革小组长、革委主任直到党委书记,都是些下得一手好棋的人。这些人掌权之后,自然会着手提拔那些他们比较了解情况的棋友,于是,工区长等中层领导便也多是下得一手好棋的人。这似乎是一种不正之风,但举贤尚且不避亲,况只是棋友乎。不过说牙山矿的不少重大决策都是在棋盘上敲定的,那倒言过其实了。

另外,由于牙山煤矿建矿时间不长,所以无论是组织篮球队还是职工业余演出,都无法和那些历史悠久的厂矿相较量,只有象棋,却还是拿过名次的,这也大大促进了象棋活动的开展。但说来说去,最根本的原因,就是可供娱乐的东西太少太少了。

看看,千把矿工,而且多是年轻人,就挤在方圆一两公里的山沟里,四周都是大山,没有什么集镇,进县城得搭上拉煤的卡车在简易公路上颠簸一天。但就是县城里,近来也没有什么可玩的了。戏,没有,电影,没有,那识字的却又买不到书看。于是矿工里手脚不干净的常溜到附近村寨,偷鸡摸狗,或勾引那些没见过世面的乡下姑娘。之后,人保组便接待了些告状的愤怒失主,以及由家里长者带来的,挺着大肚皮哭哭啼啼的姑娘,甚至公安局的小车一年里也进出了好几回,但此风却不见衰微。那些不甘心堕入此道的矿工,便只有下棋,况且象棋毕竟离政治远了一层,少了些忌讳。就算有些残局,那棋谱已明明载着红先胜的,你臭棋走不下来,让黑子赢了,也总不会上纲说是阶级敌人翻天了吧?

于是乎,敲棋之声便在牙山煤矿蒸蒸日上了。也不管是太阳下、电灯下,还是操场旁、大树脚,只要见那一团一簇的人,便是下棋的了。有咒骂的、哄笑的,从旁支招或者动手抢夺棋子的,就是不会下棋的人,看了也挺逗乐。那雅一点的,便只在宿舍里,泡上大缸子茶慢慢喝着走棋。更有那成了家的,因为恋棋,忘掉了做父亲、做丈夫的责任,非要等怒冲冲的妻子走来将棋盘一掀,红兵黑卒遍地惊逃才肯归家。

牙山煤矿下棋,虽说没有什么类似围棋的段位制,或者矿内大师、矿内特级大师的称号正式颁布过,但大都是强的找强的下,弱的和弱的走,只有那么几个人是专找比自己强的人挑战,且不服输,"车马炮"就是一个。

说到车马炮,还得先提提老矿长钟家。钟家当年是共和国一位赫赫有名的将军的警卫员,这将军和陈毅、董必武都下过棋,抗日战争时,延安举行象棋比赛,这将军曾连克数将(这可是真正的将),后来在末一轮中,却给董老杀得一塌糊涂。那次比赛是董老得了冠军,还有周总理的诗为证:"陕边难越三重险,董老确高一着棋。"将军好棋,有时也和警卫员们让车让马对对弈,久之,钟家的棋也就下得可观了。——钟家下棋和指挥生产都有一手,甚至边下边指挥。说有那么一次,他正和人下着棋,那局势于他大不利,这时,值班员报告说三号井瓦斯监测异常,钟家眼不离棋盘,手里摸着一颗马喃喃说:"情况复杂呀复杂。"然后毅然啪地把马往前一跳说:"记录,关7号风门,开动山顶通风眼的抽风机,5号、2号风门打开,把车退回来,退二,不,退四。小平巷里的风扇启动,十五分钟后如果情况还不好,就把人撤出并通知我,小周这班人,死套一号井的老经验,我早说过不行,将军!"

这样,等值班员报告井下恢复正常,他这盘棋也已经化险为夷,高奏凯歌了。当然,这段逸事或者是被人传走了样儿,不料后来却成了"走资派"不顾工人死活的罪行之一,被在会上一斗再斗,弄得牙山煤矿有一段时间棋运衰微,万马齐喑。

又说这车马炮,本姓姬,叫姬春葆。男子汉大丈夫有这么个带姑娘旁的姓,虽不般配,却是祖传的怪不得他,春葆家世代是种田的农民,他本人只读过小学六年级。本来是可以升初中的,但因家中遭了水灾,虽说政府救济,家境却艰难了,春葆便回家务农。十五岁时,煤矿到那儿招工,那时区刚好改为公社,公社上就说照顾一下他家,让孩子去挣几个现钱,于是就将他的年龄报大了一岁,来到了煤矿。

当时,钟家已是靠了边,手中无权了,但见新工人来,仍然走去看看工棚漏不漏雨,谈谈煤矿的生产、生活情况,他说话在矿里却也还管用的。看见了春葆那简单行李中有一副塑料象棋,不觉棋兴大发,便拉了春葆"走两盘"试试。下到残局时,是春葆的车马炮对钟家的双车。这时,钟家觉出这小青工有几分猛劲,便问起春葆名姓,听后嘿嘿乐了:"姓车(ji)?我看干脆叫车马炮算了,这名字都是大子,猛着呢。"车马炮这名字就如此叫开了,时间一长,本名反而很少有人知道了。

车马炮读小学时,就是个爱下棋的,到煤矿,除了上班、吃饭、政治学习之外没什么可做,愈发泡在棋里了。他下棋很有股猛劲和缠劲,哪怕大势已去,仍要向对方猛攻。一旦胜了,便也乐不可支,嘴上少不了得意几句,气得对方马上又摆上棋,把他的子杀个一干二净,才算罢休。不过,车马炮这小子也有股灵劲,在这招棋上吃了亏,再碰到类似情况就从不上当了,慢慢地他的棋也就越走越好。但是,车马炮正式被牙山煤矿承认为本矿一流棋手,却还得归功于一个卖带鱼的外乡人呢。

那日,某地商业局有个人拉了一车咸带鱼来煤矿推销,这人满身江湖气,口齿伶俐,很快就和矿工们交上了朋友。在缺乏新鲜蔬菜的牙山矿,这带鱼不多时就已售完,只剩下不到十公斤质次个头小的了。这人看看钱已赚够了,便开玩笑地和这些矿工打起了赌,说下象棋,若他输了,便送对方一公斤带鱼,要是对方输了,就掏钱自买一公斤带鱼,助助他的生意。于是,擂台摆下了,引起了那些矿工的极大兴趣,几个棋迷闻讯前来决斗,不料竟一一败北。只好掏钱买上一公斤带鱼回家,砍去头尾,用淘米水洗干净晾起。

这里面的原因其实也很简单,前面说过,牙山煤矿的象棋好手多在矿和工区两级领导中,出于公务的原因,他们自是不便参加这种打赌赛。几个较有功力的老师傅,自不想参加这些毛头们的争斗。而那几个棋迷,平时下棋就有乱摸棋子,吃了又抢回来的悔棋毛病,故一上阵就不免要吃败仗。这时,车马炮正好一身煤灰地从矿山回来,见状,就硬把一个已经上了座的矿工推开,也不管口袋中是否有买一公斤带鱼的钱,只顾坐下,就势架上中炮,盘马当头轰开了。

要说那人的棋,原是下得好的,但已连胜几人,又见车马炮布局无甚奇处，不免轻敌。弈到中局时，设了一个偷吃车的暗招，见车马炮不识，也就不多考虑，弃炮打边象将军白吃了一车。不料他吃了这车后，竟将自己兵力重叠到了一侧，一时施展不开，犯了"得子失先却是输"的大忌。车马炮失子之后，却因祸得福，见有机可乘，争渡一兵过河，挡住了对方车路，然后用剩余一车配合他子猛攻，迫使对方连连失子，最后车马炮反而以多子取胜。于是，也不谦让，在众人的笑声和七嘴八舌的评论声中，洋洋自得地提着用废导火索拴起的一公斤带鱼，连人连鱼钻进那热气腾腾的浴室里去了。

关于这局棋的得失，牙山矿的棋迷曾复盘评论，都说车马炮是碰运气才赢了这局棋的，算不上好棋。如果对方慢一步吃车，那车马炮便输定了。但从此以后，车马炮在牙山煤矿的棋威却大大提高了。

车马炮就这么得意扬扬地过了几年。

后来，军代表走了，领导也换了几位，不过煤矿的生活依然是原样。每天上班推那沉重的矿车，抱着煤电钻打眼，虽累得要死，但下班洗掉满身煤灰后，便又精神百倍了。只是缺少娱乐的地方，依旧只有下象棋，却又花样翻新，赌烟抽，赌喝酒，赌钻床底桌下，名堂层出不穷。

一日，正是轮休天。车马炮坐在球场边的草坪上，边晒太阳边下棋，输的人是要喝一碗凉水的。那盘棋倒也杀得激烈，临了，双方的士、象都已英勇捐躯，但执黑子的车马炮只要再走一步就胜了，而红方的子却满散棋盘，看不出杀势。于是，车马炮就得意扬扬地哼着曲子，逼对方快喝了那碗凉水，对方似乎觉得大冬天喝碗凉水的滋味实在不舒服，但又想不出解围方法，不免冥思苦索。这时，却听得身后有人说道："这棋是红方胜定了。"

车马炮闻声一惊，回头见说话的是一个面目清瘦的中年人，却不认得，旁边有一个穿白衬衣的年轻人是本矿测绘技术员，姓邢。那中年人向下棋的双方略一点头，便建议红方进马将军，红方便依了他的招数一一走去。果然，车马炮的那些大子一个个泥塑木雕一般使不上劲，眼睁睁地看着自己的老将被人将死了。车马炮大为惊奇，便又把那残局摆起，换了招再走，结果还是输。心中就想道：这残局是他算透了的，看这人不简单，但不知从头下来又如何？那中年人像猜透了他的心思，微微一笑，自我介绍说："我姓屠，是你们邢技术员的舅舅，也喜欢走几步棋，我看你这小兄弟攻杀很有气魄，我们走一盘试试，如何？"

邢技术员在旁边笑着说："我舅舅的棋可是有名的，小心别被杀惨了，他是能不看棋盘下盲棋的。"

盲棋？车马炮只听说过，但不知如何走法，便执意要领教一下盲棋。屠先生便背对棋盘在草坪上坐下，要车马炮先走。车马炮便把棋子往当中一放说："当头炮。"屠先生便问："这当头炮有二平五，八平五两种走法，你走的是哪一路炮？""什么叫五，什么叫八？"见车马炮原来连这都不懂，旁观的邢技术员就指着棋盘讲解，这纵的九条线，从右边往左数，到哪条线就说是哪路子，往前走子叫进，往后走叫退，左右走叫平。像刚才那个中炮,就叫炮二平五。车马炮说:"原来是这样,那就走炮二平五吧。"邢技术员笑笑说:"干脆点,你只顾走子好了,我来报棋路。"

当下两人就炮二平五,炮八平五地战开了。这个棋局是称为"顺手炮"的,原是个对攻激烈的斗炮局,一招失误,便会全盘皆输。走了二十几回合后,车马炮便只剩下招架的份,束手待擒了。心里自然大为佩服,却跳起来扯住屠先生,说定要他当师傅教自己下棋。

这屠先生,五十年代时曾代表省里参加过几届全国的象棋比赛,他的棋路是以车炮快攻而著名的。在一次大赛中,他曾以十五步棋即战胜对手而使得整个棋坛为之注目。当然,他没有像杨官璘、胡荣华那样登上过全国冠军的宝座,但那棋艺却仍然不是牙山煤矿的业余棋手们能比拟的。尤其后来,屠先生退而从事象棋理论,在炮卒残局研究方面颇有著述,也使他自己的棋艺更臻于完美。——但万料不到的是,正当他有为之年,全国象棋赛停止了,各种比赛也没有了,他本人也去了"五七干校",失掉了研究象棋的权利。幸而,人的大脑是无法禁止其思维的,每当劳作归来,或长时间听政治学习报告时,他便在头脑中下开了棋,或者回忆着以前读过的古棋谱,将其细细演化,倒也自得其乐,而且还发现了自己过去一些著述中的谬误或不足。

林彪摔死之后,屠先生回到省城,却是满目萧条。群众性的象棋活动无人组织了,研究象棋的刊物不出了,代之而起的是街头巷尾每局两毛或五毛赌胜负的象棋摊子……屠先生以前曾和人合作,研究过国际象棋的中国起源说,准备了不少资料,回城后才知老搭档作了古,资料也下落不明。不由喟然长叹中华棋运之衰微。在省城闲居,心下闷得很,便四处走走,来到了牙山煤矿的外甥这里。因见车马炮下棋酷似自己当年风格,便一时兴起,和他交起手来。

当下,屠先生见车马炮一迭声地叫他老师傅,倒也觉得这小伙子蛮淳朴的。细细一问,知道他从未读过棋谱和接触过象棋理论。就又在草坪上坐下,把刚才那局棋重新复盘,指出车马炮的失误之处和正确的应招。顺便又给他介绍了几种常见的实用残局着法,如车底兵胜单车,炮双相和单车,帅双士如何对单马等。这些残局,有些车马炮已经自己琢磨出来了,有的却还不知,听屠先生这一讲,才知道自己过去把那能胜的算了和局,能和的认了输,不禁连敲脑瓜说开了窍。

车马炮毕竟是读过几年书的,知道屠先生这样的名师不易碰到,当天夜里,又邀了几个棋迷,买了香烟和唯一有卖的那种硬质水果糖,来找屠先生。那邢技术员的宿舍挂着画,摆着书,收拾得比矿山那些大姑娘的住房还要整洁。车马炮一行人进来,便觉得拘束,不知要如何开口,如何坐下,屠先生已知他们来意,哈哈大笑着叫他们随便坐下,抽着烟,倒了茶,就谈起了象棋。屠先生过去也下过厂矿辅导过业余象棋爱好者,故讲起棋来通俗易懂,娓娓动听。

古时候,有一个叫岑顺的人,夜晚投宿,住在一空房中。半夜里,梦见房内四面响起了战鼓和号角,接着,东面墙壁下和西面墙壁各开出一支军队,排列好阵容后,就擂响战鼓厮杀

螃蟹脚

起来，最后，有一支军队被杀得大败崩溃，只剩得主将单马逃奔……岑顺醒来，觉得很奇怪，便叫人发掘室内，却发现下面是个古墓，并发掘出了一副铜质的做成各种形状的象棋。这才醒悟到昨晚上梦见作战的事，原来只是在下棋哪。这便是唐朝丞相牛僧孺在《玄怪录》中记载的一个故事。

屠先生讲完这个故事，便又说道："其实，在这之前，远在宋玉的《招魂》诗中，就有了'蓖蔽象棋，有六薄些'的记载。南北朝有个皇帝叫周武帝的，还亲自编了一本下棋的书叫《象经》，可惜没有传下来。唐朝人称象棋为'宝应象棋'，已有了将、马、车、卒，走棋的方法就和今天差不多了。到了宋朝，发明了火药大炮，宋人一看这炮用在作战中很厉害，便在象棋中加了炮，先是一门，后来又加一门，象棋就完全和今天一样了。"

一个棋迷听得有趣，便问道："那今天打仗原子弹很厉害，好不好在象棋中加个原子弹？"众人哄然大笑。屠先生说，象棋从南宋以后，就基本没有变动，但也不一定。就说清朝的满族封建贵族为了消灭汉民族意识，夸耀自己的威风，曾把象棋改为"满汉棋"，一边和象棋一样，有十六个子，叫"汉棋"，一边只有十一个子，叫"满棋"。满棋虽然子少，但其中有一个子能兼车马炮用，往往把汉棋杀得大败。显然是意在宣传满族的勇猛无敌、汉族的软弱无能。这种棋自然不受人欢迎，连清朝宫廷中也不用它。

车马炮又问："那象棋中象的作用远不及车马炮厉害，为什么偏叫象棋，不叫车棋，或者炮棋呢？"屠先生微微一笑，说那象棋的象，本不是大耳朵长鼻子的象，而是古书《周易》中那个"象征"的意思,象棋古时候叫"象戏",也就是"象征战斗的游戏"。到后来,大概是在民间广泛流传之后,想这棋既叫象棋,又有战马,也就当然地加上了战象。就因为这一点,有些外国学者就说象棋是从印度或者希腊传进来的,理由是中国古代不出象。其实,不仅中国古时候有象,而且这些学者连象棋这名称的含义都还没有弄清楚呢。

屠先生越谈兴致越高。他谈起了新中国成立前,武汉棋王吴淞亭艺冠一时,却终于冻死街头的结局,令人嗟叹;又谈到一九五六年第一次全国象棋比赛的盛况,令人振奋。时而说起有八十多年棋龄的棋界老黄忠谢侠逊,时而又提起一九六〇年夺得全国冠军的十五岁神童胡荣华,还间夹着一些古今的棋坛逸事,不仅是车马炮,连那邢技术员也都听迷了。

最后,屠先生总结说:"这棋,虽只是游戏,却是最重品德的。工作之余,对坐谈兵,于心、于身都有益。那种胜则以势压人,败则摔棋发怒,其实是最不足取的,古人甚至把下棋和立身处世,治家治国等同起来看呢。至于用象棋赌博钱财,则更是走入邪道了,眼下这世风……"说到这里,邢技术员就提醒说:"舅舅,这世风就不说了吧。"屠先生不觉默然。车马炮等人看时间不早,也便告辞回宿舍。

以后几日,屠先生待车马炮他们下班后,便走在一起,由屠先生指导他们下棋。屠先生看他爱用炮,棋风属刚勇力战的进攻型,就将当头炮、五六炮、顺手炮、过官炮等布局的优劣和变化,一一在棋盘上做了示范。且又将炮卒破士象全的诸法也教给了他。最后,又从外甥书架上借给了车马炮一套《中国象棋谱》，指着那封面上杨官璘的名字说："这人就是五六年全国大赛的冠军，我是认得的。说起来他也是没有经过什么正式的专业培训，新中国成立前也一度流落到香港摆棋摊，那棋艺全靠自己苦心钻研。这个人是多才多艺的，还有其他几位国手，都不单棋下得好，却还能广采各门学问来提高棋艺，想来那孤陋寡闻之人，要把棋下好也难。"

车马炮的生活，原是很单调的，虽说可以下下棋，但毕竟有限。屠先生这几日所谈，宛若在他的生活中打开了一扇大门，但见里头财宝万般，那闪闪的霞光直照得人双眼发花。小小象棋，竟有如此高深的学问，包含如此复杂的道理，是他先前所未曾料到的，大有"沧沧海未深"的感觉。又才觉得做人一世，除了上下班以外，还是有很多事值得去做、去奔、去探索的。对屠先生愈加感到敬佩。

这天，车马炮请了假，约上另外一个棋友，翻过牙山梁子，到那山寨里向农民买了两只鸡，回来借个大铝锅煮了，又把每月一斤按人头供应井下矿工的苞谷酒提前打了两个月的回来，准备请屠先生吃顿饭。不想走到矿部时，恰遇邢技术员从沐浴室出来，见了他就说，他舅舅中午接到省里电话，催他回去，便搭矿里去拉洋芋的车子走了，叫我和你们说一声，以后去省城玩。车马炮闻言，不觉呆了，忘记了也请邢技术员去吃饭，只怔怔地望着那条盘旋于群山之间的黄土公路，若有所失，半天才慢慢地走回了宿舍。

那大演大唱革命样板戏的热潮，终于也传到了牙山煤矿。矿里组织了一支近五十人的业余（实际是专业）文艺宣传队，置办了服装道具，买了乐器，赶排了全本《沙家浜》，虽说那戏唱得和歌没什么分别，翻跟头开打和那小孩闹着玩差不了多少，但光听那"仓才七台仓"的锣鼓声，就给这偏僻山沟增添了几分热闹。

　　与此同时是地区频频举办了几次篮球比赛。据说那戏唱得好，球打得好的单位，在地革委领导眼中却是不同的，于是，牙山矿的革委会副主任便亲自上阵，陪着篮球队和宣传队苦练，决心要在会演和比赛中亮一手给领导看。就在一切准备就绪，队伍即将开赴地区前两天，突然又接到通知说，这次比赛要增加象棋比赛项目，县团级厂矿可派一至两名选手参加。随着这通知还传来一则内部消息，说省革委的一个首长来到地区，他原是爱下棋的，就说了一句话，叫搞象棋赛，地区就根据这个指示临时增加了象棋比赛。牙山矿只好临时召集革委成员开会，最后决定让掘进二连的连长和车马炮前去参加比赛。

　　车马炮其时已细细看完了那一套《中国象棋谱》，收益不小。他本是个性极灵的，也爱琢磨，经屠先生一点拨，再看了些棋谱，棋艺也就猛长了一截，已非当初那个"草莽英雄"所能比拟。也不知他是怎样和工会老主席汤仁拉上了关系，竟从封存了的图书室中找出了一堆有关象棋的旧杂志、书籍，如获至宝般抱回宿舍，又看又抄，或者摆上了棋自个儿走。矿工们都说他"神了"，这"神了"既有中了邪的意思，又含有夸奖之意，有贬有褒，甚是得当。

　　更使他高兴的是，无意中却获得了一本手抄的古棋谱，叫《自出洞来无敌手》的，盖着早已调走的老矿长钟家的私章。车

螃蟹脚

马炮已从那些杂志上知道，这谱为一个叫"纯阳道人"的道士所创，侧重用炮，其中有很多局均是杀局锋利，行子超脱。打开来认真一看，果然不凡，大合口味，于是将那书前的四则凡例抄录贴在床头，日日揣摩：

一、着棋三快：眼快心快手快。

二、着棋三审：审对方之布局，审对方之得先失先，审对方之得势失势。

三、着棋三好：好棋身好局势好思想。

四、着棋三胜：气胜智胜势胜。

尽管已有专家撰文说这谱粗糙，车马炮却已能从其具体着法中超脱，隐隐体会到那谱的气势所在。只是觉得自己老在牙山矿几个棋友中下棋，那棋艺实难提高，光看棋谱无实战经验，下的只是"书房棋"，也想和外面的棋手对弈试试，听得通知，自然十分愿意。不过他历来都将一部分工资寄回了家，手里缺钱用，老工会主席汤仁说可以先向公家支借，回来报销，这才放下心来。忙收拾了几件衣服，借了个桶袋背着，和那一路歌声不断的宣传队员挤在一辆大卡车上，向地区开去，倒也不寂寞。

次日早上是大会开幕，放了鞭炮，敲了锣鼓，然后就开赛开演了。但象棋却因多年未比赛了，又专门安排了一个下午学习竞赛规则和讲解比赛方法。那规则自然是"文革"以前的，连那大象棋挂盘也和一九二五年谢侠逊先生首次制作的无两样，只是在界河中写上了"友谊第一、比赛第二"的字样。又到了第二日方才开始比赛。

在第一轮比赛中，车马炮首战失利。原因是不习惯这种正式比赛的气氛，又要按棋钟，又要做对局记录，不免分心，以致连连失误。同来的那个连长情况更不妙，不过，这次参加比赛的很多人都若此，也不足为怪了。休息时，大家彼此谈起，车马炮才知道有好几位在本地较有名气的棋手，因为种种问题，所在单位不同意来参加比赛，不由感到很惋惜。

　　车马炮很快就适应了赛场气氛，后几盘棋便是胜多负少了。在第二轮的最后一盘棋时，对手是一个戴着眼镜、文文静静的上海知青，据说是家传的好棋。和车马炮一样，都是大刀阔斧的进攻型选手。一交手就杀得难解难分，却又势均力敌，谁也难占上风，这时，其他各台都已鸣金收兵，只剩他俩还在艰苦地鏖战。突然，裁判按下了棋钟，车马炮莫名其妙地抬头，见走来一人宣布说因为首长要接见大家，今天下午提前开饭，比赛暂停。裁判只好将这盘棋封棋。因没有专用封袋，便找了个信封，将两人的记录纸封起，封袋上记了封局时的局面、双方姓名、用时和已走着数。赶到招待所匆匆扒完了饭，又急忙整队来到地革委小礼堂。

　　谁想到了小礼堂等半天，那首长却不见露面，人们便显得不安静了，啧有烦言。只有车马炮独自怔怔地想他的棋路，猛听得人们鼓起掌来，才知道是来了。不想那首长竟是个年轻的，比自己大不了多少。他和那些坐在前排的演员握了手，又自己也鼓掌走到台上，之后便讲话。说是文艺和体育搞得好不好，可以看出一个单位、一个部门的政治状态来，要大家沿着毛主席的革命文艺路线和体育路线前进。于是又鼓掌，车马炮便听得有人说，这首长将来是要当省上的一把手的，他和中央的几个年轻首长关系很好。最后，有人便宣布说是要放电影，内部看的。但还没等首长落座，小礼堂内就拥进不少地革委机关的家属和小孩，大大咧咧地往前边空位上挤。车马炮受不了那吵劲，便闪身出来。回到招待所，从桶袋里拿出象棋，摆出白天那棋局，反复思索，觉得难以取胜，但兑了子后，却容易谋和，这样一想，心下也就安定了。

  第二天重新开赛，不想那放在体委办公室里的封棋袋却怎么也找不见了。于是找来了裁判长，说是根据规则，如果封棋局面和用时等仍可由双方达成一致意见而复原时，可以继续比赛。昨天那裁判便回想了一下，摆出棋局。车马炮看时，见别的子都摆对了，只有对方的原缩在边位的一个红兵，往前拱了一步，升到了河口，这样一来，那局势可就大不同了。正待开口，只见那上海知青已伸手将红兵退回原位置，并说如果这兵已升到河口的话，这棋他能胜了。两人又看了棋盘，证明无误后，又回忆着报出了用时和已走着数。便又开动棋钟，继续比赛。这盘棋后来因为双方咬得太紧，都难成杀势，最后都弄得来回走仕象，裁判判为和局而告终。车马炮因积分多一分而进入了前八名。不过，这以后车马炮却在挂大棋盘决赛阶段连连碰上硬对手，虽奋力苦战，最后名列第三，而且积分和第四名一样多，只是那人直接输给了车马炮一局，才屈居第四的。

  象棋赛结束后，那打球的却因为老天下雨，还未赛完。棋手们便等着闭幕、总结和颁奖。平日除了逛逛街外，便也在招待所里摆开阵势下棋。车马炮也下的，但多是旁观，听众人议论，用心琢磨。一日，不想那位省革委的首长突然走来招待所看望象棋选手。谈笑之余，便要和本届的冠军、亚军和季军比赛比赛，于是就在小会议室里摆开了战场，两局下来，那冠亚军都输了。轮到车马炮上时，那首长请他先走，车马炮觉得架当头炮恐不大礼貌，便先走了马，落后一步补炮。双方恰好走成了五六炮对屏风马的局面。

布局完毕后，那首长棋也不凡，加强固守，消去了车马炮的攻势，双方都陷入胶着状态。弈到二十回左右，那首长急于速胜，竟将车马深入对方营垒。此是屏风马布局的大忌，车马炮看准时机，切断对方子力的联络。这样，中局兑子后，势已大盛。这时，他觉出有人正轻轻拉他的衣角，回头看，却是不知何时进来的牙山矿此次带队的革委会副主任。车马炮心中一动，想莫不是叫我输给他，但转念一想，这是公平竞赛，为什么要故意输棋？也就不予理睬，只集中精力下棋，倒是那冠亚军干脆走到了首长后面支起招来。车马炮见状反而更来了精神，一着不让，一招不软，瞅准了机会，又一次弃子入局胜定。不过那首长倒也大方，将棋一推，哈哈大笑着责怪两位参谋不够得力，恐怕是奸细，众人也都笑了。

回到宿舍，领队的副主任却也不说什么。这次牙山矿的球队和宣传队均未得好评，只是这象棋还赚了个第三名，也是难得了。第二日，便是开大会闭幕，发奖。只是那奖品是奖给单位的，不发个人。这和那样板戏上只写"集体创作"是同一个道理。

螃蟹脚

这回是老工会主席汤仁找到车马炮门上来了。

汤仁,外号"汤圆"——胖子,面团般好性子,干工作任劳任怨,却又缺乏魄力,几次提拔都没有提拔成。后转业来煤矿,干工会工作,却也是适逢其才。找人谈话,做思想工作,抱怨他骂他也不恼;职工生活有困难,便频频登门看望,帮着出主意,光听那几句热心话也叫人心宽。所以后来无论哪派揪斗走资派,都要拉他去陪斗,但无论哪派掌权,也都要先把他解放出来工作。

后来,工会没有了,他也就说不上是什么职务,只是管管后勤,到伙食团帮帮忙,但仍然和先前一样,爱走家串户,聊聊天,了解了解情况。只是他老跟不上当前转来转去的政治形势,不免说些过头话。革委会里对他的评价是"埋头拉车不看线"。不过,大家都很尊敬他,称他为老主席。

这汤仁又好做月老。说来这矿工找个对象也确实困难,有粮食户口的,不愿嫁进这山沟吃苦;找个农村的,便只能当"非洲朋友",做那没户口的黑人,景况也可怜。这事关系国家政策,做领导的也无计可施,只希望本矿为数不多的女职工不要嫁出去,有时还有意刁难一下那些已经在外找了对象的女职工。这虽不近情理,却也是无奈之举了。——倒是那汤仁,在心中把本矿的男女职工一一挂了号,有那还般配的,使出马说合,晓之以理,动之以情,有时虽不免"乱点鸳鸯谱",但倒也撮合成了好几对夫妻。

汤仁虽是个棉花性子,看人却是准的。见这两年来,车马炮说话和行事,都比先前大有不同,心中自然喜欢,就也想替他结上门亲事。那次象棋赛,原是不同意车马炮去的,说地区发来那个文件首先就说运动员条件要突出政治,车马炮难说够格,还是汤仁说了话,才同意他去参加比赛。汤仁眼下看好了一个姑娘,是机修队尹师傅的小女儿国英。国英人俊,还上过几年"戴帽"初中班,现在在矿山做绞车司工。汤仁自小看着她长大,本来煤矿的姑娘大多生性爽直,说起粗话不让男人,若要认真探究起来,有几个还有那么点"劣迹"。唯独这国英,嘴上不言不语,心里却极有主见,一任那些小青工如何挑逗,只是不动声色。汤仁觉得她和车马炮蛮般配,便出马说合这门亲事来了。

汤仁开口就说:"年轻人嘛,政治上要求进步,入团入党,要创造条件去努力争取。但这过日子还得本本实实地过……"于是就说是车马炮该找个对象了,渐渐又提到国英姑娘,这下可把车马炮闹了个大红脸。说起来,他和国英也是认得的,有时他在井口摘钩,短不了也和开绞车的国英说几句闲话。只是那未来的岳父大人尹师傅,本是个棋迷,但是爱悔棋,被吃掉的子非要抢回来另走,以致被车马炮骂作"后悔药王菩萨"。有一次下棋中两人闹翻了脸,竟把棋盘给掼了,还是汤仁动手修好的。后来两人见面就不大讲话,如此怎么好去说人家姑娘?

世上的事也有难以预料的一面,没想到尹师傅想了一想就拍板了。说车马炮前几年年轻气盛,连我老头子也敢骂,这些年却也长进不少,干活计也算踏实,什么不干不净、偷鸡摸狗、喝酒发疯的事也还没听说,国英跟他可以放心,我看这事办得成,定!

螃蟹脚

几天后,汤仁带着车马炮,带着礼物上门吃了一顿饭。后来放电影《青松岭》时,车马炮和国英坐在一条凳子上看了场电影,又一起去了几趟供销社。在牙山矿,这就等于向公众宣布了他俩的关系,此后国英便有了一把车马炮宿舍的钥匙,常常自己开了门去替他整理房间,洗洗衣服。别的定了亲的姑娘也是这样做的,叫那些还没有对象的矿工几乎看得眼睛都要冒火,说车马炮这"杂种儿子"真有狗运气,"杂种儿子"者,矿工中赞叹之词是也。

但自此以后,便不见他俩的进展了。于是,汤仁又跑来开导车马炮,为他制订下一步的计划。说这里木材便宜,买一点放着,慢慢请人打了家具以后好结婚。虽说提倡办革命化的喜事,但制铺盖,请亲友吃吃饭,钱还是断不可少,要想办法攒起一点……说了半天,问车马炮怎么想的,他却吭吭地回答:"我要下棋。"

汤仁禁不住哈哈大笑:"你要下棋就下你的嘛,谁也拦不着你的,只是这象棋可当不了饭吃,亲事总之还是要办,及早准备吧。"

其实,车马炮何尝不在想自己下一步的"棋路",眼见朋友们一个个成了家,抱了孩子,下班以后,便忙着家务,操持自留地……这种生活固然无可指责,但车马炮却隐隐感到他应该有另外一种生活,有一种想往高处升华的欲望,他自己也具体说不出什么,只是觉得和象棋有关,所以他说:"我要下棋。"

事情就这么拖了下去。

却说那时,中央重新起用了"文革"中被打倒了的邓小平主持日常工作，为了解决"文革"的混乱局面，各行业都搞了整顿。牙山煤矿也显见得有章法了，成立了党委后，工会也恢复了，原来被取消了的井下保健费和井下补贴也都恢复，工资收入也就多了。手头一宽裕，车马炮就常于星期六下了班以后，买上两元二角钱的车票，去牙山县城，或者远一点，去地区，到那里去蹲茶馆（当时叫茶水站），看人下棋，星期一又乘车回来赶上中班或夜班。

那茶馆是个鱼龙混杂的地方，但历来就是棋迷们聚会的传统场所。下棋的人有走得极好的，也有初学者，还有的不在乎输赢，只图杀个痛快，杀了半天才发现双方的将帅不知什么时候已经面对面地"会谈"了。旁观者也极少有"君子"，不仅动口讲评，更有伸手代为行子的。那些棋局也颇有看头：本来黑子占了满盘优势的，一会儿又叫红方杀得四散溃逃，明明是胜定的棋，却莫名其妙地输了，倒过来倒过去没个定数。

不过这茶馆里的气氛却很平等，只要愿意付棋租，就可以请人对弈，而且这也是个提供实战、锻炼棋力的地方。车马炮也下棋，自然是胜的多。但有时头脑清醒的旁观者会替对方点出些高招，有时对手逼急了，也会急中生智走出妙着，或者自己失误，败了一盘好棋，回矿后独自复盘，得益不少。在当时，那爱下棋的车马炮，除这茶馆外，也没有其他地方可以去了。

在牙山县城的茶馆中，车马炮认识了一位白髯飘拂的老者，人称许老，是县里中学的退休教师。据说新中国成立前便是这一带有名的棋王，年轻时，本地一个小军阀请他去下棋，他不惧权势，连胜那小军阀三局，气得那小军阀后来硬是找了个茬子把他抓去关了几天出气。他来茶馆的次数不多，观棋认真，却不多言语。他下棋时正襟危坐，神情专注，旁观者也都缄口不语，只是看。车马炮看许老的棋路，柔和多变，善于腾挪，尤其残局用马的功夫极好，真正走出了马的八面威风。当他和一些棋艺不高的年轻人下棋时，车马炮看出是让了招的，本可速胜的棋，却走了稳健之着，而且在对方陷入困境时，反而会为对方指点分析一番，有时自己因此输了，也只微微一笑，大有长者风度。

车马炮在茶馆里下了几次棋后，棋迷便也对他刮目相看了。便有人介绍他和许老对弈一盘，车马炮也就租来棋，有礼貌地请许老入座。立时，棋迷们也就各自占据了棋桌旁的有利位置，观看这场难得的对弈。

一番谦让后，车马炮执红先手走了兵三进一，这一手名唤"仙人指路"，是比较复杂的一种布局，可根据对方应着来布自家阵势。见许老起了马二进三，车马炮便补了自己惯用的中炮，许老微微颔首，却走了一步少见的马八进九，便成了当头炮对单提马的形势。这单提马的布局，中卒是最容易让对方吃掉的，所以布局一完，车马炮便调动子力从中路进攻了。

这场棋是一个进攻，一个防守，就如白刃战对迂回战一般，一来一往，很是精彩，看的人也不时啧啧称叹。中局时，红方炮锁中路，大军压境，看去是占了上风，但车马炮自己却觉得对方正像打太极拳一样，把自己的子力一点一点化掉了。几番设计进攻，皆不能得其门而入，于是转而收卒，以便在残局中决战。不想许老连弃双士之后，一直待命休息的九路马突然闪出,两步过河,给红方造成威胁。车马炮不得不分车回守,攻势锐减,反让黑方扳回先手。虽说不致于就输,但红方要取胜却邈远了。弈至残局,许老走了步软着,车马炮瞅准时机,又去许老的双象。此时是红方车炮对黑方车马,但红方有一士,遂收炮回九宫,起士打将,尚可成杀。许老虽处劣势,却一变柔和之风,进车马猛攻,迫红方兑车之后,又弃马杀士,最后车马炮虽还剩一门大炮,却因失去炮架,形同废物,由是和局,旁观者也一一缓了口气。

  许老望望四周议论纷纷的人群,便叫人收了棋说:"这里太吵,我人老不宜久留,你这小兄弟不知可愿意到我那穷家坐坐?若有兴,还可以再杀一盘。"车马炮正欲结识许老,便欣然跟从。

  许老家住靠近城郊的一个小院子,甚是幽静。家中只有老伴和小孙子,一儿一女皆在外地工作。于是泡了茶。坐下闲话,知道车马炮从乡下来此专为看棋,不觉嗟叹。便起身从内室拿出一黑木盒子,原是一副手工磨制的大理石棋子,阳文行书,天然的红黑色,那红色虽不及人工染的鲜,却是经久不褪的。许老说是祖上所传,因经不起敲打,却是不常用的。

  两人遂又开始静心对弈,两局下来,却都是车马炮输了。请教缘由,许老笑说:"你的棋路虽敏捷,有勇力,却是阳刚有余,阴柔不足。小兄弟想是读过明谱的?那明人下棋重炮,清人却善用马。我读清人吴梅圣的《梅花谱》,都是以马胜炮,今天你我之战,恰应了'以柔克刚'之说。但我看来,用马用炮都各有所长,须得广采各家之法,才是提高棋艺的法子呢。第

螃蟹脚

二是你下棋不善于从布局和中局中试探对手棋路,只按自己惯用的路数走,其实你如再和我对几局,摸透我的棋路,自然能胜了。但想那南来北往的众多棋手中,有几人是能事先摸透对方棋路的?只看各人临局应变了。"

车马炮听了觉得茅塞顿开。想起刚才茶馆里许老的一步软着,便问许老是否有意相让。许老捻须笑道:"是我人老看花了眼。"交谈中,车马炮知道许老虽常年居住在这小县城内,见闻却是不陋的,"文革"前还订了不少体育杂志,留心海内大师们的对弈。许老说是近代象棋运动中,理论研究比前人深广,对抗也愈激烈,往往残局时只略占一兵卒的优势,故棋家都很注重兵卒。说着,许老出示一份手稿,都是谈的残局马兵、炮卒的着法,有摘抄转引,也有许老自家创发的,着法细腻精微,令人耳目一新。

两人谈至深夜,许老便留车马炮住下,说自己独居荒村,无缘得和海内高手结识,正是"十年学弈天机浅,技不能高漫自娱"。但一生中因棋结友,以棋养性,却也得益不少。便要车马炮以后进城只顾来他家,不必去住旅馆了。——此后两人竟成忘年之交,彼此以结识对方为荣。每每投宿许老家,共同切磋棋艺。车马炮也常为许老寻些他要的草药,买点土产,这是后话了。

却说那日车马炮因错过班车,便搭了拉煤的卡车,坐"楼厅"(车厢)回矿,不料途中下雨,浑身透湿,下车后便急忙赶去矿山,晚上睡在床上却发起高烧来。幸而朋友发现,将他送到医务室,国英也闻讯赶来照料。

车马炮只觉得自己昏昏沉沉的,带着一把砍坑木的斧头,去到一山中,却见两人下棋,那棋走得精妙无比,于是立在旁边看,也不知过了多久,手中的斧柄已朽烂了……定睛一看,下棋的却是屠先生和许老,原来是自己在听屠先生讲"观棋柯烂"的故事。恍惚之中,却又像是和人下盲棋,那棋局变化莫测,越走越迷乱,终于执迷不可解,冥思苦索,顿觉头疼欲裂。突听一人在旁断喝:"不通盲弈,不能超然物外,非是个爱棋之人!"于是猛吃了一惊,记起了许老说的话:"不能下盲棋,就如那二胡的弓子,虽也能奏哀婉动人之曲,但终究是被弦缚住了的,不能参悟那博大精深之理……"便又努力去走那盲棋。走着走着,头脑中突然现出一副棋盘,黑红子落在上头,甚是清晰,毫不迷乱……

待醒来,才发现自己躺在医务室内,身旁坐着国英,不觉十分感激。吃了药打了针之后,感到浑身无力,又渐渐睡去。不料病好之后,那梦中所见的棋盘,竟真的留在了脑海里,此后但下盲棋,均能应变自如了。

梦中下棋,本不足怪。据说唐朝女皇武则天,也是个象棋迷呢,她就梦见过和大罗天女下棋,而且连输几局,醒来后还非得让大臣为她圆梦,这是书上已载了的。车马炮因病得福,也是精诚所至,金石为开吧。个中苦乐,恐怕也只有他自己才知道了。

螃蟹脚

下 篇

　　一九八一年，那年的中国象棋大赛正好轮在本省省城举行。这个消息在报上登出来没几天，车马炮一下班就来到矿部，在机关宿舍里找到了新任矿长马明。

　　车马炮此时已近二十八岁了，人比以前瘦，也老成得多了，年轻时的那种盛气却是难在他身上找到了。这些年煤矿添了不少青工，在他们眼中，车马炮简直是个神秘的怪人呢。一怪是他棋下得贼好，而且喜欢一个人下，请他下棋他也和你下，却是无人能胜他一局。宿舍里放满了棋书、杂志，却有些是古文的，连子弟学校那几个老师都读不懂。二怪是他有那么漂亮的一个媳妇，却至今还没结婚，不但国英家啧有烦言，连那好好先生汤仁也都不再耐烦去动员他结婚了，就一点不怕别人抢去？

　　牙山煤矿的生产是实行了承包到工班的，矿工的工资收入每月是百多两百元。但车马炮却享受不到这份高薪了，一九七九年井下发生了一次煤层自燃的事故，他在抢险时受了伤，后来身体就不大好，领导就照顾着将他调出矿山，在运输队当修理工。矿里现在已有了电影队，修了礼堂，又自建了一个差转站，可以接收电视了。而且那工人俱乐部也有图书、乒乓球之类可以消遣的了，但大部分矿工却还是爱下象棋，那年地区象棋大赛，车马炮因公伤没有去，牙山矿去了几个人，还拿了团体赛亚军回来呢。

　　马明年约三十四五，矿业学院毕业的大学生，是个提倡改革的人，办事很有魄力。当了矿长后，一心要把煤矿办出个样子来，却也终日忙得不可开交，下了班还有人找他说这说那的。见车马炮来了，便高兴地拖住他，定要下盘棋见见高低。

在历届领导中，马明的棋是最不高明的了，但他下棋自有其战略，情知下不过车马炮，便来个全体大兑子，出车，兑车，出炮，兑炮。下到最后，子力虽弱，但因仕象全，却也守了个和局。第二局开始时，车马炮便说要请半个多月的事假，到省城去看下棋，有几台是要挂大棋盘的。矿长说："这事假自然可以请，只是你这看下棋的理由还没听说过呢，不好开了先例，不知运输队同意没有？"车马炮说："同意就不会来找你了。"矿长便摇头道："那更不好办了。"

这时，车马炮忙于说话，不甚留意下棋，被矿长白吃了一炮，接着一匹马又被压住，想了想，便将它跳入窝心躲避。这窝心马不是灾星之兆么？矿长左看右看，觉得车马炮这棋是个死的没解了，便哈哈笑着说："这盘棋你要还能胜，我就批你的假。""一言为定。"车马炮也应了战。

其实，车马炮走窝心马，是步明笨实佳的好棋，先权且用它保住边相，然后突然跳出，弃马保士，调矿长的车离开要道，却用余下的一车一炮来回抽将，竟将矿长的车吃了，以多子胜。矿长连呼上当，却也悔之不及。于是又谈正事。说那假还是先不批的好，因为工会已推荐了你来管文体活动，以工代干，个把星期内就会有通知的。但车马炮却说：那棋赛若在北京、上海举行，便是准假也去不起，好不容易轮到我们省城一次，下次又不知是多少年以后的事了。矿长想了想，便说等明天他和运输队长谈谈。

谁想天明后,那队长却跑来告状,说是车马炮一早就搭车走了,还说是矿长准的假。此时正好汤仁也在,矿长叹了口气说:"本来,我矿爱下棋的职工多,职工文化活动可以重点搞搞象棋。像这样的大赛,本应该派几个人去观摩观摩,或者请个高手来讲讲棋的。到省里也最多坐三天汽车嘛。但现在亏损问题还没有解决,没这笔钱。那车马炮自己去了也就让他去吧。这人进矿十三年,工作还是踏实的,爱象棋也真是爱出了名堂,先记他事假,工资哪天回来从哪天发起……"

那时还没有"留职停薪"一说,矿长如此处理,却也是开恩照顾了。不想车马炮回来后不久,却真的放弃了以工代干的机会,办了留职停薪一年的手续,上那省城去了。引得人们议论纷纷,猜不透他走的是哪路棋。车马炮前脚走,后脚便出了一桩故事,却是发生在国英身上的。

国英母亲原是个家属工,颇有几分势利,见近年政策活了,允许私人开业,便也开了个小饭馆,招待过往驾驶员和赶街路过的农民。门面虽小,每月结账却比老头子的收入多一倍。只是这煤矿地处偏远,副食品原料供应不足,买鱼买肉,全靠托驾驶员到牙山县城采买,这托人的事总是有些不便,于是就想在女儿身上打主意。本来把女儿许给车马炮她就有些不大乐意,拖了这么几年不结婚就更不满了,逢人就说车马炮耽搁了她的姑娘。前几年丈夫挣钱多,凡事由他做主,现在小饭店的收入超过老头子,所以就不大听老头子那一套了。她看准了车队一个姓李的小伙子,便对他盛情招待,又托人转弯抹角地试探了口气。那小李心中自然有意，于是，便也加紧为"岳母"效劳，不时也到小店转转，和国英搭讪几句。

国英母亲便和国英说起她的女伴都当了妈妈，她也想抱外孙了；又说现在的人，能发财的都发财了，只有车马炮还是那副穷样，连几文工资都拿不稳，现在又不明不白地走了，干脆趁此和他翻掉，有什么事家里承担。然后又提起了那开车的小李如何通情达理，人品又如何如何……没想到一贯文静的女儿，竟然和她顶开了。

国英今年也是二十五岁了，矿里同龄的姑娘倒真是都当了妈妈，只有她依然稳如泰山，而且越长反而越漂亮，文静中又带上一种端庄的美、内涵的美。如果说前几年她们的关系是包办的成分多，但这些年的交往中，她就像车马炮能离开具体的着法去体会象棋的气势和某本棋谱的精髓一样，凭自己的直觉领会到车马炮对象棋艺术的追求，并也默默地支持着他的这种追求。所以，当车马炮结结巴巴地讲述他要上省城一段时间的理由时，她只说了句"反正我等你……"，就默默地帮他收拾起行装。倒是车马炮自己心里半天不是滋味。

这一回娘儿俩顶起来就没个完了。母亲看重的是钱，不想让自己的如意算盘落空，自是不肯让步；女儿尊重自己的感情，也看不惯母亲的势利劲，自然不依。最后母亲从如何养育她长大数起，终于放声大骂，惹得左邻右舍纷纷前来围观。女儿见状，苍白着脸，自个儿收了点东西，就住到车马炮宿舍里去了，吃饭时，便见她端了个大碗在食堂里排队买菜饭。

驾驶员小李也是个性格爽快的人，说这事不成嘛也就算了，

螃蟹脚

何必闹得一家人不和气。就也径直到宿舍找国英,当面锣鼓地把话说清楚。他要问问国英,明明跟了自己日子会更好过,自己哪些地方比不上车马炮?车马炮也不就是棋下得好一点,这象棋,谁不会走两步?

国英原是一直听着不言语的,及听到"下棋"二字,便抬起头来看看小李,随后从抽斗里拿出一张画着棋局的纸来,对小李说:"你既然会下棋,就把这棋拿去走走,如果红方先手能十四步取胜,那明天再来说你的这些话。"那小李接过粗略一看,觉得无什么难不了的,便就揣起回去了。

天黑回宿舍后,小李找来象棋,把那棋局如图摆来。这原是个流传在牙山县民间的一个象棋排局,表面上看来黑方已是胜定,但红方却巧用车马炮兵,最后以十五着取胜。但车马炮加以研究后,却发现另有一路简捷着法,放弃车马后,可以十四着取胜。说起来这排局与残局稍有不同,残局已多是弈至尾声,棋盘上的红黑子已是寥寥无几。而排局的子一般都要更多些,布满了棋盘的,因此变化也就更多。小李独自思索了一阵,不得其法。忙又找了伙伴共同研究,竟连胜都胜不下来,甭说是十四步了,这才觉得事情不是那么简单。于是连夜去敲开一个老师傅的门,就是那团体赛亚军队的队员。他苦苦思索半天,以十五步取胜,却再也想不出还有一步该怎样省略,最后弄得头昏眼花,断言是那几个小子记错了,哪有什么十四步的胜法,竟喃喃着自顾睡去了。

小李这才知道,这就是国英的拒人之法。且不管有没有十四步的胜法,你既解不出,也就是不见你了。此后他便不再去找国英,不过国英母亲托买东西,还是依然帮忙,被同伴们嘲笑为"业余姑爷"。几天后,尹师傅探老家回来,又把国英叫回了家。但国英自此后只是回家做饭,做家务,一直没有搬回家去住宿。

牙山矿毕竟下棋人多,几天以后,那棋到底叫人解出来了。于是就有嘲笑小李"差一步棋"的,佩服国英拒人之法的,并才知道那国英也懂一点象棋,真的是一对了。其实,女棋手自古就有的是,那宋朝人周密的《武林旧事》中,记载过一个叫沈姑娘的"象女流"(女象棋手),就是我国最早的唯一留下姓名的女象棋国手。而国英父亲棋虽下得不行,但那"马踏斜日象飞田"的步数却是不错的。国英自小儿就看得眼熟,后来又和车马炮交往,也会有个耳濡目染,只是从未和人对弈,不为人所知罢了。

却说那邢技术员,现已升为助理工程师。他先前也是追求过国英的,闻说了此事,也十分叹服,就编了一个古代美人以象棋巧妙拒亲的故事,将那棋局棋谱登在了一个叫什么文化的刊物上,牙山矿有不少人都看见的。

车马炮对煤矿发生的这事一无所知。他已来到省城,去找了他们家乡的一支农民建筑承包队,说要找点活做。工头对车马炮甩掉铁饭碗的举动大惑不解,不过还是看在同乡面上留下了他,但声明只能按小工工价拿钱。车马炮倒无所谓,只是建筑工地在城郊,进城一趟还是很不容易。

他这一回上省城,一大半还是许老的建议。现在许老的棋已下不过车马炮了，他劝车马炮要设法见见世面，结识名手，提高棋艺。说他自己年轻时，省城曾有位名手写信邀请他共同北上，交游名手；但当时受"父母在，不远游"的古训影响，又兼父母要自己完婚，结果失去机会。中年以后更有家庭拖累，以致棋艺终生长进不多，最多也就是个"三家村棋王"罢了。而车马炮自己前次来省城看到了国内高手们的几盘对弈，使他开了眼界，也感觉出这象棋运动将会出现一个新的繁荣局面。他想趁自己的青年时代结束之前，走走看看，长长见识，然后再回煤矿当他的工人，和国英一起本本实实地过日子吧。

另外，车马炮此行还有两个目的，一是想见见那最早指点过他象棋的屠先生。本来这可以问问那邢助理工程师，但是由于和国英的那一层关系，这位助工和车马炮早就不大来往，且还有些烦他。所以车马炮向他打听屠先生时，他却说是调动了，但不知调上海还是广州，还没有确切地址寄来。车马炮自然猜出他说了假话，但想来那屠先生若还在省城的话，自然会在那下棋的场合出现的，便也就不多问了。第二个目的是想再找一些象棋著作和有关杂志，这些年虽说他也找到了一点，甚至他看人下棋时，常常会顺口提起某某名手曾于某年在某地走出过这种局面，如何应着等。但终究是有限的，连那象棋界人人皆知的谢侠逊老先生的经典著作《象棋谱大全》，他至今还未读全，只是在别的杂志上看过些转载的棋局。

按照他的计划，车马炮便开始在茶室、文化宫、公园等棋迷聚会的地方出入，留心看人下棋。省城真是人多地方大，那下棋的各色人都有，但多是工作之余，邀老友娱乐娱乐，本无心探讨棋艺的。有些也许是高手，但对手太差劲，也就看不出高明之处来，更有那年轻气盛的，为一局棋争吵不休，或者变着法赌博的，则不值一提。在文化宫里倒是也碰上过举办象棋知识讲座，他去听了两次，有些他已从书上读过，有的却还不知道。

　　车马炮也留心到了那种街头巷尾的象棋摊子，每局收费两毛到五毛一元的。继而他也看出了其中奥妙，那棋局无论红方还是黑方先走，若一招不错的话，末了都是和棋，倘一着失误，必输无疑。这只要熟记了一两局棋谱和变着，就能上街招摇，哄哄那些初出茅庐且又好胜的过客罢了。不过车马炮也碰上过一个摆死棋的，不知是水平不高，还是欺人不懂而大胆弄险，车马炮算计了着法后，蹲下来先持红，后持黑各走一局，都是先手方面胜的。那摊主情知碰上高手，忙递过烟来，口称师傅请手下留情，结果车马炮临了还给了他几毛钱。

　　过了两个月，车马炮还未访上名手，那承包队的工头却婉言劝车马炮还是回去端铁饭碗去吧。车马炮知道这是要让他走呢，只好辞了工。幸而这同乡的人情还在，人家还留他住在工棚里，只是吃饭得自己掏钱了。

　　但是车马炮也自有他的福气，爱象棋的人嘛，却于象棋上结交了一个朋友，使他在省城有了安身之地。

　　那日，他从城里回来，本想抄近路，岂料竟穿错巷子，走到了东四街，见那儿有一家他没去过的大茶室，里面也有人下棋，心中一动，就转身进去，顺着桌子把那棋局一一看了。便见靠窗下桌前，有一个穿白衬衣的小伙子正沉着脸面对棋局苦苦思索。对面是一个疤脸和一个卷头发的伙子，那疤脸正叼了烟得

螃蟹脚

意扬扬地说:"臭棋,跟你大爷学两年吧,没毬本事,少来提着肚子充肺。"然后又是一阵讥笑。在茶馆一类场合,虽然也时闻嬉笑嘲骂之声,但多是熟人朋友,本意也只是开开玩笑,无可非议的,不像疤脸一样说话欺人。车马炮便走去把那棋局一看,心中不由暗暗称奇。原来那棋局竟和当年他初见屠先生时,屠先生信手解围的那局面一模一样。这棋局后来他已在古谱《适情雅趣》中读过了,叫作"鸢飞唳天",不过稍有变动,便脱口说道:"这棋是红方胜了。"

那两个小伙子闻言,打量了一下车马炮,见他一身土气,乡下口音。疤脸便鼓起眼睛说:"胜?怕是裤裆里剩下的那个吧。有本事就坐下来,少学癞浆胞(癞蛤蟆)打呵欠,胡荣华来也是那么回事。"

车马炮原是无意中说出的话,不想遭此抢白,心头也恼怒,便向那穿白衬衣的小伙子道:"我来走走看,如何?"那小伙子此时已自认无力回天了,便让了座,即便输了,也有人替自己分担些嘲笑。

要说那棋其实解通了也就简单,只六个回合,红方就已凯歌高奏,得胜收兵。那两人见状,不独不佩服,疤脸将烟头一吐说:"今天不知哪家裤裆通了,漏出个头儿来,敢不敢较量三盘?"车马炮也不回嘴,只说请便吧。——却走的是快棋,三四分钟就是一盘,疤脸剃了光头。于是卷毛又上阵,依然连输三局,俗名"三不响"。

这时,车马炮少不得回敬几句,劝他们如此棋艺,少说几句硬嘴话吧。那两人愈加火冒三丈,问车马炮敢不敢和他们××

棋艺社的白师傅赛一盘试试。车马炮没听清他们说什么棋艺社,但他此行目的本为拜访名师,就说既然是师傅,当然愿意请教,但不知他家在何处?疤脸就说:"那好,你明天这个时候来这里等着,白师傅自然会来找你,到时候你杂种可不要做乌龟缩头。"说毕扬长而去。

穿白衬衣的小伙子倒是比自己胜了棋还欢喜,又拍肩又竖大拇指。一面就拉了车马炮上他家去吃夜宵,一面滔滔不绝地自我介绍起来,说他叫李小勇,十九岁,待业青年,现在和退休的爸爸在一起开了个专卖小锅米线的摊子。母亲和哥哥在工厂,姐姐上大学。又听说车马炮还要回郊区,便执意要留下他同住。车马炮本来觉得省城地面,人情很淡薄,难得小勇如此爽快、盛情,便也就留了下来。

小勇住的地方却只是沿着屋檐接出来的一间油毡栅子,一半就是卖小锅米线的摊子。夜里两人挤睡在木板床上,只是谈那象棋。车马炮将自己学棋的事一一告诉了小勇,小勇听了很佩服,便说先前这后院住着一位姓钟的老头儿,也是个级别不小的干部,"文革"时要他写一个大首长的材料,他不干,每天就是下棋。见小勇打打闹闹无事可干,就揪着耳朵叫他学下棋。小勇就这样学会了走几步。可惜那老头儿一九七六年死了,就再没人教他了。车马炮猛想起这人像是他们老矿长钟家,一问,果然是的,于是想到自己的外号和第一次与他下棋的情形,嗟叹了半天,才朦胧睡去。

未及天明,小勇父亲已起床捅炉子烧汤,准备卖早点。车马炮也就起来,见过老伯,正欲告辞,小勇却说反正今天要和疤脸他们下棋，干脆你留在我家帮我去拉拉煤好了。老伯见是儿子朋友，也客气地挽留，车马炮便在李家帮了一天忙。

却说昨日疤脸所说的白师傅，名叫白正乾，自幼就下得一手好棋，五十年代曾在省象棋集训队待过，受到名师指点，下起棋来思路敏捷，极富变化。只是这人棋艺虽佳，品德却不好，后因为参与聚赌以及作风问题，被从体育队伍中清除出去了。但到"文革"时，他却又反败为胜，杀回体委，将他过去的领导、老师、朋友都"杀"了个一塌糊涂。但终因劣迹太多，没过几年，又一次被清除出了体育队伍。近年来，却在家中开了一个"棋艺社"，收费传授棋艺，暗中又聚众赌博，已经引起了公安机关的注意。关于此人，有说他是"棋坛一怪"的，也有说他是"一霸"的，怪也好，霸也好，那棋却是下得鬼神难测，常扬言"省队要上去，非他出马不可"。自称"省城棋王"，可惜一身棋艺，生生被自个儿糟蹋了。

这茶室，是他常来下棋的地方，在这里向来没有输过棋，听了疤脸、卷毛加油添醋的一说，他便早早来到茶室等候。这些来龙去脉，车马炮却是不知道，连小勇也不清楚。

及等天擦黑，车马炮和小勇来到茶室。见疤脸旁边坐着一个四十五六、极瘦的人，双眼半睁半闭，一副漠然的样子。车马炮便问："你想是白师傅了？"白正乾只用鼻子哼了一声，手指棋局说："请，让先！"车马炮心下不快，坐下定定心，伸手走了个马二进三，白正乾便"啪"地补了个中炮，两人便交上了手。开始白正乾似乎毫不在意地走得很快，落后却越走越慢了，中局时，就不得不支着头苦索起来。

这局棋白正乾是大意，布局时就有些吃亏。后来几番设计死里逃生，终因车马炮应着得当，未能扳回上风。到残局时，却是车兵斗车卒。但白正乾的黑卒已拱到红帅身后，作用远不及车马炮的红兵有力，所以，当红方即将取胜时，黑方却一将一杀地"耍赖"起来。按照棋规，只有一将一闲着才能算和局，现在黑方必须变招，否则就判为负。可是跟着白正乾来的那伙人却起哄说是"和了，和了"。李小勇不服，就说犯规。疤脸就问他规在哪里？拿出来瞧瞧。车马炮看那白正乾。他却像这些争论与他无关一般半闭着眼，只看那棋局。车马炮心下也就明白了这师傅的棋德！便忍了口气制止李小勇说："就算和局吧。"再看那白正乾，突然睁开眼看看车马炮说："来一盘盲棋怎么样？"

下象棋的人都知道，且不论下得好不好，要练会下盲棋是不容易的，有的人终生就学不会，而且下盲棋也还讲究个安静，像在茶室这样闹哄哄的地方，要下好则更不易了。所以，白正乾这一手，是想借此显示比对方高出一等，从精神上压倒对手。岂不料车马炮正是在闹哄哄的茶室和矿工宿舍中练出的盲棋，自然不怕，于是欣然应战，并说现在该我让先了。

两人已待开赛，那卷毛却从身后亮出两条"大重九"香烟往桌上一放说："我们师傅的棋不能白下，要收学费的。这烟是高价的，一块三一包，量你们有钱也买不到，总共二十六元，小意思，你们输了，就掏钱买烟交学费。"

以象棋赌博，大约是源远流长的了。据说，宋太祖赵匡胤未曾当那皇帝之前，大概也是很落魄的，他在游玩华山时，与一个叫陈抟的牛鼻子老道赌赛象棋，结果输了。他舍不得输自己的马和衣物之类，稀里糊涂地就说把华山赌给了那老道。后来赵匡胤果然当上了皇帝，为了表示不食言，就免除了华山附近黎民百姓的租税徭役，这恐怕是古今第一大赌了吧？那宋太祖想必棋下得很臭，却大有赌德。而今天卷毛、疤脸把赌博说成是交学费，则是大大胜过陈抟老祖了。

车马炮见状站起来说："要这样的话，这棋我不下了。"李小勇却是个好斗气的，为刚才的争论气红了眼，仗着开店赚了几个钱，硬是把车马炮按下去说："下！输了算我，与你无关就是。"旁人中也有极想看热闹的，也有曾向白正乾交过"学费"盼望白正乾失败的，便也怂恿车马炮说："既然有这位小兄弟交学费，你就放心下嘛。"只有白正乾仍是那么半闭着眼。

车马炮是初次碰上这类的棋坛无赖，心里却也有气，及观上一局的棋路，料想自己未必就输，于是就坐下应战。两人便背对棋盘，请了一位老者做裁判和摆棋局。这时，看的人越来越多，旁边桌子上已自动摆出了好几副象棋，以便复出他俩的这场盲弈。

这回白正乾也不谦让，持红先手走了炮二平五。于是那充做裁判的老者便大声唱道："炮二平五。"旁边几张桌子上也就砰砰地复出了这步棋。车马炮略一思索，毅然走了炮八平五，这又是"顺手炮"的布局。这布局本来是象棋开局中资格最老的局势，明谱《橘中秘》和清代《梅花谱》中都已有了详细的论述，但由于对攻激烈，一着之差即全盘失误，所以这几年在正式比赛中很少有棋手采用。偏这车马炮对此布局以及各种变化都已下功夫探究过，艺高人胆大，倒出乎白正乾的意料。

两人都存了小心，只要取胜，每一步棋都几经考虑才说出着法。开首十几个回合后，红方攻势大盛。车马炮就将棋局变为士角炮，上象加强防守，红方遂以一马换取双象，占了优势，但黑方也趁机过了一路卒。两人果然好棋！白正乾虽有攻势，却不敢贸然弄险，进攻中不忘防守。车马炮虽处于守势，却似绵里藏针，暗蓄杀机。弈到二十八个回合后，黑方化解了红方的攻势，又弃一士兑子后，反以多子占先。白正乾转而收卒和保士象，以便在残局中谋和。这样，最后便形成了黑方车马卒单士对红方单车士象全。此时白正乾见黑方卒是个低的，遂将士象摆成了俗称为"雁鳖子"的形势，然后逼黑方兑车。这时，那看的人都纷纷乱乱地说道："和棋和棋。"

这士象全对单马低卒，本是可以守和的，而且这"雁鳖子"的局势历来就被认为是和棋正着。但后来有一个叫陈廉庸的残局专家精心研究，发明了以马低兵（卒）破"雁鳖子"的着法，已被象棋界公认。白正乾虽是好棋手，却是多年荒疏于研究棋坛上的新成就，故不知此着法。而车马炮已从许老手抄的马兵棋谱中见过此局，而且还进一步得出了马兵一方缺象时的着法。故敢于和白正乾兑车，之后便稳操胜券。车马炮数年研读棋谱的苦心，此时便赫然现于棋坪之上了。

最后，李小勇嫌那老者报着法的声音不高，于是便大声代替了那老者。又走了十多个回合后，那旁观的人便不再在棋盘上演示棋局，都轰然说是"死棋了，死棋了"。看那白正乾时，虽仍是双目半闭，却是表情沮丧，一副精疲力竭的样子。那疤脸和卷毛也是垂头丧气，发狠地抽着烟，只盯着那棋盘看。

李小勇看那棋已胜，便伸手要去拿烟。车马炮一把拉住他说："这烟我们不能要，但拿一包谢谢这位当裁判的老伯，算我和白师傅的心意，白师傅累了就请休息，我们得走了。"说完向白正乾略一点头，拖着小勇就走。白正乾也睁开眼点点头，带着卷毛、疤脸走了，留下满茶室的人嗡嗡嗡地议论不休。

车马炮此后就留在了李家，和小勇一起操持那摊子，把卖早点改为早晚点，白天却和小勇四处寻找有关象棋的书刊，看人下棋，也教那小勇读谱和对弈。这事本来小勇的父亲是不同意的，一则小本生意雇不起人，二来留个外路生人也不妥当。小勇搬来那上大学的姐姐。这大学生是学语言文学的，满脑新思想，却是一心要当作家。听了车马炮的事，又见有证件，便说这是一个有事业心的人，留他也留不长的，让弟弟和他一块学学棋，总比游逛成小流氓好。小勇的父亲对这几辈子才出一个的大学生自然言听计从。那女大学生此后也常来找车马炮，要他讲矿工生活和下棋的故事，还写成了一篇小说叫《顺手炮和雁鳖子》，只是一直不见发表。

车马炮在小勇家落下脚之后，李老伯就只管采买和收账。那吃早点的人，多是赶着上班，极讲究一个"快"字的，添了人之后，那收入便也增加了，车马炮每月也可分几十元零用。通过李小勇，车马炮知道了省里没有专门的象棋队，眼下只有一个集训队，比较注意培养十七八岁的青年选手。有次车马炮和小勇到了那儿，正有两个年轻人在对弈，却是一脸傲气，见外人来很不耐烦，车马炮忙知趣地退出，就听得那门在身后砰的一声关上了。

　　小勇又打听到了一个拿过市里冠军的姓高的老师，两人好不容易打听到地址，去了两次，开门的都说不在，又不知是真是假。车马炮见访名手不易，有些心灰，又挂念国英，就想告辞回牙山煤矿，却见小勇拿了张晚报飞也似的跑来。原来上面说是一位中国象棋特级大师，应邀前来省城，"昨日在马场钢铁公司，大师同时与十余名棋手进行盲弈，取得全部胜利，不愧为'电脑'之誉"。车马炮心下叹服，觉得那大师的棋艺真不知是何等精湛。——小勇却催他往下看，见又有消息说，特级大师将在后几天内和我省部分业余棋手们进行一对一的比赛，其中有几盘将在工人文化宫棋赛大厅内挂盘表演……

　　原来，在小勇心目中，车马炮的棋艺是天下无双的了，只是无人知得而已，这里既然说是业余棋手，那么车马炮也满可以去报名参加比赛，说不定还胜那大师呢。便也就自顾带上几包好烟，跑到省体委找人替车马炮报名。但人家说报名要有有关部门的证明，另外，这次参加比赛的人都已定好，有地州专程抽来的高手，和省集训队的队员及省里几个名手，和大师比赛，总是要有一定的实力的。小勇只得怏怏而归。车马炮安慰他说，能有机会看到特级大师下棋，就很不错了，在牙山煤矿可没有这个条件呢。

　　次日早上，卖完早点，正要收摊子，却见一个胖子进来问吃的，一看，原来是汤仁。车马炮大为高兴，忙拉他坐下，一面烧米线，一面就谈了起来。原来，汤仁年纪大了，想要离休，但人事部门却说他是一九五〇年参加革命的，不够离休资格。

其实汤仁一九四九年就秘密加入了游击队,当年又想不到今后会有离休、退休一说,所以历来也就不把什么时候正式领津贴之类的事放在心上。只好来省政府找几个当年的领导或战友,请他们出具证明备案,以便办理离休手续。不想在这儿遇上车马炮。

汤仁问了车马炮的近况,就谈起了国英和煤矿的人和事,只是隐去了国英以棋拒亲一节。最后却说起牙山县那许老已经去世了,说是那回县里成立象棋协会,组织了一次大赛,煤矿去了好几个人,许老也出来当裁判和讲评,谁知一忙碌,就发病过去了。车马炮闻言,心中愀然,一时什么话也说不出来。

小勇虽说下棋的天资不高,但于交际和找门路方面,比车马炮高明多了。他听出汤仁是工会领导,便想起了报名下棋一事,或者请他代表单位去说一说,推荐一下,怕会有个机会也说不定的。汤仁问明白是什么一回事,就也热心地说去试一试,遂将自己的事放下,一起来到体委,找到了负责组织这次比赛的一位领导。汤仁递上工作证,说明了自己的身份后,便谈那牙山煤矿象棋运动如何普及,又说了车马炮如何爱象棋和取得过何等名次,以及他只身来省里的目的,希望能让他有个机会和那位大师或者省里的其他高手学习学习。

那领导也是个象棋行家,沉吟了一阵,便在桌上摆出了"野马操田""七星聚会"等几个残局名局测验一下车马炮。这都是车马炮下过功夫的,略一回忆,便说出了正确答案。小勇生怕领导看不起,便又说车马炮会下盲棋,还说他下棋胜过白正乾。这下,那领导猛然省悟,问可是在茶馆下盲棋,以马低卒破"雁鳖子"胜了白正乾的？——原来，这省里有象棋协会，还有不少真正以切磋棋艺为旨的棋艺社，那日和白正乾下棋，旁观者就有几个这些会社的成员。有人就记录了对局，并把这场棋赛的情况讲了出去。因这白正乾是大家都知道的，将那对局拿来一研究，便觉出那对局者行棋洒脱，刚柔得当，堪称好手，只是不知是何人。

这车马炮因没参加过什么正式大赛，地区选拔赛往往又没有厂矿的名额，所以成了散兵游勇，这象棋界自然不知道他。但那名声却已传了进来，这又是他所不曾料到的。

那领导又看了看车马炮，加上刚才的测验，几下一对号，认为此人确有些根底。便谈起本省象棋运动来，说"文革"前有段时间开展得很活跃，虽然比不上广州、成都等象棋名城，但也很有实力；"文革"以后却有些青黄不接，近几次比赛成绩都不佳。这次邀请特级大师，就是想让年轻一代选手多得几次实战锻炼的机会，也想借此发现些人才。既而说像车马炮这样热心象棋运动和钻研棋艺是很难得的，但和特级大师比赛的事他一个人定不了，不过集训队现有几名青年选手，思维敏捷，棋艺很不错，常请社会上的名手来对弈，他可以安排车马炮今天晚上来这儿和他们进行一场比赛。

车马炮情知又是一次测验了，便留下地址告辞，这时才知道那领导姓陈，还是小勇机灵，忙叫了一声陈老师，连连道了谢。汤仁出来后就分手去忙他的事去了，尔后恰好碰上煤矿拉钢筋的卡车，便又匆匆回了煤矿。晚上，车马炮和小勇来到集训队，见了陈老师，和两个年轻棋手共下了三盘棋。那年轻棋手的棋艺果是不凡的,除了第一局对方中盘失车认负外,其余两盘都胜得很艰苦,都是在残局中车马炮因兵种全,而略占小优势取胜的。

三月五日,车马炮终于获得了与特级大师对弈的机会。实际上,这是因陈老师在座谈会上说到了车马炮的情况后,特级大师自己主动提出来的。体委的同志也有这个意思,便安排他于下午两点,在工人文化宫挂盘比赛。

再说车马炮这边,那日恰好女大学生回了家,听小勇眉飞色舞地说了此事,便又自作主张,逼父亲停业休息一天,要他们睡好吃好,一面又鼓励车马炮"要敢于向强者挑战","那经过艰苦搏斗败下阵来的也是英雄"。一面又怕事情有变,又亲自骑着小凤凰跑体委,再次落实时间和询问具体事项,连她父亲都嫌她管得太多了。

十二点一过,车马炮和小勇怕公共车临时误事,便早早来到文化宫,只在那新发的柳荫下休息。此时,车马炮却想起了煤矿,想起了国英,他想等比赛完了后,他便要回煤矿当他的修理工。回想过去,他深深感谢那些帮助过他的人,好好先生汤仁,精于象棋理论的屠先生,热情的李小勇一家,还有许老,他是以一生中未能与国手对弈而深为遗憾的,如今自己幸运地逢上了这样一个机会,可惜再不能向他谈及比赛情况和共同复盘切磋得失了……

下午一点刚过,那工作人员和观战的棋迷纷纷来到大厅,连小勇那不懂象棋却写了象棋小说的大学生姐姐也赶来助战了。这时,便见陈老师走出大厅张望,车马炮一行忙迎了上去,陈老师便拉着手,把他带进了大厅。

大厅的一角里已摆下了茶几、沙发椅、象棋等比赛用具,旁边坐着几位领导或是工作人员,但与其他观众隔了开来,观众只在大厅的另一边看那大棋盘。车马炮顿觉心情紧张,不及细看棋盘周围坐了些什么人,却见一个面色红润、戴眼镜的中年人微笑着向他迎过来,晓得是特级大师了,未及开口,一双宽大柔和的手已紧紧握住了他。车马炮忙叫了一声老师,那特级大师一面点头,一面就把他拉到沙发上坐下。车马炮还听见他问了几句话,却是北方口音,听不大真,只笑着点点头。接着就有人倒上了茶。

这组织比赛的同志也是很负责任的,见车马炮没有参加过大的正式比赛,是个民间棋手,便又将那比赛规则讲了一遍,那大师也认真地听着。这时大厅里是已挤满了人,连窗外都站着人,比赛就开始了。车马炮执红先手走了那可进可退,可攻可守的"仙人指路"布局。特级大师便走了那经他研究后独具特色的飞象局。慢慢地,车马炮集中了精力,眼观棋盘,世间的一切,渐被他置之身外,无古无今,无荣无辱,无上无下,无往无来……眼前只见三十二子,纵横九十个交叉点。正似军乐齐奏、风云瞬息万变的战场,两军主帅端坐中军帐,举手投足莫不关系千军万马、生死存亡。

初,两军各布其阵,小有接触,彼此试探军情,频频侦察,伺机进击。突发一彪军马直扑敌阵,锐不可当。红方主帅告急,急聚众将议拒敌之法。众说纷纭,于是当机立断,置九宫不顾,挥师过河,直插对方右翼。黑子见后院起火,便分军把守关隘,攻势遂解。既而红方阵内突起迷雾,一步兵笑吟吟脱出,口称愿降。——不纳可惜,纳之恐是奸细,几经运筹,不愧"上将三略远",还从他路先造杀势,顺平安收纳一兵。于是,两军又偃旗息鼓,各守其疆,仿佛天下已太平,宜铸剑为锄,解甲事耕织了,遂悠闲走一闲着,高雅如花前月下吟诗作对。不料红方竟大惊失色,参透其间杀机,也针锋相对,解杀还杀,破一阴谋于未成之时……

　　这之前,已有了几次挂盘比赛。但那特级大师毕竟临场经验丰富,且又技艺超群,棋高一着,所以上场的几名棋手都未能挡住特级大师的凛厉攻杀,中盘便已现大势已去。所以今日这盘棋,越发显出了车马炮的功底不凡。那大棋盘前,有人作讲解,点出那妙着,于是棋迷们如醉如痴,不时发出赞叹之声。尤其在中盘将结束时,双方兑子或弃子入局,几乎是每走一步便在大厅里引起一阵轰动。

　　残局时,红方以一车一炮配合双士,牢牢守住九宫,并伺机反扑,更有一马已闯入对方阵内,遥相呼应,如那已冲入禁区,只待队友传来球便可以飞身建功的篮球运动员,正是兵种齐全,大有可为。而特级大师还剩双车巡行疆域,可攻可守,子力雄厚。因见难以攻破红方防线,便把稳阵脚,共扶一边卒渡河做先锋,向中路横行,意在直捣黄龙。形势却渐渐变得于车马炮不利了。

　　此时,两人皆已进入到十分钟走十步棋的阶段,一分钟就得走一步棋。车马炮见长期纠缠于己不利,急中生智,突走奇招进马卧槽将军。待黑车回守,却又弃马不顾,进车进炮捉死过河卒。顺收卒时又用那炮锁住中路,使特级大师双车无所作为,又进而兑车,以单炮双士对单车,成了和局形势结束战斗,至此共弈六十余回合,双方平分秋色,正是"一着成功见太平"。

这一盘棋,对抗激烈,尤其中盘妙着迭出,棋迷们早已轰动,比赛一结束,便站起来向前争着看那特级大师和车马炮。李小勇自然是体会不到这棋的精妙之处的,只遗憾车马炮未能杀败特级大师,但也从人们的议论中知道车马炮确实下出了水平,便也丢下姐姐,挤上前去。

里面,虽已停了棋钟,大师夸奖着和车马炮握手,又各在记录纸上签了字。但车马炮却还在迷迷糊糊地未能从棋局中回过神来。只觉得有好几个人挤过来和他握手说话,慢慢认出了一个李小勇。有一个面熟的,想起来了,是当年和他一起在牙山参加过地区赛的那个上海知青。这时,对局时一直坐在他身后做记录的那位体委干部也站了起来,拍拍车马炮的肩膀和他说话,车马炮一回头,认出了正是寻找多时的屠先生!

车马炮一把拉住屠先生的手,也不知是喜是悲,竟失声哭了。

牙山煤矿下象棋之风,似乎不受录像、台球之类的冲击,反而日见其繁荣了。因为近年来的地区比赛,渐已注意到让厂矿、农村的棋手参加,而牙山矿每次总会拿回几个好名次。那些青年矿工中,也冒出几个进攻型选手,先手擅长五七炮,后手善用顺手炮的,被称之为"小车马炮"。而那真正的大车马炮,却还是一直没有回来,只说是省里借下了。——原来人也是可以借的，听说如今是靠了下棋吃饭，天底下原来还有这一份工资可拿的。

驾驶员小李，跑了几趟省城，说是见了车马炮，如今常有个女大学生去找他，弄不好国英得等黄掉呐。看那国英时，依然文静地不动声色，最近又在职工文化考核中，一次拿了语文、数学、历史三科合格证，成绩名列第一，矿长马明还为她要去考电大头疼呢，（怕她毕业后飞了，姑娘嘛……）只好大骂那些只爱下棋，考试考得一塌糊涂的男青工不争气，说要治治这股歪风，于是，牙山矿的象棋运动面临着一场危机。

到了雨季，人们从省报上看到一则消息，说最近在广州举行的九省市中国象棋邀请赛中，我省象棋队名列第六，其原因之一是和广州、成都、上海等队比起来，实力悬殊，难以与之抗衡。二是棋手临场经验不足，情绪不稳定，一台的胜负，往往影响到其他台，以致能和的负了，能胜的又作了和。但我省初次参加比赛的棋手姬存葆，却在此次比赛中连胜数员名将，得到象棋界的好评，他行棋的特点是……

看了这则报道，有人说是车马炮了，有人却说不是，那名字差了一点，车马炮本是叫姬春葆的嘛。问邢助工，却认定是的。说最近有个叫李存葆的写小说很出名，就是写那个《高山下的花环》的，记者怕是满脑中都装满了这个名字，才把春葆写成存葆，以后会有更正。但人们马上就发现国英新穿一件紫色风衣，又典雅又大方，引得那些姑娘很是眼红，正是广州产的。

后来，人们留神看报，却没有发现更正启事，或者是登了没看到，但那报上关于棋的消息却越来越多。先是中央电视台首次转播，象棋特级大师胡荣华与柳大华的"二华之战"，下的是快棋，每人才二十分钟，以"三步虎"开局的。那天牙山矿所有的电视机都打开了，虽然最后以双方各胜一局战和，但仍有些矿工却认为胡荣华第一局输得太冤，大有假如由他来下不至于输的含义。接着又见报道说：中日之间的围棋对抗赛，首次总成绩和日本战平，而且在中日间最高规格的"三番棋"赛中，中国队是胜了的。说明我国围棋水平已具备与围棋大国日本抗衡的实力。

7月1日，体育报报道：《棋牌周报》于今日创刊。这是国内首家把中国象棋、围棋、国际象棋和桥牌糅合在一起，以普及为主的刊物。该刊聘请国内外棋牌名家撰稿，知识广泛，内容丰富，趣味盎然……

7月10日，人民日报报道：中国棋手吴敏茜，今天在苏联日兹诺沃德斯克举行的国际象棋女子世界冠军赛区际赛中，以积分10.5分的总成绩名列第二，取得了参加世界冠军赛"八强"赛的资格，并成为继刘适兰之后，我国的也是亚洲第二个获得国际特级大师称号的女子国际象棋运动员。

哦，就是光看报纸，这棋运是越来越昌盛的了。噫，爱棋如车马炮者，当其时哉！

古部落传奇

一

一匹快马从山坡上冲下,疾风一般涉过小河,马蹄溅起了一片水花。

骑马的是一位约三十七八岁的妇人,她面容微黑却很俏丽,穿着傣族筒裙,背上背着一具小巧弩弓,腰间挎着汉式腰刀,浑身英武与一般傣家妇女给人的温柔形象截然不同。

更引人注目的,是她坐着的那具马鞍,上面嵌满了珍珠、宝石和翡翠。在茫茫南疆,像这样的马鞍是找不到第二具的。当然,也凭着这具马鞍,很多人一眼就会认出那骑在马上的女人,就是桂家首领宫里雁的妻子,赫赫有名的女将囊占。

囊占的身后,几个汉式和傣式装束的男女卫士也跟着骑马冲下了山坡。远处,一条时隐时现的山路通向被亚热带雨林遮掩着的远山。那儿,就是桂家集团的大本营猛叭山。

桂家又称作"鬼家"或"敏家",是明朝末年跟随永历皇帝逃入缅甸的人员的后裔。一六六二年，永历皇帝被吴三桂俘房，后在昆明遇难。晋王李定国在中缅边境闻讯悲痛而死，部属们将他葬在勐腊后，也就各自散伙了。其中有一支人马进入了缅甸，与当地少数民族发生冲突，被困在萨尔温江支流南定河上动弹不得。当时，前来围攻他们的土司见状，一个个不禁哈哈大笑。因为雨季很快就会来临，只要一下雨，滔滔洪水便会把困在沙洲上的人马全部淹死。

但是，洪水冲下来时，没有把沙洲淹没，也没有把那些汉人的帐篷、竹筏冲走。原来，聪明的汉人把竹子劈开，做成泡笼装上石块垒在洲头，分开了洪水。土司见连山水都不冲他们，以为是有神灵保佑，很是佩服，便派人把他们接上岸来，让他们在此地居住。后来，他们和当地佤族、傣族、缅族女子通婚，人丁兴旺起来，形成了一个大的移民集团，这就是桂家部落的来历。

桂家部落从一开始，就生活在极其艰难的环境之中，首先是严酷的自然条件，吃饱肚子都很困难。另外，对清王朝来说，他们是反清乱民，是诛杀的对象，而对当时缅甸的雍籍牙王朝来说，这些人的存在和壮大也会对他们构成威胁，再加上边地各少数民族的土司对他们又怀有戒备，所以，除了日常的生活劳动外，桂家男女老少几乎人人习武，一旦有事，全族人都可以上阵厮杀。

山路转到一座悬崖边，唯一的小道上拦着木栅门，囊占的卫士吹了声口哨，草丛中便有人来移开了栅门，恭敬地放她们通过。囊占的眼光顺便察看了一下布在悬崖间的那几根藤索。那实际上是个机关，紧急时只要挥刀砍断它，就会有数不清的药箭如飞蝗一般射出，任你千军万马也休想冲过去。

又经过了几道关口，就到了桂家的大本营前，囊占翻身下马，就有几个士兵走过来，细心地卸下那镶满珍珠翡翠的马鞍，这具马鞍名为七宝鞍，原是明朝皇宫中的御用品。李自成攻破北京城时，被一太监乘乱偷出，后又归到了永历皇帝手中，永历皇帝遇难之后，七宝鞍就留在了桂家手里。按桂家不成文的规矩，这七宝鞍便是首领的象征。但由于宫里雁本人不大爱骑马，在这茫茫大山中，很多路是没法骑马的。于是，这七宝鞍便落到了囊占名下。

桂家首领宫里雁正独自端坐在火塘边。虽然天气并不冷，火塘中的栗柴火却烧得熊熊的，一罐茶水正咝咝地冒着泡。用粗糙木板隔成的墙壁上，挂着弓箭、兽皮和一些桂家创始人传下来的汉族兵器。听得楼板响，宫里雁慢慢转过了头。

"吴尚贤的人早准备好了，要和我们打。"囊占简单地报告着，也在火塘边坐了下来。

桂家的日子，现在正处在最艰难的生死关头。话还得从头说起了。

正当宫里雁的波龙银场办得红火时，有一个叫募乃的地方也有人发现了银矿，只是当地人不会采矿炼银子，这样，就有一个叫吴尚贤的汉人闻讯后，和当地土司削了木楔，喝了血酒，看了鸡卦，便从迤南个旧一带召来了不少砂丁厂哥开矿炼银，盈利甚丰。说起来，这吴尚贤也是一个有本领的人，虽然他身材矮小，其貌不扬，却颇有组织能力，他看到这茫茫南疆中武装的重要,便组织了一支"护厂队",配备了当时最先进的武器——铁炮,遇有战事,吴尚贤也一马当先,他腰缠白布,足穿麻耳草鞋,草鞋尖上挑两朵红球,穿一件对襟的麂皮褂儿,银扣子,又钻得又跳得,所以他的弟兄们都管他叫"矮脚虎"。

  不久,那位与吴尚贤削木楔、喝血酒的土司病死了,吴尚贤便成了募乃说一不二的头人。不过,话虽如此,吴尚贤总感到自己名不正,言不顺,便尽量向清政府靠拢,通过上税和纳贡送礼等手段,被清廷委了个小小的课长,然后又花了不少银子捐了个"通判"的小官。不过,这些官太小了,不是正经的功名。于是,吴尚贤便思量着立一大功,说是要设法说服缅甸归附清廷,以此为条件,让朝廷封他为当地的土王。

  本来,吴尚贤开矿炼银,并没有影响到桂家,大家还相安无事。但是,当吴尚贤率兵一千三百多人,前往缅甸去游说内附问题时,就大大损害了桂家的利益。如果缅甸和清廷成了一家,那作为明朝乱民后裔的桂家就没有立足之地了。因此,宫里雁扣押了吴尚贤的特使,而且阻拦着不让吴尚贤进入缅甸。

  吴尚贤一怒之下,仗着自己的势力,又暗中联络了三千多缅兵,和桂家打了起来。没想到桂家集团战斗力很强,装备精良的吴尚贤被杀得大败而逃,那三千多缅兵也被杀得溃不成军。最后,桂家反而乘机向缅甸推进,于次年攻下了缅甸的阿瓦和哒喇两座城,宫里雁还做了几天的阿瓦王。

  但是,缅甸在经过一段时间的军事准备后,调集了重兵突袭桂家,宫里雁大败,逃离阿瓦,沿途又被当地土司追杀,最后,只剩下一千多人逃到了孟连附近,被围困在山寨之中。前有吴尚贤在堵截，后有缅兵紧追不舍，左右有耿马土司、孟连傣族土司严阵以待，而且一千多人的粮草已成问题，更不用说内中还有不少无医无药的伤病员了。

桂家无路可走。

宫里雁沉默了一会儿，突然扬起头来，像一头受伤的豹子一样吼叫说："算了，明天把还会动的人都叫来跟吴尚贤那狗日的干上一架，死也死得像条汉子！"

囊占没有作声，其实她和宫里雁都清楚，如今的吴尚贤已不比当初，自己的疲兵不是他的对手，即使侥幸取胜，而吴尚贤已是清朝的官，必然会招来清军的镇压，桂家还是死路一条。所以，吼过一阵之后，宫里雁又转过来看着囊占，等着她说出别的主意。

在出谋划策方面，囊占要高出宫里雁一筹。还在宫里雁攻下阿瓦城后，囊占就认为这些地方终究是保不住的，不如返回勐叭山一带，巩固势力，免得遭缅兵报复。可惜宫里雁有些忘乎所以，没听从她的劝阻，才落得这般下场。

囊占手拿一根柴棍，在火塘灰上左划一下，右划一下，最后，她将柴棍一扔，说出了她考虑了很久的主意。"我看，只有留下水香菜根，等明年雨水天又发新芽。"

宫里雁猛盯住了囊占："投降！投哪个？"

"孟连土司刀派春！"

二

位于一片碧绿的山丘和坝子之间的孟连（今普洱孟连县），是孟连宣抚司署的驻地，傣族土司刀派春的首府。宣抚司署是汉傣风格结合的一片建筑物。

今天，孟连第十七代傣族土司刀派春，身着清朝皇帝赐给的宣抚使龙袍，在几个大小土司的簇拥下，喜气洋洋地站在宣抚司大门口，等待着宫里雁之妻囊占率部前来投降。

自从第三代土司刀派送归附明王朝以来，孟连和内地的联系一直很紧密。明亡之后，第十四代土司刀派鼎在募乃一带开银矿，收入颇丰，引起了清政府的重视，正式授予他世袭孟连宣抚司一职，年进贡白银六百四十八两，后来，又因刀派鼎歼灭土匪立了功，省总督又将进贡白银减少为年三百四十八两。这样，到了刀派春继位时，孟连已经很是富足了。

刀派春是刀派鼎的儿子，说起来也是一个有才干的人。刚刚成年，就敢于到永昌府和省城告倒了篡位的刀派佑，恢复了他宣抚司的世袭职位，还得到了皇帝发给的大印和金伞。后来，经过他的努力治理，孟连坝子得到了短暂的安宁，百姓的生活也有所改善。不过，随着年岁的增长和生活的安逸，他的一些缺点也慢慢暴露了出来。

刀派春的缺点是好色和贪财。

好色，他不仅娶了三个老婆，和宣抚司内的使女不干不净有来往，而且每打听得辖下谁家有漂亮女儿，总要设法弄到宣抚司里来当使女。这些事连他的弟弟刀派先也看不惯，每每加以劝阻，但刀派春也往往支吾几句，依然故我。

宣抚司的财产已不少了，但他看到这些年收成较好，便又变着法增加百姓的税赋。例如交省上的贡银一项，本来省总督已将贡银减了三百两，但他却不减百姓的税银，这样，多出来的银子便成了他的个人财产。

眼下，他还没有认识到他的所作所为已给自己掘下了坟墓。

不一会儿，几个家丁飞马来报，说是囊占和他的人马已经来到坝子里了。刀派春和几个土司对视了一下，脸上现出得意的神情。

还在宫里雁从缅甸刚败回时，刀派春也得到了消息，他看准了桂家这回是不行了，便迅速调集了十三勐九圈的兵力，驻扎在孟连周围，逼得宫里雁无路可走。然后，他又派人向宫里雁劝降，说只要交租税银，交出一切武器，人人剃光头，保证效忠孟连土司，他可以收留桂家的人在孟连。刀派春知道宫里雁的人手中拥有大量银子，可以为他增添一大笔财富。

果然，桂家被迫同意投降了。

不一会儿，囊占和她的人马来到了。除了囊占和她的两个女儿、几个亲兵外，跟随的不过百余人，其余的人已在勐允等地分散安置了。因为今番是来投降的，所以囊占等进了坝子就不能骑马了，只由随从牵在后边慢慢步行而来。

此番向刀派春投降，对桂家是无可奈何的一种痛苦抉择。为了宫哥，为了一千多桂家人的生存，囊占下了心，决定承受那未来的一切耻辱，待来年"雨水下地再发芽"。

当然，囊占选择投降刀派春是有她的道理的。一来是因为目前这些土司中刀派春的势力最大；二来是刀派春和他的手下都很贪财，只要多给银子，暂时可保平安；三来就是很多人都认为囊占是傣族，而囊占也确实是个傣族通，她的两个女儿就完全穿傣装，说傣话，所以，投靠刀派春，容易争得他的百姓的同情。

宣抚司门前，囊占认准了中间穿官袍的那个就是刀派春，便上前合掌下跪说："尊敬的土司，我是一只没有家的小雀，土司树大根深，请您准许我在您的树枝上做个窝吧。"

刀派春摆起架子，过了一会儿才慢慢地答应说："只要你们遵从我们十三勐九圈头人的管辖，交出你们的银子和兵器，我们的竹楼会给你们遮风雨，我的土地会给你们耕种，收下的粮食会有你们的一份。"

囊占称谢后，慢慢地抬起了头。刀派春看清了囊占的面貌，心下不由一动。他原先也听说过囊占的美貌，却想不到她竟有这样俏丽动人的风姿。她身旁站着两个女儿——按照协议，只有囊占和她的两个女儿不剃光头，所以刀派春一眼就认了出来。那两个女儿一个约十四五岁，一个约十七八岁，虽然换了素装，表情悲凉，却掩藏不住她们的天姿玉质，反而更加楚楚动人，好色的刀派春，一见就有些心旌摇荡。

趁着刀派春走神的当儿，囊占忙请求刀派春不要把他们的人分散，还是让他们住在一起，种官家的田，并准许他们买一些种地的锄和砍柴切菜的刀。

刀派春警惕了起来，正要驳回囊占的话，囊占手一挥，几个部下把卸下的驮子抬到了刀派春跟前,随即将包裹一撕,露出了里面白花花的银子。按照讲好的条件,每个投降的人要交住宿税银三两,共三千两,分给各寨头人。另外又交三千两给宣抚司做经费。除了这些之外,囊占又额外多送了一千两给土司本人,作为感谢他收留桂家人的报酬。在白花花的银子面前,刀派春的眼睛发亮了。是的,虽然他也有银厂,可两年的总收入加起来也没有这么多。

但是,他还不满足。

刀派春转身对囊占说:"我听说要吃树梢上又大又甜的芒果,是要拿长长的竹竿才打得着的。如果你肯把你的七宝鞍献给我,我会答应你的人可以在寨子里自己盖房子住,种土司的官田。"

站在一旁的刀派春的弟弟刀派先觉得不妥,刚想劝阻,已来不及了。囊占毫不犹豫地卸下了七宝鞍,鞍上镶嵌着的珍珠熠熠发光。

那边,各寨的大小头人领着桂家人回寨子去了,回头他们可以按照人数,向刀派春领取一笔银子。

囊占等人被安置在坝子西北的一间破旧的竹楼。作为特殊照顾,已为她和她的女儿及几个亲兵准备了一些粮食和炊具。

还没等囊占她们将行李搬进竹楼,宣抚司的大管家就来到了竹楼前。

大管家奉刀派春的命令,通知囊占说,囊占等人投降了土司,就是土司的人了,按照宣抚司的规矩,土司有权叫下民的女儿到宣抚司去做丫头,侍候土司。所以叫囊占把她的女儿即刻送入宣抚司内。

囊占的贴身卫士扎朵，是个粗壮的拉祜汉子，早已为投降刀派春憋了一肚子气，闻言一跳而起，怒骂一声："不要太欺人。"吓得管家后退了几步。

囊占示意制止了扎朵，问大管家："如果我不同意呢？"

"在土司的领地上，如果有人违抗他的规矩，就要被关进牢里。"大管家说，"像你这样来投降土司的人，如果违抗土司，你们的人都要算违抗土司，要戴上铁链子做苦工，还不得吃饭……"

囊占把牙一咬："好，我让她去。"

小女儿惊叫了起来："妈，我怕！"

"去！"囊占厉声说着，转过头向着竹笆墙，再也不看女儿和大管家一眼，渐渐地，两颗泪珠从她眼里滚下。

屈辱的日子才刚刚开始……

三

囊占领着桂家兵马投降刀派春的消息，很快就传到了吴尚贤耳中。吴尚贤心中先是一阵松快，他的护厂队用不着成天戒备宫里雁了，继而他又想起宫里雁的那大批武器钱财白白流入刀派春手里，实在太叫人不服气。当然，吴尚贤并不贪财，他的银子已够多了，他想的是权，他想做葫芦王。

吴尚贤盘踞的老银厂一带，原是葫芦王的辖区。但后来葫芦王衰落了，吴尚贤想取而代之。

螃蟹脚

　　按当时的财力和军事力量，周围的土司没有一个比得上吴尚贤的了。尤其是他的护厂队，这几年愈加训练有素，而且他还私下铸造了不少武器，包括当时最先进的铁炮和铜炮。每逢出行，护厂队前呼后拥，威风异常，所到之处，大小土司都恭恭敬敬地迎来送往，为他设宴接风……

　　可惜的是，吴尚贤并没有真正的权力。尽管土司们对他恭敬，他却没有号令这些土司的权力，甚至无法命令募乃附近的百姓向他纳税交粮，服从他管辖。为此，他一次又一次地表示效忠清廷，一次又一次地向省里交贡银和给各处大官送厚礼，但大官们都只是口头上虚与承诺，却一直不封他一个正式的名目，早已准备好的葫芦王的黄伞和黄袍至今还派不上用场。

　　他需要一个邀功的机会。

　　当时的清政府，对这些边地少数民族土司，是采取拉拢收买的政策，所以对那些歼灭骚扰边地土匪，或镇压农民起义有功的土司，往往采取封官的方法作为赏赐。而宫里雁呢？吴尚贤知道，省总督已认定他是"鬼家匪酋，在缅甸构衅多年，今复流毒孟连，该酋一日不除，恐滋事端……"早已把宫里雁列为应当消灭的对象。所以，吴尚贤想抢这个头功，以此作为条件，再加上多花些银子，达到他做葫芦王的目的。

　　吴尚贤暗中派人察访，知道宫里雁身边只有几十个人，虽然说住在石牛厂，却过的是游击生活，每日行踪不定。有一次，吴尚贤探实了宫里雁近几日的住地，夜里便派出了一队人马去偷袭，不料不知是消息走漏还是对手警惕性高，派去的人反中了宫里雁的伏击伤亡了十几个人，气得吴尚贤望着石牛厂方向大骂。

几番较量后,吴尚贤知道对付宫里雁只能智取,不可硬来。最后,他决定利用一下耿马土司罕国楷。

罕国楷时年五十多岁,在附近几个土司中数他年纪最大。他为人随和且显得有些愚钝,实际上却老谋深算。他和左邻右舍的土司相处得较好,对下人也不会动辄训斥,所以比较得人心。

吴尚贤的计划是由罕国楷出面去刀派春那儿,借来囊占的七宝鞍。但刀派春为人很小气,恐怕不会借,只能花上一笔打点,这钱由吴尚贤出。然后收买两个桂家的人,这两人带着七宝鞍向宫里雁传信,就说囊占因在刀派春那儿待不下去,已投靠了罕国楷,劝他来耿马和她会合。等宫里雁来之后,便派大批士兵将他捉住,并将宫里雁交给吴尚贤,吴尚贤愿出五千两银子为酬劳,先付二千两,成后再付三千两。

罕国楷捻着胡须想了半天,最后答应了。一切都按吴尚贤的主意进行着。

再说宫里雁,他虽然是深居简出,但对周围环境随时保持着警惕,同时派人打探各地的情况。自从囊占率众投降了刀派春之后,各土司之间剑拔弩张的状态暂时缓解了;缅兵虽然没有退回内地,但也没有继续追过境来。这样,宫里雁的压力减少了,也给了他一个喘息的机会,可是,自从那晚险遭袭击之后,宫里雁知道自己的处境十分危险,于是防范更严,常常是白天睡觉,夜里却开到山上去歇山露宿。这样的日子什么时候才有尽头,大家心里都没底。

这时候,罕国楷派人送信来了,说囊占已到了耿马,他罕国楷和宫里雁是弟兄，所以他派人来接宫里雁和家眷随从等，罕国楷保证他们的安全。

宫里雁是个吃软不吃硬的汉子，过去也和罕国楷称兄道弟，觉得罕国楷向来讲义气，为人还不错。再则他先前也和囊占商量过，如果刀派春那儿实在过不下去的话，就投奔罕国楷，何况还有囊占不离身的七宝鞍为凭，宫里雁相信了，即刻和家人扎起驮子，起程向耿马走来。

从石牛厂出发，不消几日便到了耿马土司的领地。这一天，在离土司府十多里的地方，遇上了前来迎接的人，他们恭敬地请宫里雁下马，到路边的一座大缅寺里休息。众人刚走进大缅寺，突然听得一声号令，四面涌来了大批手执武器的士兵，按住宫里雁的人就捆绑了起来。

宫里雁大声喊叫："我是你们罕土司接来的人，不准动手！"

但是没有人听他的，反而把他捆得更紧了。有两个卫兵见势头不对，挣开了绳索欲作抵抗，但立时就被乱刀砍死了。不一会儿，两颗人头滚到了宫里雁的跟前。

宫里雁这时才知道自己上了当，不由得仰天长叹。

这时，耿马土司府的后院里，吴尚贤领着几个亲兵，正等得焦急。按他和罕国楷商定，是等今天宫里雁到了土司府时才动手，然后将人送给吴尚贤。可是，直到天黑，还不见宫里雁到来。吴尚贤急了，忙找罕国楷问情况，罕国楷却慢吞吞地说可能是路上耽误了，他一面叫吴尚贤不要担心，一面吩咐摆上好酒好菜，直劝吴尚贤等人喝酒。吴尚贤无奈，只好一边小心地喝酒，一边悄悄地传信给他在外面的弟兄，赶忙去打探一下情况。

第二天，约莫到吃早饭的时刻，吴尚贤才知道，原来昨天下午捉住了宫里雁后，罕国楷就将他和他的两个老婆、两个使女、一个儿子和贴身卫兵阿占、阿九等人装进了早已准备好的囚车，派重兵押着，连夜送往永昌府去了。到现在算起来已走了一天一夜，想追也追不上了。

　　吴尚贤听后大怒，气冲冲地责问罕国楷为何违约。

　　罕国楷早有准备，慢慢掏出一张永昌府府台杨重谷的密令，说："我奉府台杨大人的密令行事，所以事先不好与吴老弟商量，还望见谅。"

　　吴尚贤倒噎了一口气，看到密令签发的时间，已是好久前的事，他这才明白，自己赔了血本，费尽心机出谋划策，反成就了罕国楷这老东西，自己倒两手空空。吴尚贤平日是很看不起这些土司的，认为他们一个个既贪财如命，又蠢笨如牛，成不了什么大事。不想今天却被罕国楷大大地愚弄了一番，不由得怒火中烧。

　　"那我的二千两银子呢？"

　　"这个嘛，"罕国楷两手一摊说，"吴老弟也知道我，是穷人一个，这回抓宫里雁，不先把银子赏给下人，哪个肯替你卖命？不过嘛，等永昌府和省总督的赏赐下来了，我必定会多多地偿还给吴老弟的。"

　　"你这个老滑头！"吴尚贤一把抽出了腰间的银柄锏刀。

　　罕国楷对此早有防备，立时，厅内外响起了一片拔刀的声音，几个恶狠狠的卫士迅速站在吴尚贤与罕国楷之间，几把尖刀直逼吴尚贤。

看看没有什么便宜可占，吴尚贤只得咬咬牙，忍下了这口气。他"唰"的一声收刀入鞘，从牙缝里挤出了几个字："罕司官，咱们后会有期！"然后领着他的弟兄踏步就向厅外走去了。身后，只听得罕国楷粗哑的大嗓门慢条斯理地响起："送——客——人——"

四

囊占的日子日渐艰难了。

刀派春的贪婪是没有止境的。他知道，桂家手里积蓄着的银子，除了给他的那一部分外，一定还有不少，所以他三天两头出主意，变着法千方百计要把桂家最后的那点银子榨取出来。

上行下效，看到土司如此，各寨头人也都纷纷向桂家人敲诈勒索起来。桂家人要一草一木，都要用银子来换，一箩谷子也要一两银子，否则不换，让你去挨饿。

相比起来，在寨子里集中住在一起的桂家人，日子还好过些。而那些分配到各家去为奴的，处境就很悲惨了，做牛做马不说，连肚子也吃不饱。所以，桂家人不堪受虐，将主人的牛马杀死后潜逃的事件时有发生。当然，最后这银子还得囊占去赔。

但是，刀派春还嫌不够。

没过几天，刀派春又派人来找囊占，提出要把桂家的一切骡马全部收缴宣抚司。理由是他的百姓大都没有马骑，而投降过来为奴的桂家人反而骑着马，不合道理。

骡马是当时南疆最好的运输工具，要在山区打仗，粮食等物资非得有骡马驮运不可，否则寸步难行。囊占和刀派春几番交涉，刀派春同意留下一部分骡马，却要囊占的大女儿也进宣抚司做丫头。

懂事的大女儿没等囊占吩咐，就自己上宣抚司去了。囊占知道大女儿是很有心计的，此番刀派春是找了个死神放在身边，而且桂家在宣抚司里也有了个耳目和内应。英雄一世的囊占咽下了这口气。

还在刚刚投奔刀派春的时候，囊占和宫里雁也想过，如果在刀派春这儿能生活下去，那就长期在孟连定居下去算了。多年东奔西杀，往返于滇缅边界的桂家，是哪一边的朝廷都不能见容的，桂家的最终出路，只有和本地人民融为一体，成为和平居民，否则永无出头之日。可是，刀派春如此贪得无厌地勒索银物，剥削桂家，实在超出了他们原先的估计。于是，复仇和出走的想法便在桂家人心中渐渐形成。

因为担心桂家人闹事，刀派春把他们都安排在偏僻寨子里分散居住，并派人监视他们的活动。不过时间一长，这些监视的人就松懈了，有的反而和他们交上了朋友，或者只是偶尔来转转，例行公事而已。这样，倒是给了囊占可乘之机，桂家人利用购买农具的机会向傣家商人高价买了一些武器，又在同情他们的傣族百姓帮助下，把先前埋藏下的武器也偷运进来了一部分，并暗中习武练兵，秘密联络，等待机会摆脱刀派春的控制。

那时，囊占探得缅甸那边的缅兵没有进一步的行动。自从他们投降了刀派春以后，各家土司临时召集起来的军队都各自解散回寨。而吴尚贤按惯例又到了上省城交贡银的日子，如果是他亲自去的话，还要随身带去一部分护厂队，所以这倒是一个出走的机会，只是宫里雁那头一直没有消息，使得囊占心里很不安定。

转眼又到了傣历一一二四年七月，即公元一七六二年四月。傣历年是以七月为岁首的，七月就是新年（泼水节）。节日前，刀派春又派大管家来找囊占，说是土司有事请她去宣抚司谈一谈。囊占从管家那儿打听不出刀派春又有什么新主意，便匆匆和扎朵等人商量了一下，在筒裙下暗藏了匕首，由扎朵等陪着来到了宣抚司。

宣抚司大门，格局和内地官署差不多，门楼上是描朱飞檐，青石台阶，两扇红漆大门有两个卫兵把守，不经通报谁也无法通过。

不一会儿，卫兵传令，说只准囊占一人进去，囊占吩咐了扎朵几句，就昂然进了大门。本来卫兵是要引囊占走侧门的（因她是女人），因此时已来不及了，只得跟在她后面走了进去。

进了门楼，穿过了一片空地，便到了演武厅，宽敞的大厅四面是栅栏墙，整齐地摆置着两排兵器，并有士兵执勤。入夜，便有巡逻的士兵举着火把，从这里出发，围着宣抚司警卫巡逻。那些因违抗土司旨意被抓来的百姓，审讯之前一般也先用铁链锁在演武厅的大柱子上。囊占进来时，正有两个交不出赋税银子的傣族农民被捆在柱子上。

演武厅楼上，是汉傣结合的大屋顶，楼内藏有土司家的财宝及明清两代王朝赐给土司的印信、金伞、文书等，所以戒备很严。

穿过演武厅，隔着院子就是高高的议事厅了，议事厅的楼上就是刀派春和他的三个老婆的卧室。左右厢房的楼上楼下是土司家其他成员的住所，客房及接待客人的会客厅等。议事厅后还有一排傣式掌楼，是厨房及丫头、卫兵的住房，有天桥与议事厅楼上走廊相连，出入甚是方便。

在走廊转弯处，囊占遇上了刀派春的弟弟刀派先。桂家人对刀派先比较有好感，据说他曾多次劝过刀派春，不要过分地欺压桂家。人家既然投降了，就要以礼相待，一会儿要银子，一会儿要骡马，这不合我们傣家待人规矩，不要把事做绝了。可是刀派春根本听不进去，他看到桂家一而再，再而三地让步，总觉得桂家人可欺，不整治他们就显不出土司的威风。于是反觉得刀派先碍事，碰巧罕国楷来借七宝鞍，刀派春就干脆派刀派先去押送七宝鞍。

刀派先是昨天才押着七宝鞍回来的。现在猛一碰上囊占，便又想起宫里雁的事，不由得有些不自在，支支吾吾地答应了一下囊占的问候，就急急忙忙地走开了。他的神情，引起了囊占的一阵猜疑。

卫兵把囊占引到厢房，使女搬来了垫子让她坐下。不一会儿，刀派春微微发胖的身影便出现在厢房门口。

使女送上了茶，便悄悄退出。显然，这样的礼仪，对目前是下民身份的囊占来说，算是超规格的接待了。囊占弄不清他葫芦里卖的是什么药，便端坐着等待他开口。

刀派春贪婪地盯着囊占。此时的囊占既端庄又沉稳，显示出一个成熟妇人健康的美，撩拨着刀派春的心。

螃蟹脚

  刀派春这回叫囊占来是想叫她做他的第四房小老婆。这个意思是老早就有了的,只是因为囊占后面还有一个血性汉子宫里雁,不敢开这个口。这一回刀派先带回来的消息,说是宫里雁已让罕国楷拿住解到永昌府,而且很快就要押送到勐谢(昆明),所以他迫不及待地就叫人把囊占找了来。

  他认为,囊占不敢不答应。

  刀派春太轻看囊占了。囊占毕竟是个既能出谋划策又能冲锋陷阵的女中英雄,为了桂家的一千多弟兄,她忍辱负重,一再退让,如今忍耐到头了。囊占尽管怒火中烧,脸上却一点不露声色,相反地,她却要利用这个机会从刀派春口中了解更多的情况。

  她缓缓地开了口:"刀司官看得起我,我像是掉进水里的丝绸晒干后又有了光亮。但是我的男人宫里雁,是头不服人穿鼻子的犟牛,刀司官不怕给你惹来灾祸吗?"

  "嗨,宫里雁已经……"刀派春冲口而出,马上意识到自己说漏了嘴,忙改口说,"我现在的兵比南垒河边的石头还要多,我的刀枪加起来,比金山上的树还要密,宫里雁是不敢来和我惹事的。我可以从十三勐九圈的姑娘中挑一个给他。再说,只要你嫁给了我,你们桂家的那些人日子也会好过些……"

  刚才刀派春的一句失言,让囊占抓住了,她意识到宫里雁出了事,也许遇害了。就在那一刹,囊占果断地下了决心,事不宜迟,就在今天晚上行事。她轻轻一笑说:"好吧,那我回去收拾一下东西,看一个日子。请司官转告一下大管家,等一下我派扎朵来通知他日子。叫我的两个女儿也见一见扎朵,由扎朵把这个消息告诉她们两个。司官就准备着接人吧。"说完,囊占就起身向外走去了。

刀派春心花怒放,恨不得马上就把囊占搂进怀里,他把囊占送下楼后,便转身找来了大管家,交代迎娶囊占的具体计划了。

宣抚司大门正对着孟连坝子,囊占走到大门,在高高的台阶上站住了,眺望起孟连坝子的风光。此时,坝子里的秧田正是一派碧绿,芒果树上挂着一串串青色的嫩果;远处的凤尾竹掩映着时隐时现的竹楼,一些穿着花筒裙的傣女正在田间劳动,嬉笑声不时传来。一切都显得那么平静、安宁。可是,今天晚上,他们不得不再次进行一场流血的厮杀,这是多么不得已的事啊。

囊占最后转回头,看了一眼宣抚司高大的楼房,她仿佛看见了那楼房上即将腾起的熊熊烈火!

五

孟连坝子的夜,静极了。

天上没有月亮。黑漆漆的坝子只有远近寨子里亮起几点灯火,传过几声狗吠;或者有个执竹子火把的夜行人走过,给坝子中间增加一个移动的亮点。

天刚黑时,桂家的人便陆续悄悄地向囊占的小竹楼集中了。

囊占是个富有战斗经验的女将,虽然她并不识字,看不懂地图,却把孟连周围各寨中桂家人的分布情况掌握得一清二楚,知道哪些人可以连夜赶来,哪些人需要下午动身才能赶到孟连。

桂家人接到囊占的密令，都迅速行动起来。

孟连土司并没有常备军队，宣抚司辖地的防务由各地的土司自己负责，刀派春对他们并没有直接的约束力。宣抚司这里只有一支约百把人的卫队，负责宣抚司署的警卫。不过，遇有紧急情况，只消锤锣、牛角号一召集，各寨的男人便能在短时间内迅速集中成一支军队。当然，前提是要有人召集。这些情况，囊占早已了如指掌，只有刀派春，还糊里糊涂地做着迎娶囊占的美梦。

囊占所在的寨子还不等天黑就被桂家占领了，而且实施了戒严，没有一个人能出得去。那个负责监视囊占动静的小头目见状，想偷偷潜出去报信，刚一动脚就被桂家捆作一堆丢在了竹楼下。

半夜时分，囊占的助手扎朵等身藏利器，悄悄潜入宣抚司附近，在囊占大女儿的配合下，躲进了宣抚司，然后向外面接应的人发出了暗号。这时，囊占已率数百人埋伏在宣抚司所在的大寨子边上，见到暗号，便点亮火把，呼喊着从四面杀进了大寨子。迎面撞上一队巡逻的士兵，还未及抵抗，便被桂家的人砍死了。囊占骑着一匹灰色大骡，直向宣抚司冲去。

这时，宣抚司大门已被扎朵打开，并且正与宣抚司的卫士在殊死搏斗。囊占手起刀落，一连砍翻了几个正在抵抗的卫兵，桂家人跟着她冲进宣抚司院子里，宣抚司的卫队崩溃了，四散逃窜。积怨已久的桂家人不分好歹，见人就砍。一时间，宣抚司内格斗、喊杀声，哀号求饶之声乱成一团，刀派春的三个老婆、儿女、亲属等须臾间都一个个被砍死，鲜血溅满了宣抚司的议事厅、演武厅、厢房……

与此同时，孟连坝子附近几个大寨子中的桂家人，见宣抚司内火起，也按照囊占的吩咐开始起事了。他们从寨子头人那里抢夺了骡马，带着武器赶往会合地点，有些寨子的头人由于平日勒索他们太厉害了，此时也被愤恨的桂家人杀死，一些竹楼也被他们点火烧毁了。

就在喊杀声刚刚响起时，刀派春惊得抖作一团。继而听见卫兵们在拼死阻拦桂家人马时，才想起找路逃跑；却被老婆死死拉住。他气得踢了老婆一脚，跑上走廊，想把宣抚司的大印抢走，没想到刚迈开脚就被什么东西绊了一下，扑通一声栽倒了。一抬头，才看见是囊占的两个女儿，操着切菜刀，一左一右恶狠狠地盯住了他。刀派春的大老婆见状扑过来撕扯囊占的女儿，想解救刀派春，不想囊占的大女儿毫不手软，劈面一刀砍得她满脸是血，哀叫着滚到一边去了。

火光中，囊占、扎朵等人迅速搜查着漏网的土司家人，发现只有刀派春的弟弟刀派先、刀派新等逃脱，刀土司一家三十余口几乎都被杀绝了。

不一会儿，刀派春被拖到了囊占面前。

仇人相见，分外眼红，扎朵首先跳了过来，想一刀结果他。囊占忙挥手挡开了他的刀，转身审问起刀派春来。

"说！我宫哥现在哪里？"

"他、他……"

"要命就老实说！"周围的桂家人吼了起来。刀派春才颤抖着说出了宫里雁被罕国楷骗押到了永昌府的事。

"这、这都跟我扯不上关系。"刀派春还想求饶,但已晚了,囊占手起刀落,刀派春人头落地。

这时候宣抚司内的火越烧越旺,在院内各处巡查的桂家人找出了他们的七宝鞍和宣抚司内存放着的金银珠宝。囊占吩咐把能带上的都带上,然后传一声令,带着人马退出了大寨,向着会合地点飞奔而去。

黎明前,囊占等来到了孟连坝子南边的一座山顶上,回望坝子内,见好几处地方都燃起了熊熊的大火。那是宣抚司的大火又蔓延到附近的民房,另外还有些憋了一肚子气的桂家弟兄,路上把一些头人或百姓家的房子也点着了,囊占无法制止他们。她独自对着夜幕中的火光合掌祈祷,请求天神原谅她给美丽的坝子带来了灾难,带来了死亡……

我是不想再打仗了,不想再像塘里的浮萍一样随着水淌去又淌来。可是,是什么逼得桂家人再一次拿起了刀枪呢?对着夜色,囊占沉思着,直到扎朵过来催她上路。

天大亮的时候,囊占和她的队伍来到了离海车不远的地方。海车是佤族聚居地,也属孟连土司管辖。佤族人虽然生产力低下,生活却过得厚实,打起仗来都不怕死,所以桂家人历来都避免与佤族人作对。囊占吩咐要小心通过,只要能过得了海车,就可以到达中缅边境,那里目前没有缅兵,这样将有利于疲惫的桂家人作一喘息、休整。

桂家的人马,是一支奇形怪状的队伍。桂家本是一个移民集团,所以队伍中有老有少,有妇女也有儿童。听得囊占起事的消息,他们怕留下来被傣家人杀头,所以全部都追随囊占来了,大约有六七百的样子。有的随身带了些粮食、毡子,有的什么也没带。所幸的是他们都知道骡马的重要性,因此绝大多数人都带有骡马,当然,有的是他们原有的,有的是从宣抚司那里缴来的,还有从寨子里偷或抢来的。

囊占的这些人马,凭着桂家多年征战养成的习惯,自然形成了行军的队列,把老弱病残和妇女儿童护在中间。

海车山寨静悄悄的,似乎还没有起床,囊占观察了一会儿,便派扎朵率一支马队冲过路卡去。当扎朵的马队快接近山口时,突然一阵木鼓声响起,药箭像飞蝗一般射来。接着从大树后,山岩后跳出一群执刀的佤族大汉,将扎朵等人围住砍杀起来。

这时,桂家人已组织好第二支马队,趁着双方混战不能放箭的空隙,又迅速冲杀了过去,救出了扎朵等人。但已有五六十个人倒在了山坡上。

他们怎么准备得那么快?囊占惊疑了。

事情说来也巧,昨天傍晚,海车附近腊垒的一个傣族头人,听说他寨子里的几个桂家人偷走了寨子里的马,心中大怒,便叫起几个傣家汉子骑马就追,没想到追上以后发现偷马的桂家人比他们还多,反而将他们围起来砍伤了几个。这个头人趁乱弃马躲进草丛中才脱了险。在草丛中,他听见桂家人谈论要打宣抚司的事,就连夜跑到海车找佤族头人,要他们设法去帮宣抚司的忙。因为孟连第一代土司罕把法的老婆是佤族人,土司便成了佤族的姑爷。这样在几百年的交往中,孟连土司与佤族的关系一直很好,没有发生过械斗纷争,一旦孟连土司有危难,佤族头人必定会挺身帮忙。

佤族头人召集了他部落里的战士，准备往孟连方向救援。不想天一亮，前往打探的腊垒傣家人就回来报信，说囊占的桂家人往这边奔来了，所以他们立即埋伏设卡，封锁了能通往中缅边境的几个路口。

又一次冲锋失败了，桂家人马疲惫不堪地退了回来。

硬冲是冲不过去了。囊占考虑有没有别的什么路可以绕过去。可是，在那亚热带雨林的林间小道中，桂家拖儿带女的骡马队远远没有佤族人转移得快，而且，囊占听见远处的几个佤族寨子中的木鼓也一问一答地敲响了起来，不用多少时间，更多的佤族战士就会出现在他们面前。

满身血迹和汗水的扎朵骑马来到囊古身旁，他建议说打不过去就别打了，弟兄们都累了一夜，饿着肚子打不动了。不如调头北上，到勐梭和勐朗（今澜沧县城一带）歇一下气，到那儿一路上只有些拉祜人的游猎部落，而且他们和傣家不和，不会来打他们的。

看来只有这样办了。囊占采纳了扎朵的意见，悄悄派出一支尖兵向勐朗方向前进，然后是保护老弱病残的大队人马尾随其后。她和扎朵等则继续领着人在海车山寨前呐喊叫骂，做出要冲杀过去的样子。直到她的人马去远了，才一声呼哨，飞马追去。

六

就在囊占火烧孟连宣抚司，杀了土司一家三十余口的消息传到了省城时，那永昌府押送宫里雁的囚车也已快到昆明了。由于宫里雁是"匪酋"要犯,永昌府府台杨重谷不敢稍加大意,派了重兵押送,遇到坡坡坎坎的地方,就六个人抬一个囚车,替换着兼程前往。不然的话,雨季一来瘴气肆虐,路也就不是那么好走的了。

宫里雁在耿马时,他随身携带的大部分财产已被罕国楷夺去了,所以在永昌府狱中,宫里雁的日子就很不好过。后来,有几个没和宫里雁去耿马的,相当于宫里雁管家身份的亲信,听到消息后,从桂家埋藏在地下的银子中取出了一部分,冒充石牛厂主人龙得拉的部下,来到了永昌府,拿出银子来上下打点。但一点结果都没有,只是让他在监房内稍有一点自由。

后来,杨重谷听说有桂家的人在这里活动,担心夜长梦多,就急忙派了重兵,火速将宫里雁送往省城去了。

乾隆二十七年,即公元一七六二年五月底,宫里雁被押送到了省城昆明。立刻就被关到了大牢里。

神情淡漠的宫里雁,原来就是个络腮胡子,边地人称为"大癞腮",此刻胡子更长了,几乎与头发一起遮住了整个脸。经过了几重铁门几道警卫后,宫里雁被放出囚车,但立时又被戴上了脚镣手枷,推入监房。在长长的走廊慢步走动时,宫里雁打量着两旁用粗大圆木和铁条围成栅栏墙的监号,心里不由得佩服起这些勐谢(昆明)人修造牢房的本事。

突然,他听见有人用傣话喊起了他的名字:"老宫、宫里雁!"

宫里雁吃惊地循声望去,只见一个黄瘦的病得有气无力的人正扶着栅栏挣扎着站起来喊他,只是想不起来是哪个,忙挪动了几步仔细辨认,才认出那人原来是不久以前还与他在阵前交手的骁勇的募乃老银厂厂主吴尚贤!

　　原来,吴尚贤在罕国楷那里吃了亏后,恨恨地回到银厂,恨不得马上就发动他的护厂队,跟罕国楷干上一场。不过他知道,罕国楷肯定有了准备,而且罕的背后有永昌府杨重谷的支持,打起来自己占不到便宜。左思右想之后,他决定还是按时到省里纳贡,花一次大血本,非把省官那里买通不可,因为天底下哪里有不爱钱的官呢?这一回吴尚贤的确花了血本。

　　吴尚贤请能工巧匠造成了简册,上刻表文,表示自己效忠朝廷的决心。又造了一座小金塔,装在匣子里,想通过云南总督转贡给清廷。为此,他又给省城各位大人送了一份厚礼,除了金银珠宝外,还送去了缅甸、暹罗等地出产的布匹、毡缎、药材等特产,其中最引人注目的是那五头乖巧的驯象。

　　吴尚贤的队伍出发了,这次他带走了护厂队的不少人马,驯象驮着贡品,一路上前呼后拥地抖着威风,就这样一直来到了昆明城外驻扎了下来。然后吴尚贤就在省里各大员的官署和府第之间奔忙开了。他用钱买通了几位大人的门房、管家,又请了昆明的巨商代为打点。总之,送礼的事进行得很顺利,吴尚贤踌躇满志,以为这回请封葫芦王一事至少会有个眉目了。

　　可是他怎么也没有想到,罕国楷等土司告他的呈文早已到达了省里,呈文中列举了吴尚贤的好几条罪状,说他在募乃老银厂私造武器,企图造反;打造黄伞,僭称土王;而且勾通缅人,纵容部下掠杀客商,沿途招摇,图谋不轨……

　　本来,吴尚贤在开创银厂初期,是比较注意与当地土司搞好关系的。但后来，银厂收益多了，与当地的佤族、傣族等打过几次争夺银厂开采权的仗，也都是吴尚贤获胜。后来，护厂队不断扩大，吴尚贤不免忘乎所以，加上他想当葫芦王的野心日益显露，使得那些利益受了损害的土司们非常不满。像罕国楷这样工于心计的人，就不露声色地告了他一状。

当然，凭一份呈文还不足以把吴尚贤送进大牢。最终坑了吴尚贤的，也许正是他自己送上的那些金银。这些省官一是确实害怕吴尚贤回去生事，以后责任追究到这些收过重礼的省官头上吃不消；二是想把吴尚贤进贡给清廷的金银珠宝坐地分赃；三是想由省里控制募乃银厂的大权。因此，这些大官们就有了默契，不治吴尚贤的罪，却以待查的名义将他收了大牢。

听到吴尚贤被拿下大牢的消息后，他带来的那些护厂队兵便分了些财物一哄而散。吴尚贤见自己落了这么个下场，又气又恨又后悔，顿时生了一场大病，在狱中又没有人照料，不几天就瘦成了皮包骨头，奄奄一息了。

宫里雁盯着他，不知道是同情还是鄙夷，过了一会儿，才从牙缝里挤出了几个字："死，要死得像条汉子！"说完回过头就向前走去，再也不看吴尚贤一眼。从那时起，宫里雁对自己的命运再也不抱什么幻想了。

其实，在如何处置宫里雁的问题上，省官们是有分歧的。比较了解边地情况的云南布政使永泰就认为，囊占杀害刀派春一事，起因是孟连土司虐待降酋，以至引起"鬼家"愤恨，不管怎么说和宫里雁关系不大。而且近几年来，缅甸雍籍牙王朝的军队时有窜犯边境之意，而宫里雁历来与缅兵作对，如果杀了宫里雁就是为敌除害了。

但是，云南府台龚士模、按察使张逢尧等却反对，说是囊占等归顺清朝是形势所迫，迟早要反水，现在火烧孟连，杀了刀土司，宫里雁也不能免罪。绝不能再让他回到边地，危害边民。应该明正典刑，以儆效尤！

当时最高长官、云贵总督吴达善没有表态，却私下里派了一个人到大牢找宫里雁，说只要宫里雁交出明朝的御用物七宝鞍，那么吴大人可以放他回到边地。

七宝鞍！宫里雁想起了此时正在茫茫南疆征战的囊占。这些天，他已知悉了囊占杀了刀派春，重新聚拢桂家的事，心中忧喜参半。他可以肯定地认为，七宝鞍仍在囊占的手里，可是，一具七宝鞍又能改变什么呢？他想起了吴尚贤的金塔、金册。也看透了这些省官，于是闭着嘴一句话也不说。

宫里雁并不怕死，他看到的死人太多了。

在这时，那个称雄一时的吴尚贤已经凄凉孤独地在狱中病死了。

也许是宫里雁的态度惹怒了吴达善，几天后，宫里雁就被吴达善以聚众劫杀罪判处斩刑，还要传首示众，宫里雁的小女儿则枷号三个月后，赏给了豪门之家为奴。至于宫里雁的另外两个老婆和婢女，就由几位省官大人们分享了。

斩刑在昆明南门近日楼的月城里执行。临刑前，宫里雁望着南天说了一大堆"夷话"，刽子手听不懂，以为那是夷人的咒语，很是害怕。事后赶紧就跑到了庙里烧香，还叩了好几个响头。

七

勐朗坝，囊占的人马得到了休整。

那时的勐朗坝，杂居着傣族、爱伲人和南迁来不久的拉祜族。名分是孟连宣抚司的属地，实际上是无人管辖。

拉祜族是个迁徙性较强的游猎民族，生产力低下，长期以来不仅受满族、汉族统治者的压迫，同时也受到其他少数民族土司的剥削，所以他们对囊占很是欢迎。囊占添置了一些骡马牲口和粮食。同时，又按照桂家的传统，组成若干叫"伙"的战斗单位，指定了各伙的头目和各自的任务。

为了作战需要，一些伤病号就送到当地的拉祜、爱伲和同情他们的傣族百姓家里，并发给他们银两作为生活费用。

摆在囊占面前的形势是严峻的。

往内地走，无论是到车里还是希卯（思茅），土司的力量一个比一个强大，还有清朝的驻军也随时会杀来。如果继续留在勐朗坝呢？最多两天，孟连坝就会组织起三四千人的佤族和傣族的队伍，在刀派先的率领下向他们围剿过来。另一个方向的上允、下允的傣族土司也会领兵向他们合围，桂家是打不过的。唯一的出路就是走募乃，因为吴尚贤已带着他的护厂队上省城去了，从那儿到勐戛（今澜沧木戛）就是中缅边境了，那儿的木邦部落原和宫里雁比较友好，又是桂家活动的地方，趁目前缅甸方面比较平静，桂家可以在边境上得到休息。

这就是囊占当时所能分析出来的情况。当然，走募乃，肯定也会受到上、下允土司的堵击,但他们所能召集的人马大约只会有三千左右,而且都是傣族。佤族战士一般不会离开他们的寨子远征募乃的。血战一场也许能冲得过去。

做出了出发的决定后,扎朵和各伙的头目立时做准备去了。囊占也走下了她居住的掌楼,信步沿着一条水沟走去,远远就望见她的两个女儿正在水沟边采集水香菜,她心中一动,吩咐两个卫士在原地等着,独自一人来到了女儿身边。

看见母亲来了,两个女儿高兴地扬了扬手中的水香菜,叫母亲来和她们一起比赛。于是,母女三人嬉笑着在沟边赛开了,开心得忘掉了周围的一切,忘掉了不久前的羞辱和即将来临的血战,直到囊占不小心把脚踩进了泥沟中才停止了比赛。

在水沟边洗脚时,囊占的心情又沉重起来。宫里雁被永昌府押往勐谢的事,她已经听说了,为了稳定军心,她没有告诉桂家弟兄。眼见得宫哥此去是凶多吉少,而明天的血战,结果又将如何呢?哦,茫茫南疆,众多的民族、众多的头人土司,为什么非要动刀动枪才能生存下去呢?像刚才那样母女在一起欢乐地玩耍的日子,为什么又那样难得呢?

囊占想不出答案。不过,昨天她送一个受了重伤的弟兄到一户傣家治伤时,主人家毕恭毕敬的样子使她想出了一个主意。她想:如果这次能冲出去的话,她要把桂家壮汉组织成一支军队,然后把不能打仗的人安置到当地寨子中去。只要这支桂家军队还在,安置在寨子中的桂家人就不会受欺负,这样,时间一长,桂家人就会和当地百姓融成一片,并且世代繁衍生息下去。

不过,眼下最重要的是考虑明天的行动。

夜里，借着月光，桂家人出动了。他们沿着南朗河向上游方向的募乃悄无声息地走去。

原来散置在勐棆、勐朗一带的桂家人，也都纷纷找到囊占会合，所以囊占的兵力依然保持着六七百人左右。他们尽量不惊动驻扎在募乃上、下允的傣族士兵，最好能悄悄地过去。

实际上这是不可能的。到处都有暗探监视着桂家的动静，囊占一行动，那些混在当地傣族百姓中的暗探，就飞马报信去了。

南朗河两岸，多是大山梁子，桂家人沿着山梁行走。因为月亮落下去了，所以走得不快，天亮时来到了一处路口，从这儿过了南朗河很快就可到达募乃，在这里，他们与上、下允的人马遭遇了。

上允和下允的傣族，和孟连的关系很亲密。在孟连的历史上，如果一代土司死后，继任者无人或年幼的话，往往就由上、下允土司前往孟连代为执政。上、下允地方地多人少，所以人民比较富足，赋税也比较轻，对刀派春也没有什么反感。他们只知道囊占忘恩负义，杀害了他们的土司，现在又要来侵犯上、下允，烧杀他们的家园。所以他们是为保卫家园、报仇雪恨而战，因而士气十分高昂。他们扬言，桂家杀了土司一家老小，他们也要把桂家人不分老小全部杀绝。

双方隔着南朗河摆开了阵势。士气高昂的傣家战士们，仗着人多势众，像老虎扑牛似地冲杀过来了。

此时，稍稍犹豫和退缩，都会导致不可收拾的溃败局面。囊占看出了对方战马不多的弱点，立即命令自己的马队冲上去迎战。她迅速策马跃上高坡，观察着战事的变化、发展，冷静地想着对策。

被正义感鼓起了勇气的傣家士兵和拼死想求一条生路的桂家人马在河滩上杀成了一团。傣家士兵的长刀并不锋利，但是刀口上涂着一层毒药，只要被它砍伤，就绝无生路了，所以杀伤力很大。桂家仗着是骑兵，有马上作战的本领，因此，傣家士兵伤亡也不少。

傣家人马是桂家的三倍，而且囊占队伍中还有一百多人是几乎没有战斗力的妇女和儿童。如果现在撤退，就会全军覆没，只有冲开一条血路去求一条生路！

傣家的又一批战士从草丛中、山岩下跳着喊着冲了上来。桂家的另一支马队也顶了上去，鲜血染红了南朗河水。

远处，在其他几个地方预备堵截囊占的傣家人马，也敲着锤锣，呐喊着向这边增援过来了，形势于桂家不利。

混战中，几个傣家小伙子看见囊占身边没有几个人，而且还多是女的，于是便杀出圈子，向山坡上的囊占冲去。

囊占身旁的几个卫士都是身经百战的老手，一眼就看出这几个勇敢的小伙子是没有打过仗的，所以毫不惊慌，直到他们冲到了跟前才唰地抽刀迎上前去，不等对方回手，便一个个人头落地了。

就在这时，囊占想出了一个主意。她叫来了身后的几个头目，交代了一番。不一会儿，桂家阵中便冲出了二三十个手执火把的骑手，杀过南朗河就放起火来。

此时正是南疆旱季最后的那几天，也就是最干旱燥热的时候，满坡的枯草落叶一点就着。桂家正处在顺风的位置，风助火势，滚滚浓烟火苗直向对面山坡上聚集着正要冲下来的傣家士兵扑过去。傣家士兵们对着这火势愣住了,一时想不出如何对付。

接着囊占高喊一声,抽刀出鞘,像离弦的箭一般率先向对岸冲去,她的卫士紧跟其后,然后又是几支马队。那些在河滩上作战的桂家,此时已被傣家士兵围困,正在苦苦支撑着抵抗,见囊占率队冲来,士气大振。而那些看见火起后心里有些发慌的傣族士兵,被囊占这一冲冲乱了阵脚,慌乱中不知不觉向两边闪开了,撤退了,让出了一条通路。

桂家妇女儿童的队伍,紧紧抓住这个机会也冲了过去。

撤退到一边的傣族士兵,见状纷纷向河中放箭,桂家人不时有妇女和儿童惨叫着落马,但终于冲过了南朗河。

富有战斗经验的桂家,不等囊占下令,就边打边互相靠拢,收缩兵力,然后跟随在大队之后向募乃、茨竹河方向退去。

傣家人马只是稍稍乱了一下,便重新组织好追了上来,很快又赶上了桂家殿后的马队。

在追击中,傣家人突然发现驮在马上的一个麻袋散了,什么东西落了一地。赶上去一看,原来是白花花的银子。最先发现的那个士兵跳下马去拣了起来,后几个士兵犹豫了一下,终于挡不住那白花花银子的诱惑。一块银子足有二三两重,一般普通的傣家百姓,一辈子也难攒下那么二三两银子的。

后来的傣家士兵也纷纷下马去抢,继而他们发现,沿途还东一块西一块地丢着不少银子。便乱成一团地搜捡起来。毕竟,这些人只是临时召集起来的百姓。

这时,埋伏在山口上的扎朵,借着山势冲杀回来了。那些忙着拣银子的士兵措手不及，一下子就被杀死了好几十个，有的忙上马逃跑，来不及上马跑的便连滚带爬地滚到了路两边的坎子和草丛中。偏巧这里路很狭窄，后边想冲上前来救援的人过不去，反而被退下来的傣兵冲得溃不成军。囊占取下弩弓射出了几箭，射倒了一个大喊大叫着的头人。慌乱之中，傣家的追兵就像雨后的山洪一样溃退回去了。

扎朵也不去追杀，他吩咐桂家弟兄吃饱肚子，给马匹喂足草料，就急急上路了。囊占粗略清点了一下人马，发现有两三百桂家弟兄战死在南朗河边。

傍晚时分，傣家的骑兵又追上了囊占。

这回来的，约五六百人，清一色全是骑兵，而且大多数是上、下允土司的卫队，会打仗，有纪律性，不比早上跳下马来拣银子的那些追兵。领头是土司家族的年轻将领刀派勇，他不仅作战勇敢，而且遇事果断。今天早上他们原以为桂家会奔募乃的大路冲过，所以找错了方向。探得囊占已从小路过了募乃，便率领骑兵紧紧追了上来，决心将桂家全歼在宣抚司的领地之内。

囊占的身旁，除了一部分人已先护送着妇女儿童走了之外，留在她身边的只有百来名战士。她们只能再拼死一战，挡住对手。正在这危急关头，囊占的部下突然"四腊四腊"地欢呼起来，原来是一支约两百人的桂家援军到了。领头的首领穿着缅式筒裙，挥着一把汉族的双刃宝剑，这是桂家的另一个首领遂冻四腊，一年多前在缅甸阿瓦城和缅兵血战时失散，后来他收拢了一些失散的桂家人组成了一支队伍。得知囊占起事，便前来会合，一赶到这里，先见到了那些撤出的桂家妇女儿童，就又匆匆赶来接应，刚好赶上了一场血战。

这里正好是一片较为平缓的山坡，没有石崖坡坎，很适合骑马打仗。双方迅速排开了阵势，彼此对峙着，突然间山摇了，地动了，喊声中双方的人马迅速往前冲去，一场恶战开始了。

这可以说是一场势均力敌的较量，傣家兵勇猛顽强，要报土司被杀之仇，还要洗掉南朗河未能全歼囊占的耻辱。桂家人虽少，却富有战斗经验，他们在激战中互相掩护，互相靠拢，用长矛和短刀互相配合，而且有着殊死一战求得生路的决心。

混战之中，一个傣家骑手被砍下了马背，临死前一刹那将长矛刺进了对手胸膛。一个桂家小头目被几个傣家骑兵围住砍死后，那愤怒的战马在阵中狂奔，把好几个傣家骑手撞下了马背。好几次，刀派勇被团团围住，却很快又被部下救出。囊占也有几次陷入危急，但马上又被桂家人将对手冲开。

这样，从傍晚一直杀到暮色苍茫，双方都杀得人疲马困，山坡上到处布满了人和马的尸体，以及乱丢着的刀枪。

囊占在激战中，突然听得有人惊叫："妈！妈呀！"转身却发现她的大女儿奔跑着，被几个傣家士兵紧紧地追赶。自从孟连起事以来，除了小女儿跟着大队外，她的大女儿一直跟在她身边。因为囊占女儿也有些武艺，而且骑的马是桂家最好的战马，不仅跑得快，而且还会在战斗中掩护主人，加上有卫士保护着她，所以她不但没有受伤，还砍伤了好几个对手。但是在刚才的混战中，她的卫士战死了，马也被药箭射倒，她只得在地上边跑边招架。

正危急中，只见浑身带伤的扎朵斜刺里奔出，纵马撞翻了几个追兵，伸手将囊占的大女儿拉上了马鞍。但同时，几枝药箭也射中了他。这药箭是见血封喉的，待战马冲回本阵时，彪悍的拉祜汉子扎朵已停止了呼吸。

看见自己得力的助手被杀死，囊占悲痛得仰天大叫，随即挥起大刀又向前砍去……

夜幕降临，隔开了交战的双方。

这一仗，双方都伤亡惨重，傣家士兵付出了重大牺牲，摧毁了桂家的有生力量，消除了一个威胁他们家园的隐患。桂家也在付出了沉重代价后，从死里逃出了一条生路。

双方人马慢慢在夜色中隐去……

因战斗而躲到山上去的拉祜人，在高山上目睹了这一悲壮的场面，后来又多次讲给别人听，此地便渐渐地被人叫作战马坡。

尾 声

宫里雁、吴尚贤事件之后，原来曾与宫里雁合力抗缅的木邦等土司，害怕清廷问罪而投向了缅甸。由于失去了这支武装力量的牵制，从乾隆二十八年，即公元一七六三年起，雍籍牙王朝的军队不断入侵边地。乾隆三十二年，即公元一七六七年，雍籍牙军队攻到上下允，上允土司刀派云战死，佛寺民房全被烧光，傣族人民逃入森林，有的一直逃到了澜沧江。清政府调四川、贵州、云南八旗兵二万五千人集中永昌进讨。经过三年征战，清政府失掉了伊洛瓦底江南岸和萨尔温江西岸的大片土地。

穆斯林的歌

我听过佛教徒虔诚专致的《三宝歌》，也听过基督徒庄严肃穆的《赞美诗》，但我却不知道穆斯林是否也有一首属于他们的歌？

我知道，在云南这块土地上，有不少的人和我一样，直到自己长大了，成人了，才发现人世间还有一个伊斯兰世界，而自己原本应该属于这个世界。于是，面对着夕阳辉映下的清真寺的穹形圆顶，面对着穆斯林所念诵的他不明晓其义的清真言，他感到了一种庄重的、难以抗拒的来自伊斯兰世界的召唤。这样，在这种难以抗拒的召唤鼓舞下，他开始日复一日地通过亲友长辈的口述、史书典籍的记载，去追溯自己家族经历过的艰苦历程，追溯祖先那些闪烁着星月光辉、闪烁着血与火光焰的往昔，透过这被岁月侵蚀得斑斑驳驳难以辨认的时断时续的音符，编织着他心目中那一首穆斯林的歌。

首先还是从我的父系说起吧。

那是明朝洪武二十三年，即公元一三九〇年，云南省景东府位于河西岸的老回营，正好是多雨夏季中一个难得的好晴天。

在我追溯我的这个不曾产生过大人物的普通家庭的微不足道的历史时，却发现艳阳高照的晴天总是给我的家族带来好运，几乎我的每一代先祖的订婚成亲、起屋置业，乃至到我父亲的落实政策补发工资，以及我获得大学的毕业文凭等等好事都会碰上天晴的日子。而洪武年间的这个晴天，则是我这个家庭在云南艰苦创业的开始。

那天，一个姓马的年轻回族汉子，带着他新婚不久的"夷人"妻子，牵着一匹马，驮着他们很少的生活用具，辞别了老回营的弟兄和首领，走向了西山茂密的亚热带丛林。

我的没有文化的爷爷、姑奶，以及他们的爷爷、姑奶们一代代口述这段故事时，只说得出我的先祖、这个姓马的回族汉子是跟随大将军来到云南的，但他们都说不清大将军的名字和封号。而我却技高一筹地从书上查到大将军原来是明朝赫赫有名的开国功臣沐英。沐英本身是回族，所以麾下回族士兵很多，我老祖所属的这一支队伍，据说是参与了在大理国生擒总管段世的战役之后，被派驻到大理国边缘的景东府的。

不知是因为功高震主，还是出于其他的原因，沐英在平定了云南全境后，却没有像他的同僚傅友德、蓝玉一样班师回朝，却被"颁赐铁券"，"率其所部留镇云南"。上司和部下便永远地在云南这块土地上生了根。

应该说，沐英不仅作战有方，对云南的开发尤其是农业的发展也是做出过巨大贡献的。和元代的回族大吏赛典赤·赡思丁一样，他下令将士卒分散各州府县，分驻村寨，计口授田，实行"屯垦制";又让士卒与当地各族妇女通婚,这样推动了经济的发展和民族的融合,我的祖先也荣幸地参与了这一历史性的伟大变革。

据说当这些回族士兵听到要留镇云南的消息后,感情上很是不通,但那时他们还不会发布电视新闻上书请愿或者诉诸法律,激愤了一阵之后也就服从命令听指挥,慢慢又都被西南边地这片陌生土地上的春种秋收拴住了手脚,讨论那些"官给牛者十税三,自备牛者十税一"的税法对他们来说更为实际,就这样终于一个个从军人渐渐转变成了农民。

可是,在与当地妇女通婚一事上,由于众所周知的原因,老回营的士兵却碰到了些麻烦事,邻近的其他汉族士兵屯垦的左所营、山边哨等村寨已有人丁相继出世,老回营这边却还是"涛声依旧"。按世代传下来的说法,正是我的那位先祖率先打破了沉寂。

说是那年冬季,回营依例举行围猎,实际是屯垦士卒的一次军事演练,在围猎过程中,我的祖先勇敢地从一头孟加拉虎的齿爪下救出了当地的一个"夷人"女子,在救人的同时,他也把那女子的好像头帕什么的饰物拉掉了。"夷人"们便因此在感谢救命之恩的同时,要我的祖先遵从他们的风俗,娶这女子为妻。

从县志上看,我知道那段时间景东府土地上生活着后来称为彝族、苗族、傣族等的多种少数民族,而且每一种民族又有很多只有专家才分得清的支系,所以我无法考证出我这位女性先祖到底属于哪个民族,只好笼统地照着传说称她"夷人",从而也弄不清我身上还有一部分遗传因子究竟属于什么血统。仅仅是本能地认为这个马姓汉子和这"夷人"女子一定都是长得很健壮很漂亮,理由是我的这个家庭若干年后都一直生机勃勃,间或还产生过好几个貌若"城北徐公"的男子和"绝艳惊人"的女流,可惜的是我和我的兄妹都不在此列。

曾经是将军的回营首领闻讯沉思了一阵后说:"成亲吧。"但那婚礼却不伦不类地变成了"夷人"式的,当地的其他民族的山民纷纷来到回营附近烧起营火,通宵达旦,歌舞不歇……

但是,这位女先祖虽然很能干,却是个野性未驯的山姑娘,在日常生活中她顽固地自行其是不愿遵从穆斯林的教规。就这样,历史悠久的穆斯林文化和新生的带着原始性质的亚热带丛林文化发生了激烈的冲突,冲突的结果是马姓汉子带着这位女子离开了回营,到另一个地方去开创他们的天地。同时,回营也立下了一条不成文的规矩:只有能遵守穆斯林生活习俗,愿意随教的嫁妇,才可以留在回营。

当然,这些离开了回营的夫妻,有不少在后来的历史动荡中又重新回到了穆斯林的绿旗之下,但有的人却再没有回来,间或地融入了其他民族,不过,他们仍然会一代代地告诉后人,他们的祖上是回族,是古时候跟着将军来到云南的。

这样洪武年间的这个晴天,我的这两位先祖带着他们很少的生活用具,离开了土地肥沃的坝子,往西走向了山坡,走向了无量山山麓。路旁的藤蔓不时牵挂着他们的衣裙,丛林间的湿热蒸得他们浑身是汗,就在他们精疲力竭之时,前方的绿色丛林中出现了回营士兵帮着他们盖好的那间草房和旁边新开垦出来的几块土地，很醒目地坐落在大山的怀抱里。

这地方后来就叫"山心"。

在草房，马姓汉子拿出老将军给他的一张小红纸——上面写着他们的祖籍，恭恭敬敬地贴在屋子正中。这张红纸后来经过无数代人的重新抄写，一直传了下来。但是，当我把这个地址抄给一位精于地方史志的老先生看时，他告诉我，说那也许只是当年入滇的回族士兵集中的一个地点，并非真正的籍贯，在云南，这样的类似情况很多。

六百年后，我背着牛仔旅行包，沿着当年马姓汉子和他的当地少数民族的妻子走过的路线徒步考察了一遭。沿途自然已是公路纵横，村镇连接，连那些很有特色的瓦房也都正渐渐被钢筋水泥建筑所代替，再也寻不出当年的痕迹了。只有一处高地上，还有几株据说是有千年树龄的古树在风中发出哗哗的响声，仿佛在向我讲述着当年那两个年轻人疲倦而又满怀创家立业希望的故事……

在追溯我母系一族的家史时，我却遇到了相当的麻烦，一是资料不足，因为她们那个家族在清朝时几经劫难，人被杀了，村被毁了，几乎找不到直接的文字资料；二是我主要的讲述者——我的外婆，虽是个真正的穆斯林，可是却在很特殊的情况下成了汉族人家的媳妇，在她后半生生活的县城里没有清真寺，也没有和其他的穆斯林有更多的交往，很多的事情她自己也记不清楚了。

外婆说她们是"哲赫林耶"，但她说的这个词没有引起我多少注意，那时我对穆斯林的世界还处在一无所知的状态，直到外婆过世之后，我才知道"哲赫林耶"是伊斯兰教的教派，因为这一教派主张"公开的""响亮的"高声念诵赞主词所以被人称为"高声派"，民间一般称为新教。

"新教"是由"道祖太爷"马明心在中国的大西北创立的，那大约是公元一七四四年左右。但我外婆的那一派穆斯林是元朝时就入滇的回族后裔，应该是属于"老教"的"格迪目"教派，外婆怎么又说她们是"哲赫林耶"呢？

很久以后，我才在一次采访中，极偶然地发现了一些线索。

当年，"道祖太爷"马明心在西北被清政府杀害，他的十一岁的儿子马顺清和八岁的儿子马顺真被判充军云南他郎（今墨江县）监毙，清政府的本意是要让他们离开大西北越远越好，可是，数百年后，我却惊奇地发现，此举却事与愿违地壮大了云南"哲赫林耶"的力量，并且使西北西南两地穆斯林数百年来一直保持着友好往来。

当然，那段历史对"哲赫林耶"来说则是一段辛酸的往事。马明心的妻子和两个女儿被发配新疆伊犁与一旗官为奴，途中两个女儿自尽，妻子张氏则持刀刺杀旗官全家后被斩首。来云南的小儿子马顺真因体弱和不堪折磨，到了云南景谷县一个叫抱母井的地方就生病死了，马顺清则小小年纪就被送到一个现在叫墨江金矿的地方做苦工。

这里特别要提出的是，当年自愿同马顺真、马顺清同行入滇的，还有好几家西北"哲赫林耶"的教民，他们后来也大部分留在云南定居了。按照我外婆含混不清的交代，这些西北教民的后人中的一个，后来就成了我外婆那一支人的高祖。

我说外婆原先这一族穆斯林是元时入滇的回族，是因为她们有一个先祖叫阿刺马丹还是叫阿刺什么的，曾在沐英军中任过相当于翻译官的"通事"，从姓氏和时间上可以断定是早就入滇落籍并已成了"云南通"的回族，后来因为战功成为当地望族，他们一般在宗教上都属于"格迪目""老教"，但是，当时的云南，在清政府的反动统治下，不管是对回族、彝族、哈尼族，甚至汉族来说，都是一个风雨飘摇的年代，什么事都可能发生。所以，面对共同的命运，历史上有过隔阂的两个不同教派的穆斯林的男女青年才有了携手结合的机会，我甚至怀疑，他们的婚礼是否有亲友在场，是否有阿訇为他们念"尼卡亥"，并用阿拉伯语逐一问他们是否有父母的口唤……

作为他们后人的我，后来去过墨江金矿，找到那些古人采金的矿洞，很难想象"道祖太爷"的爱子当年是怎样在这些狭小曲折的小矿洞中艰难地劳作。我也去过马顺真"归真"的抱母井，那是去拍摄一部有关芒果之乡景谷县的电视剧的，抱母井是个山明水秀的不算很小的山村，当地男女老少都喜笑颜开地来看我们拍电视，百多年前的那段凄凉往事已经无人记得，只有我曾乘着月色独自去河边静静地站了一会儿，听水声淙鸣，宛若听一曲激愤凄婉的箫声。

经过数百年的开发，山心的马家已成为当地一个人丁兴旺的大村落。不仅马家，周围几个汉族、彝族村落也都一天天扩大了。这样就引来了一个争取生存条件的新矛盾，争山争水的事不时发生，有时是和外姓争，有时是在马家内部吵。

据我的一个姑奶讲述，起先是荒山荒地很多，"蒿枝开花随人种"，说是抛荒的地，只要上面长出的青蒿枝开花了，就可以看成是无主的地自己种，但后来就不行了，先来此地开发的马家，占的地皮比别人多，但因人口稠密，平均下来田地反而比别人少了。

后来就有了那一场官司。

姑奶的讲述使我感到一种悲哀，因为我因此知道山心的土地至少在清初已经就开发完了，但现在我人数更多的叔伯兄弟仍然还在那同一土地上淘生活，而且仍然还有人不顾政府的计划生育政策硬要偷着逃着地多生几胎。

那回据说是马家原有一个叫马大成的祖先，明朝时立过点什么功，因性喜山水，就回家以农耕为业，狩猎为乐，死后就埋在一座他生前常去行猎的山上。那山后来便成了马家祖业，一直为马姓子孙提供着各种用途的木材。谁料数百年以后，邻近一个冯姓的村子，竟悄悄地把墓碑上的字添了笔画，改作"冯天盛"，并以此为据宣布该山为他们冯家所有。

这是明目张胆地篡改祖宗夺祖业的行为，谁理亏是明摆着的，但在当时的政治气候下，马家的官司还差一点输掉。

应该说，在元、明时期，云南回族的处境是很不错的，元朝云南行省官吏中，蒙古人和回人往往参半。而明朝时更有许多回族将领，因功高在云南得以封官晋爵，成为当地的名门望族。并且从史料来看，那时云南回族与当地其他民族也相处和睦，纠纷不多，但到了清代，回族的地位就每况愈下了。

清军入京,发兵全国,对各族人民大肆烧杀抢掠,奉行的是反动的封建专制和民族高压政策,这从一开始就激起了各族人民的奋起反抗,而回族人民在其后长达数百年的反清斗争中,是一支从不屈服的力量,因此也就从一开始,就受到了统治者的"特殊关照",长期处于政治上被歧视、受压迫的地位。官府文书中常以"民回"并称,表示回族比一般民族更低一等;规定如有回族三人以上持兵器走路,要罪加一等;一般人被判流徙罪可申请留养,但回族人则不准,并且还要在脸上刺上"回贼"字样,并在回字上加一个反犬旁,表示其不属于人类。

那时候的山心,虽然有很多人在长期与其他民族的通婚交往中,慢慢改变了其生活习惯,有不少人只是在开斋节等重大节日时才沐浴净身,戴上白帽,远行到老回营等有清真寺的地方,和他的穆斯林兄弟一同举行会礼,表示自己依然是回族后代。但是,统治者的排回、仇回政策却不因此而放过他们,所以,也才会有人敢于公开出来夺占回族产业。

官司最后还是赢了。据我姑奶讲,说出面打官司的是她的祖父,因为我家世代是长房,所以出头露面的都是我家。她祖父看到当时的形势,便在衙门里打点了一些银子,并给那个爱收集古玩的大官额外送上了一件明代的"回青",这才把官司断了下来。

我知道姑奶讲的"回青"是云南回族工匠烧制的一种青瓷,原料特别,造型精致高雅,饰有阿拉伯文和几何图案。明代"回青"上品更是行家收集的对象,可惜我也只是听说,至今未见过实物。

螃蟹脚

但那场官司实在是得不偿失，姑奶说她的祖父把媳妇的陪嫁都贴了进去，还欠了一大笔债，为了还债，他只好将本家的马匹组成马帮，远走省城，下"夷方"（今西双版纳等边地）做起生意弥补亏空。不过，这赶马渐渐反而成了我家的传统生计，后来我的家族中的很多有文学色彩的故事就往往都和这些摇着马铃的牲口有关。到了我爷爷时，他更是将马帮赶到了外国，而且因为见多识广，带回来了些新思潮直接影响了我父亲那一代的青年人。

另外是这片祖业的回归在当时已经没有多少实际意义了，因为接下来就发生了震动全国的杜文秀领导的云南回族人民大起义，在大理成立了农民革命政权，景东回民也揭竿而起响应，后来杜文秀的部将中马成、马东征、马四文等大将军都是景东回族。

起义最后失败了，清兵以胜利者的身份残酷地屠杀云南回族，大理城中尸积如山，至今还遗有两个万人冢遗址。景东城郊的十八个回族村也在那时候被灭，山心的马家同样也在那时遭劫，除被杀的之外，一部分人弃家出逃，翻过积雪的无量山，逃到人烟稀少的地方避祸，还有一部分人躲到了其他村落被汉族、彝族的亲友悄悄保护下来。到战乱过后，只有很少的幸存者回到山心，重新整理他们残破的家园，但统治者却不准他们信教，也不准自称是回族，山心的马家就这样"变"成了一个汉族村落。

我姑奶不识字，但她的讲述却与书上记载惊人的一致。因为在云南，我就见过着藏装说藏语的回族，也见过建筑在傣家竹楼中的清真寺，一群穿筒裙说傣语与傣家小卜哨毫无区别的姑娘，却不折不扣的是正宗的穆斯林。

不过老姑奶还告诉我，回族当中也还是人和人不同，有的富有的穷，有当长工的也有当主子的。在山心马家，连住的地方都分开了，有钱的住一边无钱的住另一边，那回打官司本来有钱的人可以多出一点但就是不肯出……

我听了姑奶的讲述，便打算站在历史唯物主义的角度，用阶级分析的观点，炫耀一下我在这些方面的才学，不料姑奶却不想听，咳了一通后，一面为她祖上白白赔掉的那些银子愤愤不平，一面自顾睡去了。

这回我要说的是一个雨天，我不喜欢雨天，因为我的家族中的很多倒霉的事都发生在雨天，如外祖父的被杀、老姑奶的去世、老回营的毁灭，包括听说原本应属于我本人的好事情被别人顶替的日子。

当然也有例外，如我心爱的小女儿就出生在一个大雨滂沱的日子，因此我母亲为她命名为雨果，全不管这样做会和一外国大文豪同名。

那是大清政权即将垮台前夕的一个雨天。那天有一个滚得像泥猴一样的男人从山心马家晓行夜宿地来到无量山背后的新回营，他带来了清兵将来此"剿灭回乱"的消息。

无量山很高很大，在百年多前更是林木森然，猛兽成群，其主峰一带入冬后常常是白雪皑皑。远在杜文秀起义之前，云南就多次发生过全省性的或小范围内的残酷屠杀回族人民的事件，所以原来老回营一带的回族为了求得生存，弃家来到山背后尚未开发的荒岭中，重新垦土开田，修建清真寺。后来杜文秀起义失败后，又有更多的回民来到那一带，高山和密林成功地阻隔了统治者的屠刀，几十年后，经过他们的辛勤开发，那地方又变得渐渐热闹起来。

我外婆的父亲，就是在杜文秀起义失败后，几经辗转，避祸来到这片新回营的，后来就在当地一个回民家做了女婿，生了我的外婆。

这里我应该说明一点，新回营那一带同样还有着其他汉族、彝族村落。同生活在一方水土，由于生活习俗和宗教信仰的不同，不免总会有些小摩擦，这在什么时候都在所难免，但基本上能和睦相处，相互间开亲的也不少。

那回却是因为一件小事，几个回族、汉族青年互唱山歌讥笑打趣，不想翻了脸打起架来，于是输的一方又邀约了本族中年轻气盛的人帮着打架，发生了械斗。本来这是件可以视情理妥善解决的事，却被官府的民族偏见视为是"回乱"，因而越闹越大，酿成了流血事件。最后是省里动了文书，派了兵前来进剿。

当时的山心马家，已成了地道的汉族村落，但穆斯林的血缘却是隔不断的，于是就赶在官兵之前冒着危险将消息传了过去。

听得消息后，新回营的人一面转移老幼，一面商量对策。很多的人都主张依据险阻，与官兵决一死战，说是"只有穷死的回回，没有怕死的回回"。但是，几个很有远见的首领却认为近百年来，回营几经劫难，再也经不起这样的折腾，所以他们毅然决定出来承担罪责，以己一死，换来一方平安。

这几个头领中就有我外婆的父亲,一个浓眉大眼的典型回族汉子。

新回营后来还是遭了劫。后来新修的志书也明确地记着那儿清真寺被烧、村子被毁的事实,所幸是除了那几位头领被枷走之外,终于没有人被杀。

那时清政权的垮台已是大势所趋,阻挡不住的了,但在偏远的边地,却依然"百足之虫,死而不僵",还有相当的势力。当外婆等连日奔波赶到县城时,她的父亲等人已被杀害了,在痛哭了一通之后,外婆发了话,说若有人能把几位穆斯林的遗体送回新回营,她愿意给那人为奴为妾在所不辞。

这样我外公就出现了。

外公姓王,汉族,家道一般,却是书香门第的世家。他交友广泛,也有些回族朋友,所以对回族的情况有所认识。他曾对人讲过,说所谓"回乱",根子是在朝廷,而且云南造反起义的,何止回族一家,何止杜文秀一人,还有彝族的李文学,哈尼族的田四浪……他的话,吓得听者摆手叫他不要高声。

知道外婆的事后,外公就出让了一份田产,约几个士绅说通了官府。就说这是孝女,在这世风日下人心不古的时候,应该嘉奖。这样雇人送走了几位穆斯林的遗体后,那个憔悴却仍掩饰不住自身俏丽的回族姑娘(这是见过外婆当年风采的老人所言)就到了汉族的王家,做了外公的二房,并生了几个儿女,其中那个从小不做针线,死活缠着要读书的小女儿就是我的母亲。

外婆生活的年代,恰恰是中国最动荡不安的年代,辛亥革命、后来的军阀混战、抗日战争等都发生在这期间。在西南的这块边地上,虽不是很直接地受到这些政治动荡的影响,但老百姓的日子却越过越艰难了。王家的家境本来就不甚宽裕,随着子女的一个个出生,就更捉襟见肘了。外公和长房妻子比外婆年纪大了许多,不久就相继辞世而去,给她一个妇道人家,留下了一堆正需要供养的两房儿女。

外婆勇敢地承担了这份重担,毫不计较当年和长房之间那种"两大小"的恩怨,对所有的子女一视同仁。她发挥了自己是回族人善做面食的本领,在家中开了一个手工面条作坊,加工一种细若头发的精制挂面,据说还成了当地一绝,就靠这个养大了所有子女,并一个个让他们读上了书,又帮他们找人家娶妻或出嫁。

这里就不得不提这样一个无法回避的事实了——王家是道道地地的汉族,所有的亲友也都是汉族,在外婆生活的那座小城里很长时间没有第二个穆斯林。在初到王家时,外公出于对孝女的敬重,和对这个年轻女子的偏爱,他允许外婆自己用素油单另弄菜吃。当然这一直是受到长房的白眼和讥讽的事。但是,在外公和长房病重,她接管了这一家族的一切时,她却毅然地改变了自己的生活习惯,来适应她要面临的艰难时日。

在我的记忆中,外婆是一个缺了牙齿、说话含糊不清、行动蹒跚的老太太。虽然她也给我们讲过白旗(回族)士兵和红旗(清兵)打仗,说白旗士兵虽然英勇,但红旗人多又有炮,炸得白旗士兵血肉横飞的故事,但我从未想过她年轻时也是一个艳丽女子,而且本人会有如此过人之举。直到现在,每当我想象她忍住恶心，含着眼泪面对那些她的孩子和王家亲朋生活中少不了的大油大肉时。我心中总涌上一种悲壮的感觉，在心头久久不息。

愿真主宽恕她吧！虽然我对伊斯兰教的教义知之甚少，但在我心目中，那至高无上的真主不仅全知全能，而且也是非常仁慈的、宽容的……

或许因为当年曾经有过骑马征战的历史的缘故，我的父亲一族对马匹一直有着独特的偏爱。尽管在云南耕田地用的是牛，但他们仍然每户要养上一两头"牲口"——不知是出于习惯还是什么原因，他们很少直接把马叫作马。

后来为了谋生，马家人赶起了马帮，这样他们对马的依恋就更深了，连我的父亲，一个新中国成立后当过中学校长的读书人，仅在少年时管过马骑过马，现在谈起马来仍然眉飞色舞。不过我的现在还留在山心的那些年轻一代，却明显地缺乏这种情结，他们只对各种汽车和摩托的性能痴迷得不得了，驾驶起来得心应手。

这同样也是坐骑，也是谋生的伙伴，只是时代不同而已。

到了我爷爷时，那时已是民国了，但在云南边地，匪患和天灾不断，马家的家境已是江河日下，我爷爷从小便学会了赶马做生意，远走法国地（越南）和英国地（缅甸），钱没赚多少却长了见识，练了胆量。这样，便完成了一件他后来一直引为自豪的壮举。

那年他从境外归来，途中遇到了土匪袭击，由于他们是很多马帮结伙而行，又拥有云南通海回族自制的但性能很好的快枪，两下交了火，但因寡不敌众，虽逃出了性命，货物和马匹却全数被劫。后来是得到了回族著名的"原信昌"商号的大马帮救助才回到了家乡。

一贫如洗的爷爷面对债务和失掉了的谋生伙伴，思量着怎样东山再起之时，打听得有个土匪寨子养有一大群从各处劫来的马匹，土匪头领嫌养着麻烦，便放出话，说谁送来两千大洋，这些马就归谁了！

这个价格相当于半价还不到，几乎是白送，却没有人敢背了钱去土匪窝中买马，真正的土匪并不像今天很多电视剧中演的那样还有些人情、讲江湖义气，他们只信奉杀和抢。

爷爷听得这消息，便以家产为抵押借得了大洋如数，然后来到山寨，见过了土匪头领，验过了大洋清点了马匹。然后爷爷便和他们几个不怕死的回族兄弟在山寨旁的河边搭起帐篷，并宰了一只半路上买来的黑山羊。说是明早好赶路，同时也邀约土匪们待会儿共同进餐。

事实上土匪们是早有布置的，他们在几个山口埋伏下了人，准备等爷爷他们赶马下山时动手劫回马匹，这几个回族知趣点就让他逃命，不知趣就让他们都做枪下鬼。及见爷爷等人不打算就走，他们也就撤回了伏兵另作商议，并且很热心地借给了爷爷一口大铁锅，找来了新鲜花椒叶等佐料等着吃羊肉。当那锅中的羊肉煮得用筷子插得动时，爷爷等人突然翻身上马，赶着那已暗暗聚拢的马群呼啸而去。等到土匪们走来看时，他们早已翻过了山口。于是土匪头领就说马家这小子鬼得很，算他有本事就让他去吧,怪不得人家说他们那个马家早先都是回族,胆子大着呢,要真干土匪怕比我们还行。于是土匪们便一个个坐下大块吃肉大碗喝酒,一面猜算着我爷爷现在到了什么地方。

这一群马匹自然是赚了大钱,这笔钱让爷爷还清了债务又获得了新的马帮和生意本钱,并因此有能力供我父亲读上了小学到高级中学。不过父亲读书却知道了世界有多大中国有多大,知道了中华民族正受着帝国主义列强的欺压,懂得阶级斗争的说法,所以他后来参加了共产党,新中国成立以后官至中学校长。也自他之后,勇武好斗耐粗饲料的马家逐渐多了书卷的味道,后来便接二连三出了一批中专生、大学生,以及一个虽然不出名却靠舞文弄墨为生的我。

爷爷后来还是因为马栽了跟头。

据说他拥有过一匹好马,怎样好法我也说不清楚,反正他的几个老伙计活着时一提起就都直啧啧称赞。说我爷爷那个潇洒劲,骑一匹好马,挎一支通海回族那边买来的好枪。——照我想象,这和今天我的族人中骑一辆高档摩托,揣一部大哥大的形象差不多,没什么特别意义。但他的这匹好马却惹得县里的一个大官眼红。便开口来要,爷爷虽婉言谢绝却种下了祸根,于是那大官便说他通匪,——这倒是事实,当年走江湖赶马为生,是什么人都少不了打交道的。大官派了人来拿他,而他却干脆连人带马投奔了一支自称为自卫军的地下武装。

遗憾的是这支武装后来被宣布为地霸武装,被另一支共产党领导的"边纵"部队消灭了,不过若干年后宣布说这是一起历史冤案,重新又平了反,当然我爷爷那时已早谢世了。

不过，在他的有生之年，新政权倒没有十分为难他，只让他回家种地，使得他一直能兴致勃勃地讲他土匪窝中买马的故事，讲山心马家的历史，讲他所知道的回族的婚礼、葬礼，直到他离开这个世界。

父亲在读高中时，认识了我的母亲。

父亲认识我母亲是很必然的，因为他们整个高中班只有我母亲一个女生，自然十分的惹人注目。而我母亲在很长时间里却一直记不住这个坐在后排的、穿着随便的高个子同学的名姓。

那时候的高中生，比今天的大学生还要金贵。在当时的云南边地思普一带，好几个县才有一个可以设高中部的完全中学。

外婆年复一年的辛勤劳作，将两房儿女都一个个养育大了，而且不管是亲生的还是长房的，她都一样对待，每个女儿出嫁，她都要竭尽全力，给女儿置办一份使她不至于在婆家失掉面子的嫁妆。同时她为人也很识大体，抗日战争的时候，还把自己的一个亲生儿子送上战场，后来是在前方为国捐躯了。这样，她的德行渐渐地在当地获得乡邻的崇敬，当这位老太太以九十多岁的高龄辞世时，前来吊唁的乡邻络绎不绝，足可以看出她在乡亲们心里的地位。只是没有人记得她是回族人家的女儿了。

到我母亲读完小学时，她却遇到了一个难题，因为母亲的几个姐姐都是读完小学就留在家帮着做挂面，然后就学着做女工和等媒人上门了。但我的母亲却因为生活在一个更新的年代，便拒绝走姐姐们的路，非要继续读中学，甚至以绝食来抗拒母亲安排的道路。她的行为得到了她的成了家的哥姐们的支持，说是时代要变了，小老囡将来怕是要干大事的，就让她继续读几年吧。

我母亲就是这样才得到了继续读书的机会,这是外婆对自己亲生女儿的唯一特殊照顾。不过我母亲后来终于没有干什么大事,只是成了一名教师并终生以此为业也以此为荣。当然她后来读了不少文学书籍,多半是苏联的和中国的,这种爱好慢慢就传给了我,于是后来我也写起了小说,虽然水平不高却一直孜孜不倦。

接下来就得写我父亲母亲的交汇点了,那天实际的原因是一次意外的灾难。

外婆家附近有一条河叫菊河,平时水很小也很清澈,但发洪水时却凶猛得不得了。那河上有一座石桥,石桥的桥墩上有一只石雕犀牛,据说是用它来镇洪水的。那次是连日大雨,山洪暴发,一日傍晚,天突然放晴了,人们纷纷走出家门去看川河和菊河的洪水,还有人在河边打捞上游淌下来的树木、南瓜之类的东西。

菊河的水差不多快漫到桥面了,由于水和桥底之间还留有些空隙,于是发出了一些类似歌声的音响,这就引来了很多人走上石桥,俯在栏杆上看稀罕。

年轻好动的母亲在家里坐不住了,戴上了一顶她的做生意的哥哥从省城买回来给她的一顶宽边软帽,也来到了石桥上。这种帽子后来有一阵子又突然流行起来,所以我知道有人管它叫简爱帽。我想我的母亲就这样很引人注目地走上了石桥,正当她低头看河水时,那顶帽子突然落了下去,正好套在那犀牛的角上,于是引发了一场哄笑。

螃蟹脚

　　这样，我父亲就毅然决然地做了一件他这一生中最大的壮举：他爬出栏杆，冒着跌进洪水的危险，将帽子从犀牛那里取回交给了满面通红的母亲。——父亲后来虽然也算是桃李满天下，却一生平常，虽然"文革"中也坐过几天监狱，但那面对的不是日本侵略者也不是土匪强盗，所以他无法表现得十分英勇。不过，在我对父亲的壮举嗤之以鼻时，却恐惶地发现我自己除了曾经帮一个抱小孩的母亲抢回了一只挂在树上的气球之外，竟连类似父亲的壮举都没有，更无法像祖宗那样一个个都有棱有角、有血有肉。看来，我的家族中的敢作敢为，勇武豪爽的传统在我身上，怕是已经消失殆尽了。

　　母亲知道这是她的同学，却一时想不起他叫什么名字。父亲便简洁地自我介绍说："姓马。"母亲说："我妈也姓马，是回族。"父亲便说："我家原来也是回族。"母亲便突然看着父亲的眼睛说："色俩目尔来衣困。"没想到父亲也流畅地说："尔来衣困色俩目。"于是，两个经历过曲折历程的回族家族的后代，就在这滔滔洪水的石桥上相逢了，那句穆斯林之间互相祝安和问候的用语，使他们之间的距离一下子缩短了。于是两人慢慢地谈着洪水，谈着北方的人民解放军，谈着云南省的地下共产党，慢慢地从石桥上走到了河对岸。

　　这时，那件惨剧发生了。

　　据说，当时上游冲下来了两根大木头，到了这桥这儿过不去了，直在那儿打旋。后来有人说这是两条龙，因桥上有孕妇，所以它们过不了桥。这样，正当人们伸头看热闹时，那石桥却轰然一声坍塌了，河面上顿时腾起了一阵惊心的惨叫。

父亲和母亲已走到对岸,回过头来被这突然发生的一切惊呆了。由于山洪猛烈,那些人几乎来不及施救就从水面上消失了;有一个人被桥石压在水底,却挣扎着把手伸出水面,人死了,手一直举着,水波冲来便一动一动地还在发出求救的信号。这情景一直印在母亲脑海中,若干年后她还反复地心有余悸地对我讲也对我的两个叫鹰叫雁但没有翅膀的妹妹讲。

入夜,沿河一片火把通明,哭声不绝。

父亲和母亲在河对面一户人家的火塘边挤了一夜,天亮来到河边,透过薄雾看见外婆在伤心地沿河烧纸钱。母亲便拼命地大叫说她在这里她还活着。外婆看清楚之后大喜继而又大怒,跺着脚指着母亲骂个不停,可惜是隔了河听不清她骂些什么。

外婆骂了一阵也就不骂了,然后又认真地沿着河继续烧纸钱,这回却是烧给那些遇难的乡邻或无名的孤魂野鬼的了。

到了傍晚,那水小了很多,可以涉水而过。父亲和母亲就互相搀扶着摇摇晃晃地涉过了河,往家中走去。那时,他们还不知道,他们这两个穆斯林的后代,在今后的日子中也将这样互相搀扶着,迎来新中国的诞生、土地改革、合作化运动、人民公社化运动、"反右"及"文化大革命"和后来的改革开放等等一系列的历史事件和政治风云,一直走到他们生命的尽头。

一九五三年,我诞生了。

那是一个普通的日子,没有什么地裂山崩或彩虹显现的预兆发生。但在滇南,那倒是一个很难得的晴天。据说刚出世的我也和世界上其他民族的小孩一样以响亮的婴啼向这个世界报道自己的到来。

　　我的哭声，对我的父母，及在场的外婆和姑奶们来说，无异像一曲动听的歌声，所以那一刻他们都笑了。我后来想，就在那一刻，也许我的那些穆斯林的先祖，也都正聚在高高的蓝天之上，愉快地听着这象征生命生生不息的响亮婴啼。

　　哦，生生不息，历经磨难而依然生生不息，这也许就是我要寻找的歌，穆斯林的歌！